CTHULHU
MYTHOS

CTHULHU
MYTHOS

克苏鲁神话

③

印斯茅斯的阴霾

[美] H.P.洛夫克拉夫特·著

屈 畅 / 邹运旗·译

中国友谊出版公司

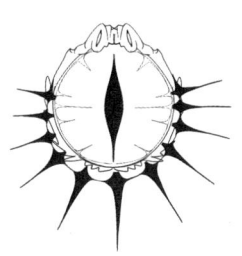

地球上太古老的奥秘还是永远埋藏、不被知晓的好，恐怖的秘辛与人类本无干系，窥探的代价必是丧失平和与理智。

神秘的真相只会让知晓者成为异类中的异类，在世间孑然独行。

———

【目录】

1. 印斯茅斯的阴霾 001
2. 大衮 073
3. 美杜莎的卷发 081
4. 已故亚瑟·杰明及其家系之事实 129
5. 墙中鼠 141
6. 潜伏的邪祟 165
7. 阿朗佐·哈斯布鲁克·泰普尔的日记 191
8. 墓穴 217
9. 门槛上的东西 231

印斯茅斯的阴霾

（一）

1927年到1928年的冬天，联邦政府对马萨诸塞州古老海港印斯茅斯展开了奇怪的秘密调查。外界直到来年2月才有所耳闻，那时当局突然大肆搜捕，并在做好充分预案的前提下，有计划地焚毁和爆破了镇内荒废的海滨地带大批摇摇欲坠、饱受虫蛀、理论上无人居住的房屋。鉴于禁酒令期间时有流血冲突发生，习以为常的大众并未放在心上。

敏锐的新闻爱好者就不同了，此次行动投入力量之巨、逮捕犯人之多、处置方式又秘而不宣，这些都令他们倍感惊诧。对外报道并未涉及审判，连明确的指控都没有，事后在全国各地的普通监狱也找不到相关囚犯。有些声明含糊提及"疫病"和"集中营"，稍后又有传言说犯人被分散关押在陆海军监狱，但均无法证实。经此一役，印斯茅斯几乎沦为空城，最近才稍有复苏迹象。

许多自由主义团体对此口诛笔伐，迎接他们的是官方漫长的闭门谈话，他们中的代表长途跋涉走访了某些监狱与集中营，回来便集体失声、噤若寒蝉了。报刊记者更难对付，但最终也大多选择与政府合作，仅有一家小报——一家风格过于浮夸以致可信度大打折扣的小报——声称有艘深水潜艇朝魔鬼礁外的海底深渊发射了鱼雷。这条新闻是在水兵们常去的地方偶然打听到的，听上去颇为牵强，毕竟低矮的黑色礁石距印斯茅斯港足有一英里半之远。

周边乡野村镇的人们私下议论纷纷，对外却三缄其口。近一个世纪以来，他们一直在谈论日薄西山、几近废弃的印斯茅斯，恐怕很难有什么东西比他们多年来流传与暗示的故事更疯狂、丑恶了。然而许多经历教会了他们谨慎，事到如今也没必要对其额外施压——他们了解的真相毕竟有限，印斯茅斯地处广阔的盐碱沼泽，外加荒凉贫瘠、人口稀少，与内陆的交流本就不多。

至于我本人，最终还是决定打破禁忌，讲一讲此事的来龙去脉。我相信官方解决了问题，在这个时间点上，略微暗示惶恐的搜捕队队员们在印斯茅斯的发现，除了让公众起一身鸡皮疙瘩，并不会带来什么实际损害，或许还能引出对物证的其他解释。说到底，我也不了解全貌，且有许多理由希望此事真能到此为止——同局外人相比，我的牵扯过多，由此产生的种种杂念正驱使我做出过激举动。

1927年7月16日清晨，我发疯般逃离印斯茅斯，随后惊恐万状地请求政府展开调查并采取行动，由此带动事件见诸报端。当其热度高涨、悬而未决之际，我宁可保持沉默；如今时过境迁、尘埃落定，公众失去了兴趣与好奇，我却生出古怪而强烈的冲动，渴望不动声色地道出在那个名声不佳、阴霾笼罩、死神与亵渎怪物盘踞的海港度过的惊心动魄的数小时。原因无他，纯粹是想通过讲述来恢复镇定、回归本心，相信自己并非被癔病般的梦魇幻影压垮的头一人，并在今后面对可怕的选择时保持清醒。

我前往印斯茅斯时对它一无所知——迄今为止也没再去过——甚至前一天才听说这个地名。我为庆祝成年在新英格兰旅行观光、考察文物和寻根问祖，本打算由古老的纽伯里港直达阿卡姆，后者是我母亲的祖籍所在。由于没有私人汽车，我只能乘火车、电车和公交车，一路寻找最省钱的路线。在纽伯里港，有人说去阿卡姆得乘火车，而我在火车站售票处抱怨票价太高，这才引出印斯茅斯的话题。那位售票员身材结实，一脸精明，明显不是本地口音，他对我的精打细算深表体谅，进而提供了一条不寻常的建议。

"或许，你可以搭那路老公交。"他话里有些犹豫，"这儿的人一般不坐它，因为它会途经讨厌的印斯茅斯——你大概听说过此地。一个叫乔·萨金特的印斯茅斯人负责运营，但在这儿根本拉不着客，估计在阿卡姆也一样，鬼知道为啥还能通车，兴许是因为便宜吧。你在广场上就能找着——在哈蒙德药店门口——没改时间的话，早十点和晚七点各一趟。那辆老爷车一向只有两三个印斯茅斯本地客，反正我没坐过。"

这是我首度听说阴霾笼罩的印斯茅斯，然而任何一座没出现在通用地图和最新旅游指南上的小镇都能勾起我的好奇，售票员欲言又止的奇怪态度更是火上浇油。在我看来，能让附近居民如此反感的镇子，总该有些值得探究的特点，既是顺路，倒也不妨稍作逗留。于是我向售票员深入打听，对此他有些谨慎，口气也透出些许鄙夷：

"印斯茅斯？唔，那个马努塞特河口的古怪镇子，以前差不多算是座城——1812年战争前港口相当繁盛，但近百余年间完蛋了。现在没有火车去那里，波缅线压根儿不从那里过，从罗利延伸的支线也停运好些年了。

"那地方除了捕鱼捞虾没啥营生，现在的空房没准儿比活人还多，外界基本都上这儿、阿卡姆和伊普斯威奇做买卖。镇子里以前还有几家工坊，如今统统关门，只剩一家黄金精炼厂半死不活地硬撑着。

"说起那家精炼厂，以前倒有点名头，东家马什老爷子是个大财主咧。但这怪老头基本上足不出户，据说晚年患上皮肤病，要不就是残废了，没法抛头露面。生意是他爷爷奥贝德·马什船长创办的，他娘好像是外国佬，有人说是南洋岛民。五十年前，他娶了个伊普斯威奇姑娘，当时差点儿没炸锅，因为附近没人想跟印斯茅斯沾亲带故。其实哪，马什老爷子的子孙后代跟别人也没两样，有人指给我看过——不过现在想想，好久没见着那些年长的子女了，我更没见过老爷子本人。

"为啥大伙不待见印斯茅斯？哎，年轻人，这些说法你也别太往心里去，这儿的人很保守，一旦种下什么念头就不放松。最近一百年，他们大概一直在议论——悄悄议论——印斯茅斯，我猜他们实际上怕得要死。有些传闻能让人笑掉大牙，比如说老船长跟魔鬼做交易，把许多地狱的小恶鬼带进印斯茅斯啦；又如有人声称1845年前后在码头附近同一地点撞见过恶魔崇拜和恐怖的献祭仪式。身为佛蒙特州的潘顿人，我不信这些鬼扯。

"但你最好听听老人家怎么描述海上那块黑色礁石——他们管它叫魔鬼礁，平素高出水面一大截，涨潮时也不会淹过太多，但算不上个岛。传说大群魔鬼时而来礁石上躺着，或在礁石顶部的洞穴群窜进窜出。那块礁石崎岖不平，离海岸有一英里多远，过去印斯茅斯有船只来往时，船员们为避开它，最终宁愿绕个大圈。

"我指的是外地船员，而他们厌恶马什老船长的一大原因，就是认为他会趁夜晚退潮登上魔鬼礁。或许他真的干过，礁石的奇特构造值得一看，上头兴许还真有海盗的宝藏，但船员们相信他是去跟魔鬼做交易。坦白说，我认为其实是老船长把那块礁石的名声搞臭了。

"这些都是1846年大瘟疫前的事了。瘟疫令印斯茅斯的人口锐减一多半，始终没查清来源，也许是船只从中国或其他什么地方带来的外国病。当时情况很糟，发生了暴乱，我相信许多不堪入耳的细节没传到镇外。最后印斯茅斯就成了这副德行，元气大伤，只剩下三四百号人苟延残喘。

"说到底，这儿的人对印斯茅斯人有种族歧视——我对此深表理解，我自己也很讨厌印斯茅斯，这辈子都不打算过去。跟你聊了几句，我听出你是打西边来的，但你也应该知道咱们新英格兰船去过非洲、亚洲、南洋及世界各地其他许多奇怪的港口，时常带回奇怪的人种。你可能听过，有个塞勒姆人娶了中国老婆回家，而鳕鱼角附近住着一大帮斐济岛民。

"印斯茅斯人同样不简单。沼泽和溪流几乎把那里与内陆隔开，虽然不清楚前因后果，但上世纪二三十年代，马什老船长曾有三艘船跑远洋，肯定带回过来历不明的怪人，所以印斯茅斯人的长相才变得这么怪——怎么说呢，看见就发毛，你坐上萨金特的车就明白了。他们大多长着奇怪的窄脑门、扁鼻子，玻璃般的眼泡朝外鼓凸，好像永远闭不上。他们的皮肤也不对劲，粗糙得像结了痂，脖子两边皱皱巴巴的全是皱纹。还有，他们年纪轻轻就秃了，岁数越大越难看——哎，说实话，我没见过他们当中年纪特别大的，八成照镜子就能把自己吓死！连动物都讨厌他们，汽车出现之前，他们经常惹得马匹闹事。

"在这儿、阿卡姆和伊普斯威奇，没人跟印斯茅斯人来往，而无论是进城办事还是对付去他们地盘捕鱼的外地渔民，他们同样非常冷漠。也罢，鱼就爱往印斯茅斯跑，别地儿见不着——但你要自个儿跑去打鱼，就知道他们会怎么撵人喽！火车支线停运后，他们起初是步行到罗利再坐火车来这儿，现在则坐那路公交。

"对了，印斯茅斯有家'吉尔曼旅馆'，但肯定很掉价，我不推荐。你最好在这儿过夜，搭明早十点的车去印斯茅斯，再赶晚八点的夜班车去阿卡姆。几年前有个工厂巡检员住过那家旅馆，碰到不少糟心事。尽管大部分房间是空的，有些房间却传来奇怪的说话声，吓得他直打哆嗦——他认为自己听到了外国话，可怕之处在于说话声很不正常，很像扑腾的水声。那晚他没敢脱衣睡觉，苦熬到天亮赶紧走人，说话声也差不多一宿没停。

"那位老兄——对了，他叫凯西——回来大发牢骚，抱怨印斯茅斯人如何戒心重重，好像时刻监视着他。他发现马什的精炼厂设在马努塞特河下游瀑布边的老工坊里，跟传闻中一样古怪。厂子的账册稀里糊涂，没有明确的交易记录。要知道，金子的来路一直是个谜，马什家族似乎没买过原材料，但多年前确实用船运出过大批金锭。

"以前还有传闻，船员和精炼厂工人会偷偷出售怪模怪样的外国首饰，马什家的女人们也戴过一两次。有人猜那种珠宝是奥贝德老船长从异教徒的港口换来的，身为航海家，当年他经常批量订购玻璃珠和小饰品去跟外国土著做交易；也有人至今依然坚信他在魔鬼礁找到了海盗的宝藏。有意思的是，老船长死掉六十年了，内战以来也没有像样的大船从印斯茅斯出过海，可马什家还在不停订购那些小玩意儿——听说主要还是玻璃和橡胶制的便宜货——仅仅数量有所减少。兴许印斯茅斯人自己喜欢，天知道他们是不是变得跟南洋的食人生番和几内亚蛮子一样坏了。

"1846年大瘟疫肯定带走了那地方的优良血统，无论如何，现在的印斯茅斯人有问题，马什家族等有钱人也强不到哪儿去。刚才说过，虽然那里的街道保持完整，但镇民应该不满四百，南方人管这号人叫'白垃圾'——无法无天，奸诈狡猾，尽干些见不得光的勾当。他们倒总能打到鱼和龙虾，一货车一货车地拉出来卖，邪门儿了，为啥鱼就爱往那里跑，其他地方见不着咧？

"没人清楚印斯茅斯人的情况，公立学校和人口普查员为此伤透脑筋。你可以想象,到处打听的陌生人在印斯茅斯有多不受欢迎。我老听说商人或官员失踪,谣传还有人被送进丹佛斯精神病院——肯定是他们干的好事,把人给活活吓疯了。

"所以喽,我要是你,就绝不会在那里过夜。我说了,我没去过也不打算去那里,但估摸着大白天旅行应该没问题,没这儿的人说的那么严重。若只是顺道逛逛,参观老古董,印斯茅斯还凑合。"

那天傍晚,我花了些时间在纽伯里港公共图书馆查资料。此前我在商店、餐厅、修车铺和消防站打听印斯茅斯时,发现本地人比那位售票员描述的更难开金口,似乎本能地抗拒这一话题,而我也没太多工夫软磨硬泡;况且他们隐隐有些怀疑我,似乎对印斯茅斯感兴趣本身就不正常。后来我在基督教青年会住下,办事员也不赞成我前往那个阴郁堕落的镇子,图书馆员同样如此——显然,在有教养的人们眼里,印斯茅斯乃是文明衰退的典型例证。

图书馆书架上的多卷本《埃塞克斯县志》对该镇描述不多,只提到它建于1643年,独立战争前以造船业闻名,19世纪初的海运兴旺发达,此后又利用马努塞特河的优势形成一个小型工业中心。但书中极少涉及1846年的瘟疫与暴乱,似乎把那当成本县的历史污点。

印斯茅斯衰落期的材料固然稀少,重要性却毋庸置疑。内战后,小镇的工厂只剩马什的精炼公司,除开传统渔业,金锭交易成了当地唯一重要的买卖。随着鱼价一跌再跌和大企业加入竞争,捕鱼收益越来越少,好在印斯茅斯港周围的渔获从来不缺。那里很少有外国移民，某些遮遮掩掩的证据表明，曾有一些波兰人和葡萄牙人做过尝试，但被当地人毫不客气地赶走了。

最有意思的是，县志还简略提到似与印斯茅斯相关的奇怪首饰。显然，全县人民对那些东西印象深刻，以至阿卡姆的密斯卡托尼克大学博物馆和纽伯里港历史协会的陈列室都有样品展出。纵然零星的描述乏味又平淡，字里行间却有些古怪的暗示撩拨着我，使我心头涌起微妙难言、无法释怀的暗流。尽管天色已晚，我还是决定申请参观，据说那是一件比例奇特的大型三重冕。

我带着图书馆的介绍函，拜访住在附近的历史协会负责人安娜·蒂尔顿小姐。幸好没到深夜，简单说明来意后，好心的老小姐就把我领进业已关闭的协会陈列室。那里的藏品琳琅满目，但我无暇欣赏其他，直奔角落展柜里那件被电灯照得闪闪发亮的奇异饰品。

紫色天鹅绒衬垫上的三重冕超凡脱俗、光辉夺目，充满异域风情又令人浮想联翩，再粗枝大叶的观众也会为之屏住呼吸。时至今日，我依然很难用语言描述它。诚如县志记载，它明显是种头冠，然而前端太高、周边太宽又不规则，就像为畸形的椭圆脑壳定制的。它的材质似以黄金为主，光泽却又白又淡，大概掺了同样华丽但我分辨不出的其他金属，熔炼成不可思议的合金。它的保存状况近乎完美，装饰设计不落窠臼，表面以无比优雅与娴熟的技法镂刻或浇铸出层次分明的高凸浮雕，其中既有单纯的几何线条，亦有直观的海洋生物——我所见到的三重冕意蕴深远、引人入胜，哪怕花上几个钟头研究也值得。

我越看越入迷，痴迷中又隐含着一丝难以界定或阐释的不安。一开始，我归咎为三重冕过于另类的神韵，因我见过的艺术品要么烙上了某个民族或国家的风格，要么是刻意挑战大众认知的现代主义尝试，但那头冠独树一帜、成熟到几近完美的技法与我见闻过的范例——不论西方还是东方，古典还是现代——都大相径庭，仿佛来自另一颗星球。

我很快又意识到，不安感或许存在同样强烈的第二个源头，也就是三重冕上构图与数学元素的古怪意象。所有装饰都隐喻着时空的遥远奥秘与无从想象的深渊，单调的海洋浮雕因之变得险恶起来。浮雕中那些半鱼半蛙、怪诞恶毒、难以言表的可憎怪物，似乎唤醒了人类的细胞和组织深处最古老原始的记忆，投射出萦绕不去的丑怪幻影，教我时而感到，每根描绘它们的渎神线条都在彰显彻底的异端与非人的邪恶。

据蒂尔顿小姐所言，别看三重冕雍容华贵，得来却全不费工夫。1873年，一名印斯茅斯醉汉以可笑的价格将它抵押给政府街某家当铺，随后死于斗殴，历史协会直接从当铺老板手中得到头冠，并立刻举办了与之相称的展览。它被标注为疑似出自东印度或印度支那，坦白讲只是猜测罢了。

对于三重冕的真正来源，又为何出现在新英格兰，蒂尔顿小姐比较各种假说之后，倾向认为其属于奥贝德·马什老船长得到的海盗的异域赃物。马什家族得知消息后第一时间开出高价试图赎回，即便遭历史协会反复拒绝，至今也没有放弃，这从侧面印证了此观点。

好心的小姐领我离开时明确表示，马什家族的财富来自海盗宝藏是本地有识之士的共识。纵然她并未去过阴霾笼罩的印斯茅斯，但那里无可辩驳地正与文明社会渐行渐远，活该受到排斥。她还向我保证，传闻中的恶魔崇拜并非捕风捉影，一个罕见的秘密教团已在那里发展壮大，霸占了所有正统教堂。

据她所言，该教团名为"大衮秘教"，毋庸置疑是个卑劣的异教组织，一个世纪前由东方传入。当时印斯茅斯的渔业本已濒临枯竭，却突然反弹并长盛不衰，教团自然笼络到大批头脑简单的百姓，很快成为镇上的最强势力，甚至取代共济会，将后者设在新教会绿地旁的总部老共济会堂也夺了过去。

总之，虔诚的蒂尔顿小姐完全有理由远离那个堕落衰败的古镇，但我的探索意愿却不减反增。抛开建筑与历史，那里的人种状况似乎也很有趣，回到青年会的小房间，我兴奋得彻夜难眠。

（二）

第二天上午十点不到，我便拎着小提箱，站在老集市广场的哈蒙德药店门口，等待前往印斯茅斯的公交班车。随着班车抵达时间临近，我注意到路人们纷纷沿街走向别处，或穿过广场钻进"理想餐厅"——售票员所言非虚，本地人的确厌恶印斯茅斯及其居民。没多久，一辆格外破旧的脏灰色小公交"叮叮咣咣"地开上政府街，拐了个弯停在我身旁的路边。直觉告诉我就是这辆车，挡风玻璃上字迹模糊的招牌旋即证实了猜测：阿卡姆—印斯茅斯—纽伯里港。

车上仅有三名乘客，个个皮肤黝黑、衣冠不整、脸色阴沉，但看上去倒挺年轻。车子停稳后，他们摇摇晃晃地下来，沉默到几乎有些鬼祟地走上政府街。司机也下了车，我看着他进药店买东西，估计就是售票员提到的乔·萨金特。在我有机会深入观察前，一种难以解释但无法抑制的厌恶感便油然而生，本地人不愿乘坐那家伙运营并驾驶的公交车、不愿拜访那家伙及其同胞生活的镇子，原因真是显而易见。

司机走出药店时，我更仔细地审视他，试图厘清厌恶的来源。他身高近六英尺，体形瘦削，肩膀佝偻，身穿脏兮兮的蓝色便服，头戴有些磨损的灰色高尔夫球帽；他大概三十五岁，倘若忽略毫无表情的木讷面庞，只就脖子两边深陷的古怪皱纹判断，很容易高估年龄；他脑门狭窄，鼻子扁平，水汪汪的、几乎一眨不眨的蓝眼睛朝外鼓凸，额头和下巴向后收缩，耳朵发育极不完全，嘴唇又长又厚；他毛孔粗糙的浅灰色脸颊几乎没长胡子，只是杂乱分布着几撮卷曲的黄色绒毛，脸皮的某些部分也不规整，仿佛曾因皮肤病脱落一样；他青筋凸起的大手呈怪异的蓝灰色，指头短得不成比例，好像还有点伸不开；他走回公交车的蹒跚步态也很古怪，多半是由于大得离谱的脚掌——我越琢磨越疑惑他上哪儿才能买到合适的鞋子。

司机的油腻感增添了我的厌恶，他显然常在鱼码头周围工作或晃悠，沾染了特有的鱼腥味。总而言之，尽管我猜不透他体内流着哪国人的血——他怪异的外表跟亚洲人、波利尼西亚人、黎凡特人乃至黑鬼都不同——但他与普通人的区别可谓一目了然。或许那并非异族混血，而是人种退化？

没见到其他乘客，我心中暗暗叫苦，不想跟那司机单独上路。然而随着发车时间临近，我只能压下不安随他上车，递去一元美钞，惜字如金地低声道："印斯茅斯。"他好奇地看了我两眼，一声没吭地找来四十美分。我寻了个离驾驶席很远，但位于其同侧的座位，毕竟沿途还想看看海边风景。

破旧的公交车猝然一抖发动了，伴着排气管喷出的白烟，"叮叮咣咣"地驶过政府街两边老朽的砖房。我瞥见路人个个目光闪烁，视线小心翼翼地避开公交车——至少不希望别人发现自己看着它。车子左拐进入高街后，路面平整多了，建国初期的庄严老宅与更早的殖民地时期农舍纷纷闪过，再经过绿洼地与帕克河，漫长、单调而开阔的乡村海滨终于在眼前徐徐展开。

那天气候温暖、阳光明媚，沙滩、莎草和低矮灌木组成的沿途景观愈显荒凉，亏得驶离连通罗利与伊普斯威奇的主公路、进入狭窄的海岸公路后，还能眺望湛蓝的海水和李子岛的黄沙海滩。一路没有房屋，沿途交通也不繁忙，饱经风霜的小电话线杆只托着两条线路。车子偶尔驶过横跨潮沟的简陋木桥，沟壑蜿蜒切入内陆深处，加剧了陆地的碎片化。

沙滩上偶尔可见枯死的树桩与破碎的墙基，让我想起县志记载的往事。据说这片乡野也曾土地肥沃、人口众多，但环境于1846

年印斯茅斯大瘟疫前后发生剧变。单纯的民众将一切归咎为隐秘的邪恶势力暗中作祟，真实原因恐怕是对海岸森林愚蠢的乱砍滥伐，由此导致水土流失，为风沙大开方便之门。

经过漫长旅途，李子岛渐渐退出视野，浩瀚的大西洋在左边映入眼帘。狭窄的公路开始险峻爬升，眼看车辙在前方孤独的山顶与天幕交会，我不由得大感不安，仿佛担心车子升个没完，以致抛却理智的世界，融入高天之上神秘未知的异境。此刻，就连海洋的味道也充满不祥意味，一言不发的司机那僵硬佝偻的背影和狭窄的脑袋更是越发可憎，我发现他的后脑勺跟脸庞一样光秃，粗糙的灰色头皮上只有几撮散乱的黄色绒毛。

车子终于登上山顶，底下是铺陈的山谷。漫长的悬崖自国王港峰向北延伸，在安角转了个大弯，马努塞特河恰在其最北端汇入海洋。我在远方雾气弥漫的地平线上依稀辨出国王港峰朦胧的侧影，峰顶便是承载众多传闻的怪异古屋，随即又被山下的图景牢牢吸引住了——我亲眼见到了传闻中阴霾笼罩的印斯茅斯。

这个镇子占地宽广、建筑稠密，却显得生机寥寥、死气沉沉。林立的烟囱不见几许炊烟，三座未刷漆的高耸尖塔呆板地映衬着大海，其中一座的顶部已然垮塌，它与另一座塔上镶嵌的钟盘都不见踪影，剩下两个黑窟窿。放眼望去，大片下陷的复折式屋顶与依然坚挺的三角墙挤在一起，明确宣布这些建筑业已惨遭虫蛀、腐朽不堪。公交车沿路下山时，我还发现许多屋顶彻底垮掉了。镇内也有些乔治王朝时期的方正大宅，搭配着四坡屋顶、圆顶和带护栏的

"望夫台",多数远离海滨,其中一两栋似乎保养得不错。一条锈迹斑斑、荒草掩盖的废弃铁路引向内陆,路旁东倒西歪的电线杆没了缆线,通往罗利和伊普斯威奇的旧马路也模糊难辨。

越靠近海滨,房屋腐朽越严重,但那一带中央有栋带白色钟楼、状态不错的砖砌建筑,貌似是个小工厂。早已被泥沙淤塞的港口围着古旧的防波石堤,我渐渐看出堤上坐着几个几不可见的渔夫,防波堤尽头似乎还有过去的灯塔遗留的基座。堤岸内侧形成一道沙嘴,上面有些破屋、停泊的小渔船及零星的捕虾笼。河流经过带钟楼的建筑后折向南边,在防波堤尽头注入大海,那里应是唯一的深水区。

海滨到处是废码头,它们从岸边伸进水中,末端都烂掉了,越往南越不堪入目。时值涨潮,远处却能看到一条稍高于海面、隐约带有古怪恶意的长长黑线。我知道那就是魔鬼礁,但看得越久,强烈的排斥中竟生出微妙而可疑的向往,说来也怪,后者似乎比前者更教我心烦意乱。

公路上并无行人,直到途经荒凉程度不尽相同的农场,我才注意到某些房子尚有人住,破破烂烂的窗户挡着碎布,杂乱无章的院子堆着死鱼和贝壳。我有一两次瞥见无精打采的农夫在贫瘠的菜园里干活,或在满是臭鱼味的滩涂上挖蛤蜊。几伙尖嘴猴腮的脏孩子在杂草丛生的门阶前玩耍,不知为何,他们比凄凉的房屋更让我不安,几乎所有人的面孔和动作都有种莫名的古怪,让人出自本能、没来由地厌恶。有那么一会儿,我觉得他们的体貌特征应和了某本读过的书中,为大肆渲染的恐怖或阴郁情节绘制的插图,好在这份虚假记忆来得快去得也快。

公交车行到山脚,诡异的死寂才被持续不断的瀑布水声打破。道路两旁未上漆的歪扭房子越发密集,显示出更多城镇气息。再往前就全是街景了,我频频见到鹅卵石路面与砖砌人行道留下的痕迹,但房子都明显无人居住,有些甚至已彻底坍塌,空旷的缺口只剩下垮掉的烟囱与地下室的断墙,而一切均弥漫着糟糕透顶的鱼腥味。

不久,前面出现岔路和交叉路口,左边没有铺砌的街道通往肮脏落魄的海滨,右边街道依然残留着几分昔日的繁荣。迄今为止,我在镇内还没遇上半个活人,只见到稀稀落落的生活迹象——有些窗户挡着帘子,路旁间或停有破旧汽车。随着公交车继续行驶,车道与人行道的界限越发分明,房屋虽以陈旧的19世纪早期砖木建筑为主,但明显经过修缮,仍旧适合居住。身为业余文物爱好者,置身这片保存完整、内容丰富的遗迹当中,我几乎忘记了恶心的气味,也消减了对其氛围的反感。

然而在抵达目的地之前,我又对某地生出强烈憎恶——那是个开阔的广场或道路枢纽,两边都有教堂,中心为残留下来的杂乱无章的圆形绿地。我在右边路口见到一座廊柱支撑的大会堂,其粉刷的白漆已然脱落泛灰,三角墙上褪色的黑、金两色牌匾亦只能勉强认出"大衮秘教"的字样。毫无疑问,那就是被堕落的异教团体霸占的共济会堂。我正拼命辨认牌匾上的铭文,突然又被街对面嘶哑破碎的钟声所吸引,便飞快地回到自己的座位这一侧,往车窗外望去。

钟声来自一座低矮的石塔教堂,其落成时间明显晚于周围大多数建筑,遵循拙劣的哥特式设计,高得不成比例的地下室开有不少百叶窗遮挡的窗口。尽管眼前所见的钟盘没了指针,反复敲打的嘶哑钟声却告诉我正是十一点。紧接着,一幅来势汹汹、异常尖锐又难以言表的恐怖画面冲去所有时间观念,攫住了我的视线:教堂地下室敞开的大门犹如长方形的黑暗深渊,有个东西正在我的注视下走出——或即将走出——那个深渊。在我意识到之前,脑海中已深深烙印下噩梦般的画面,更让人抓狂的是,画面里的东西若用理性分析并无可怕之处。

那显然是个活人——确切地说,是我在镇内除司机外见到的第一个活物——如果我的情绪更稳定一些,就不会阵脚大乱了。我很快意识到对方的牧师身份,奇特的法袍无疑是大衮秘教修改本地教会礼仪的结果。说到底,他之所以能挑动我的神经、引起我的恐慌,恐怕得归咎到他头上那顶高高的三重冕,那东西同昨晚蒂尔顿小姐展示的样品几乎一模一样。在想象力的帮助下,三重冕为对方模糊不清的面孔及法袍下的蹒跚步态增添了不可名状的险恶气息,但我很快正告自己不该草木皆兵、杯弓蛇影。不管怎么说,试图扎根地方的异教团体穿戴本地人熟悉的别致头饰——也许真是海盗的宝藏——不是很正常吗?

人行道上开始零星出现面目可憎的年轻男女,有的单独行走,有的三三两两,但全都一言不发。公交车叮咣作响地继续前进,两边摇摇欲坠的楼房的底层常设有小店铺,门口挂着看不清的招牌,还有一两辆货车停在路边。瀑布水声越发分明，前方即是颇为陡峭的河谷，河上高耸而宽敞的公路桥有铁栏杆围护，对面是个大广场。过桥期间我分别向两侧观察，只见绿油油的悬崖边缘及悬崖下方的台地均有厂房，充沛的河水则来自右手上游方向两个奔腾的瀑布，左手下游方向至少也有一个瀑布，所以水声才这么震耳欲聋。车子过河后开进半圆形大广场，停在右边一栋圆顶大楼前，大楼的黄漆尚未掉光，只能看清一半的招牌表明它就是吉尔曼旅馆。

我欣慰地跳下车，把小提箱寄存在寒酸的旅馆大堂。大堂内只有一名上年纪的营业员，虽然他没有所谓"印斯茅斯长相"，但我记得这家店发生过怪事，并不打算在此询问那些困扰我的问题。公交车开走后，我在广场上一边溜达一边盘算。

铺有鹅卵石的开阔广场一侧是直的，背后就是河道，另一侧呈半圆形分布着若干19世纪的斜顶砖楼，几条街朝东南、正南和西南辐射开去。稀稀落落的路灯装的都是低功率小白炽灯泡，虽然晚上月光明亮，我仍庆幸天黑前可以离开。广场周边的建筑状况尚佳，大概有十几家店铺在营业，包括一家"第一国民"连锁食杂店、一家阴暗的饭店、一家药店和一家渔获批发店，最东边靠近河流的地方，还有镇上唯一的工厂"马什精炼厂"的办事处。目光所及不过就十个人、四五辆汽车或货车，但不消说，这就是印斯茅斯的中心了。向东望去，我能瞥见港口的一抹湛蓝，映衬着那三座曾经风光无限、现已颓唐衰败的乔治王朝时期的尖塔。河对岸靠近海滨有一栋带白塔的建筑，估计便是马什精炼厂。

出于某些原因,我决定先去连锁食杂店打听,那儿的雇员十有八九不会是印斯茅斯土著。果然,一个十七岁左右的小哥独自看店,他开朗又友善的脸让我倍感振奋,相信能打听到有用信息。小哥十分乐意开口,我很快听出他不喜欢这个镇子——尤其是这里的鱼腥味和鬼鬼祟祟的居民——能与外地人聊天算是种解脱。作为阿卡姆人,他目前寄宿于一户来自伊普斯威奇的人家,且一有机会就跑回老家。家人不赞成他在印斯茅斯工作,可连锁店非把他调来,他只好勉为其难地留下。

根据小哥的说法,印斯茅斯没有公共图书馆和商会,只能靠自己逛。公交车行经的是联邦街,那条街以西的几条老住街——布罗德街、华盛顿街、拉斐特街和亚当斯街——保存完好;那条街以东是海边的贫民窟,其中主街边上有乔治王朝时期的老教堂,可惜废弃已久。他劝我别太招摇,尤其在北岸,那头的居民性情阴郁、充满敌意,外乡人甚至可能一去不返。

某些地点基本属于禁区,小哥也是吃了点苦头才知道的。比方说,外乡人切不可在马什精炼厂、任何仍在使用的教堂及新教会绿地旁廊柱支撑的大衮会堂附近逗留。这里的教会很古怪,以致外地的兄弟组织毅然决然地与之撇清关系。他们的法袍和仪式都可疑到极点,离经叛道的神秘教义似乎暗示信众经过神奇的转化,就能在尘世间达成肉体的不朽。小哥的牧师——阿卡姆美以美会阿斯伯里教堂的华莱士博士——曾郑重警告他不要加入印斯茅斯的任何教会。

小哥对印斯茅斯人了解很少。他们犹如穴居动物一样神出鬼没，很难想象除隔三岔五捕鱼之外如何打发时间——根据消耗的走私酒水判断，没准儿大半个白天都醉得不省人事。某种社团或共识似乎将他们阴险地撮合起来，鄙视外界，仿佛一只脚已踏进更美好的领域。他们的外貌委实可怕，尤其是一眨不眨地圆瞪着、好像永远也闭不上的眼睛；他们的声音亦难听极了，教堂的夜间唱诵教人毛骨悚然，每年4月30日和10月31日是他们的主节期或奋兴日，比鬼哭狼嚎更有过之。

他们特别亲近水，喜欢在河道和港口游泳，经常比赛游向魔鬼礁，虽然辛苦但个个乐此不疲。值得一提的是，公共场合现身的一般只有年轻人，其中年纪大的长得最丑，当然也有例外，比如旅馆的老营业员就没怎么脱相。外界好奇的是，大部分印斯茅斯人老去后会变成什么样？"印斯茅斯长相"到底是不是会随年纪渐长而加重的奇怪慢性病？

只有极罕见的病症能导致成年个体的生理结构——譬如头骨的基本形状——发生如此剧烈的改变，但要想全身上下多处同时发生，真是匪夷所思且闻所未闻了。小哥的结论是外乡人很难弄清个中奥妙，因为不管在印斯茅斯居住多久，都无法与本地人交上朋友。

他言之凿凿地保证，一定有好多比见得到的丑陋镇民更难看的家伙被锁在屋里，有时会听到非常奇怪的动静。据说在北岸海滨，摇摇欲坠的小屋彼此通过暗道相连，那是不见天日的畸形怪胎真正的聚居地。没人说得清他们到底混杂了哪国血统——如果真有的话——遇到政府官员或外来访客，特别难看的家伙会被藏起来。

小哥以过来人的身份提醒我，别白费工夫找本地人打听镇子的事。唯一可能开口的是个相貌正常的高龄老头，平时住在镇北边缘的救济院，没事喜欢在消防站附近遛弯。老头名叫扎多克·艾伦，九十六岁，脑子不太清楚，又是镇上有名的醉鬼。他有个怪癖，总爱疑神疑鬼地扭头张望，就像在提防什么一样。说到底，他清醒时也不会跟外乡人开口，幸好对钟爱的"毒药"毫无抵抗力——几口黄汤下肚便会沉湎于往事，讲出令人震惊的闲言碎语。

尽管如此，他的故事其实没什么营养，支离破碎的疯话暗示了毫无根据的奇闻与惨祸，或许关于本地最疯狂的流言蜚语统统出自他的想象和那张碎嘴。总之没人信他，本地人更不喜欢他酒后跟外乡人乱说道，所以找他搭话也不安全。

印斯茅斯的外来户时而看到怪东西，考虑到他们住在丑陋的本地人中间，又受扎多克的故事影响，产生错觉原本不足为奇。依照彼此间的共识，他们天黑后绝不外出，不管怎么说，在黑得无以复加的街道闲逛并不明智。

至于这里的营生，众所周知的丰富渔获固然费解，本地人对之的兴趣却越来越少。加上鱼价一跌再跌，竞争越发激烈……真正的产业只剩下精炼厂，其办事处就设在广场东边，离连锁店只隔几家门面。然而马什老爷子从不露面，偶尔上班也坐一辆拉着窗帘、车门紧闭的轿车。

不少谣言提到马什变了副模样。他过去是个名声在外的花花公子，传闻到现在还常穿爱德华七世时代华丽的双排扣礼服，以此来巧妙隐藏某些身体缺陷。他的儿子们以前在广场的办事处办公，最近也淡出视野，业务主要交给下一代打理。他的儿女相貌都很怪，尤其是年长那些，听说健康状态亦每况愈下。

马什有个长得像恶心爬虫的女儿，喜欢挂满珠宝招摇过市。那些珠宝与我所见的三重冕似乎属于同一种诡异的异域风格，小哥不但目击过好多次，还听说它们来自海盗抑或魔鬼的秘密宝藏。教堂的牧师——或许该叫祭司吧——也会戴同样的头冠，只是外人很少得见。小哥没见着其他首饰，但据传镇内类似的东西多的是。

马什家与另外三家大户——韦特家、吉尔曼家和艾略特家——平时待在华盛顿街的大宅里深居简出。据说各大家族出于外貌原因将某些亲属藏了起来，对外宣称已死，并登记在案。

小哥不只提醒我许多街道没了标牌，还煞费苦心地画了张粗糙但详尽的地图，标出各主要地点。我看出这张地图的价值，千恩万谢地仔细收好。鉴于此前见到的唯一一家饭店环境恶劣，我干脆在食杂店买了些奶酪饼干和姜汁华夫饼充当晚些时候的午餐，并决定接下来沿主要街道走一遭，碰到外来户就聊一聊，最后搭晚八点的公交车去阿卡姆。这个镇子是稍显夸张但不乏现实意义的社区衰败例证，但我并非社会学家，专心欣赏建筑足矣。

我就这样迈入印斯茅斯阴霾笼罩的狭窄街道，开始了有条有理但稍感迷惘的参观。过桥后，我转向水声轰鸣的下游瀑布，从近处经过马什精炼厂。那地方静得有点诡异，毫无工厂生产的轰鸣喧嚣，它建在河边陡峭的悬崖上，紧邻着另一座桥和一片街道交会的开阔地,后者应是镇子早期的中心,独立战争后已被如今的镇广场取代。

我沿主街桥折回南岸,来到一片几乎彻底废弃的街区,不知为何有些毛骨悚然。行将崩塌的复折式屋顶挤作一团,勾勒出参差不齐、光怪陆离的天际线,上方还有一座尖顶不翼而飞的阴森老教堂。虽然门窗几乎都被厚木板钉死,但主街两旁的个别房子似乎还有人住,未铺砌的支路边上则全是废弃小屋,且多因地基下沉倾斜到岌岌可危乃至不可思议的角度,黑漆漆的窗洞好似无数幽灵的眼睛,我必须鼓足勇气才能转向东边、走到海滨。要知道,鳞次栉比的废弃房屋连成刻板荒芜的城镇,其可怕程度并非线性增长,而是呈几何级数膨胀。看着死鱼眼珠般空虚死寂的漫漫长街,联想到屋内沉默的黑暗空间已被蛛网、怨念和志得意满的蠕虫占领,再顽强的信念也很难驱散本能的恐惧与厌恶。

鱼街同主街一样荒凉,区别在于不少砖石修砌的仓库依然完好。水街几乎是鱼街的翻版,只是有些朝海的大缺口,过去应是码头。除开远处防波堤上零星的渔夫,我看不到任何活物;除开海湾里潮水的拍打和马努塞特河瀑布的咆哮,我也听不见任何声音。这个镇子让人越来越紧张,当我从年久失修的水街桥——根据地图,鱼街桥早已垮塌——走回北岸时,不由得也开始偷偷扭头张望。

北岸倒有些惨淡生机——几家渔获加工作坊开门营业,几根烟囱冒出青烟,几个屋顶经过修补,偶有不知源头的声音,萧条的街道和未铺砌的小巷亦曾闪过蹒跚人影——但我感觉这里比废弃的南岸更压抑，这里的人也比镇广场周围的居民更丑陋畸形，乃至让我频频产生虚无缥缈的邪恶联想。印斯茅斯人与外国佬混血的确比内地严重得多——退一万步讲，就算"印斯茅斯长相"真是疫病而非血统特征，这片街区的晚期病例也明显更多。

一个令我深感困扰的细节是那些偶尔传出的微弱声音，它们的分布相当奇特——按说声音本该来自有人居住的房屋，但实际上被木板钉死的建筑里动静最大，其中包括吱嘎声、跑动声、嘶哑而可疑的喧哗声⋯⋯令我难以抑制、惴惴不安地想起食杂店小哥提及的暗道。我突然疑惑这片街区的居民说话是怎样？迄今为止，我还没在街上听人说过话，也难以解释地不想听见。

我在主街和教堂街稍作停留，欣赏过两座废弃老教堂的残缺之美，便匆忙离开肮脏落魄的海滨。下一目标本该是新教会绿地，但我毫无动力前往来时经过的教堂，那里的地下室有令我莫名惊恐的怪影——一个戴头冠的牧师或祭司——再说食杂店小哥也叮嘱过我，陌生人最好不要在印斯茅斯人的教堂周围乱晃，其中当然包括大衮会堂。

于是我沿主街北行到马丁街，然后转往内陆方向，从新教会绿地北边平安穿过联邦街，进入衰败的上流街区——北岸的布罗德街、华盛顿街、拉斐特街和亚当斯街。这些老住街虽然路面残破、疏于打理，但在榆树掩映下依然保留了几分褪色的荣耀。一栋栋大宅让我目不暇接，它们大多年久失修，门窗也被封死，周围是闲置的园子，然而每条街总有一两栋有居住迹象。在华盛顿街，四五栋细心保养的大宅并肩而立，草坪和花园修剪得整整齐齐，其中最奢华者拥有宽敞的梯台花圃，一直延伸到拉斐特街，想必就是马什老爷子——饱受病痛折磨的精炼厂老板——的宅邸。

但这些老街同样不见活物，连猫狗都绝迹，即便是最完好的大宅，三楼和阁楼上的窗户也严严实实挡着百叶窗，让人格外焦躁和疑惑。诡异与死亡的气息沁透了沉默的印斯茅斯，鬼祟和神秘无处不在，四面八方似乎都有狡黠的眼睛一眨不眨地暗中监视着我。

左边突然传来三声嘶哑钟鸣，我忍不住打了个激灵，之前那座带钟楼的低矮教堂给人的印象实在太深了。我赶紧沿华盛顿街走向河边，经过过去的工商业区，好几家废弃工厂出现在前方，右手方向的河道上游有废弃的旧火车站，车站以外是横跨河道的铁路廊桥。

桥头立着警示牌，但我还是冒险走过危桥。南岸果然多了些生机，神神秘秘、脚步蹒跚的形影投来似有若无的视线，正常一些的面孔则是冷漠而好奇地扫视着我。印斯茅斯让我越来越难忍受，只顾沿潘恩街直奔镇广场。由于那辆破败的公交车还要很久才能出发，我打算随便找个交通工具，提前赶去阿卡姆了事。

就在此时，我注意到街道左边破败不堪的消防站，一个满脸通红、醉眼惺忪、胡子拉碴、衣衫破烂的老头坐在站前的长凳上，正与两个同样不修边幅但相貌还算正常的消防员谈天说地。不用问，他就是扎多克·艾伦，那个半疯半傻的九旬老酒鬼，关于阴霾笼罩的印斯茅斯古镇，许多令人难以置信的疯话就是从他那张碎嘴里传出来的。

（三）

　　由于机缘巧合，抑或隐藏的黑暗势力暗中推动，我鬼迷心窍地临时改了主意——我原本只想研究建筑格局，当时又急着赶往镇广场，打算随便找个交通工具，尽快离开被死亡与腐朽主宰的糜烂镇子，可一看到老酒鬼扎多克·艾伦，心思却突然活络起来，不知不觉放慢了脚步。

　　食杂店小哥提醒过我，这老头只会讲些支离破碎又令人难以置信的故事，而且找他搭话被本地人看见不安全。然而老头见证过小镇的没落，肯定还记得早年间船只往来、工厂兴旺的岁月，以及这九十年来围绕印斯茅斯的风雨变迁，一想到这些我便不愿直接走人了。说到底，再荒诞离奇的传言也不过是现实的象征和影射罢了，熊熊燃烧的好奇盖过了理智与谨慎，年轻气盛的我自信能在生酿威士忌的帮助下撬开老头的嘴，从他絮絮叨叨的口水胡话中提炼出历史真相。

　　可我也知道不宜马上上前搭讪，以免引起两个消防员的注意和阻挠。我先搞到酒——正好食杂店小哥推荐过一个大量供应私酿的地点——然后假装在消防站周围闲逛，等老扎多克习惯性起身散步时悄悄跟上。小哥说过，这老头不太安分，在消防站也就能坐上一两个小时。

　　卖酒地点就在镇广场外围的艾略特街，从那家昏暗的杂货铺后面搞到一夸脱威士忌虽然破费，但并不难。招待我的伙计脏兮兮的、圆瞪的眼睛颇有几分"印斯茅斯长相"，好歹还算客气，也许是习惯了外地的货车司机、金锭买家等偶尔在镇上买醉吧。

回到广场，我立刻交上好运：一个又高又瘦、衣衫破烂的人影刚好拖着脚步走出潘恩街，绕过吉尔曼旅馆的转角，正是老酒鬼扎多克·艾伦。我按计划故意挥舞刚买的酒瓶吸引他注意，然后转进韦特街，走向印象中全镇最荒凉的区域。没多久，老头果然满脸饥渴、脚步虚浮地跟了过来。

我照着食杂店小哥的地图，直奔南岸彻底荒废的海滨，根据此前的散步经历，除了远处防波堤上的渔民，那地方没人看得见，而只消再往南过几个街区，还能完全摆脱渔民的视线。届时我可以在某个废弃的码头边随便找地方坐下，在不被打扰的情况下慢慢盘问老扎多克。

不待我走到与主街交会的路口，背后便传来气喘吁吁的低唤："嘿，先生！"我放慢脚步等老头追上，拔开瓶塞请他喝了两口。

我俩一起走向水街，之后转道向南，穿过大片废弃街区和倾斜得夸张的破房子。我开始试探口风，老头的嘴却远比预料中严实。最终，我在断壁残垣间找到一处朝向大海、杂草丛生的缺口，同样杂草丛生的土石码头由此伸入海中。水边有许多生满苔藓的石头，勉强可以坐下，北面荒废的仓库刚好能挡住窥探的视线，我认为这是长时间密谈的理想位置，便领扎多克择路而行，在生满苔藓的石头间找地方坐下。纵然死亡与衰败的气息如影随形，鱼腥味也强烈到令人作呕，但我下定决心要排除一切干扰。

想赶晚八点的公交车去阿卡姆，还能聊四个钟头，我一边给老酒鬼倒酒，一边享用简陋的午餐。我小心谨慎地灌他，意在多套出些疯话，而不是早早把人放翻。一小时后，他紧闭的嘴终于有了松动迹象，但令我失望的是，每当我问起印斯茅斯及其阴霾笼罩的过往，他总会岔开话题。他絮絮叨叨的都是时事，摆出一副常读报纸、见多识广的架势，并用乡巴佬的说教口吻对各种新闻做出高屋建瓴的点评。

眼看两小时即将过去，一夸脱威士忌也快见底，我始终没能撬开老扎多克的话匣，不由得琢磨着该不该撇下他回去再买点酒来。然而事情突然有了转机，老酒鬼喘着粗气改变了话头，我赶紧凑过去，不放过他说的每个字。我一直背对腥气冲天的大海，老头则是面朝大海。出于某种原因，他游离的眼神最终聚焦于远处的魔鬼礁——那片礁石是远海的浪涛间一条低矮但清晰、相当打眼的黑线。老头似乎对它很不满，低声嘟嘟囔囔骂个不停，最后声音小到只有自己能听见，眼睛还是一如既往恶狠狠地瞪着那边。接着他朝我俯身，一把揪住我的外套衣领，咬牙切齿地说出一些我绝不会听错的话。

"一切都是从那里开始的——被诅咒的礁石，汇聚了深海的邪恶，那是地狱的大门，直通到测深索也够不着底的海下。都是奥贝德老船长干的好事，他在南洋海岛得到了不该得到的东西。

"当时日子艰难，大家都不好过，生意下滑，工坊停业，新盖的厂子也不例外。最棒的那批小伙子不是1812年战争期间死在私掠船上，就是随了吉尔曼家的双桅帆船'伊莱扎号'和三桅小帆船'漫游者号'再没回来。奥贝德·马什有三条船——双桅帆船'哥伦比亚号'和'海蒂号'、三桅帆船'苏门答腊女王号'。当时坚持跑东印度和太平洋的就他一个，以斯拉·马丁的三桅帆船'骄傲马来号'1828年出海之后也歇业了。

"没人喜欢奥贝德船长——那条撒旦的老狗！嘿嘿！我记得他召集大会吹嘘遥远的地方，咒骂所有虔信上帝的基督徒、所有逆来顺受的伙计都是傻蛋，又说大伙儿应该像印度人一样找些更好的神明来供奉——有求必应、会用渔获回报献祭的神明。

"奥贝德的大副马特·艾略特作了补充，但他反对大伙儿接受异端。据他描述，塔希提岛东边有个岛，岛上有许多年代比人类更早的石头废墟，有点像加罗林群岛的波纳佩岛上那些，石头上刻的脸又与复活节岛的巨型石雕相似。那个岛旁边还有个小火山岛，该岛废墟里的雕刻更为奇异——那些废墟侵蚀严重，像在海底长期泡过——全是可怕的怪物。

"哎，先生，马特说当地岛民有抓不完的鱼，还有奇怪的用金子打的手镯、臂镯和头冠，那些首饰刻满怪物图案，与小岛废墟里的雕刻一模一样——像鱼的青蛙或者说像青蛙的鱼，摆出各种人类的姿势。他们不肯透露首饰的来源，附近岛屿的土人更纳闷自家没啥收获，凭啥他们能抓到那么多鱼？马特和奥贝德船长都琢磨过这个问题，老船长还发现当地的漂亮小伙子年年失踪，根本见不到几个老人。还有，就算以卡纳克人的标准，他们的长相也够怪了。

"后来，奥贝德设法搞到了异教徒的秘密。说不准他具体咋弄的，无非一开始是拿东西交换岛民的金首饰，再伺机询问首饰打哪儿弄来、怎样才能多弄点，就这样一点点从老酋长——岛民管这人叫瓦拉契亚——嘴里掏出真相。嘿嘿！也只有奥贝德老船长的胆儿够肥，敢信那个黄皮老魔头的鬼话，他看人比翻书还准咧。这些东西我说出来没人信，我也不指望你信，年轻人——虽然我一瞧见就晓得，你的眼睛跟奥贝德一样犀利，你也很会看人。"

老头的声音越压越低，尽管我知道他说的只是酒后疯话，但格外真挚的语调透出的不祥意味仍令我不寒而栗。

"哎，先生，奥贝德知道，世上有些事咱老百姓压根儿没听说过，听了也不敢信。这伙卡纳克人好像会把自家的姑娘小伙分批献祭给海下的神明，换取各种回报。他们在满是古怪废墟的小火山岛上见过海神，那些神似乎就是雕刻图案里可怕的半鱼半蛙的怪物，搞不好各种美人鱼传说都起源于它们。它们在海底有许多城市，后来小火山岛突然从海底升起，有些成员还住在岛上的石头房子里咧。卡纳克人就这样知晓了它们的存在，并在克服恐惧后通过手势比画交流，很快达成协议。

"它们喜欢活人祭品，好久好久以前就喜欢，只是后来与陆地断了联系。我不知道它们如何处置祭品，估计奥贝德也没兴趣打听，反正异教徒们无所谓，他们经历过苦日子，拼了命想捞取一切，于是每年两回尽量准时地——就安排在五朔节前夜和万圣节前夜——献祭一定数量的年轻人，还献上自己刻的小饰品。对方按协议回报他们许多鱼——从大洋各处驱赶来的鱼群——不时还赠送一些类似金子质地的首饰。

"哎,正如我所说,岛民是在小火山岛上见到它们的,并用独木舟送去活人祭品,带回金首饰。一开始,对方不愿到人类居住的大岛去,但时间长了也就随心所欲了,它们好像很喜欢跟岛民结合,并会在五朔节前夜和万圣节前夜这样的大日子共同举行祭典。你知道,它们有水没水都能活,也就是所谓的两栖吧。岛民警告它们别被其他土人瞧见,否则有灭顶之灾,但它们不在乎,声称要不是没兴趣,消灭全人类易如反掌,除非有人能掌握失落的古圣——天知道那是什么——使用的特殊符文。总之它们还是嫌麻烦,每有外人登岛就躲藏起来。

"卡纳克人起初并不愿跟半鱼半蛙的怪物结合,直到学会用新眼光看问题。人类与水里的东西原本就有关,毕竟所有生命都来自大海,稍加改变就能回去。它们告诉卡纳克人,混血诞生的孩子一开始像人类,但越长越像它们,直到最终返回海洋融入大家庭。注意啊,年轻人——等人类变成半鱼的怪物,就能在水中永生,除非被杀,否则永远都不会死。

"哎,先生,在奥贝德的时代,岛民已完全融入深海怪物的鱼类血统。随着年纪变大,相关特征慢慢显现,他们不再见人,直至感到大海的呼唤后离开岛屿。有些岛民受血统影响太大,一落生就长得怪,变得也早;另一些岛民变化不充分,没法潜入深海,七十多岁还困在岛上,只能不断下水适应;大多数人则遵循海神描述的步调发生变化。潜入深海的人还经常回来看看，岛民甚至能跟两三百年前就离开旱地的五世祖聊天。

"岛民可以一直活着，除非潜入深海前在与其他岛屿的独木舟战争中战死，或被献祭给水下的海神，再或遭遇蛇咬、瘟疫、急病等突发状况。他们已不惧怕自身的变化，反倒十分向往，认为所得远大于付出——我猜奥贝德回味老酋长瓦拉契亚的故事时，也认同这个理。不过瓦拉契亚本人可是少数派之一，身上没有一丁点儿鱼类血统，身为统治家族的成员，他必须跟其他岛屿的统治家族联姻。

"瓦拉契亚向奥贝德展示了许多相关的仪式与咒语，带他见过许多业已不成人形的岛民，但出于某种原因，没让他看到从水中返回的生物，一次也没有。最后，他送给奥贝德一件用铅或类似材料做的怪玩意儿，说是把它沉到海里，配合正确的祷词，就能随意召唤那种半鱼怪物，只要附近有它们的巢穴——他保证它们遍布全世界，有心人不难找到巢穴并将之唤出。

"马特不喜欢那个岛，并希望奥贝德也避而远之，可老船长一心想发大财，既然能轻松搞到金首饰，便转而以此为主业。就这样过了好些年，他确实赚到大量类似金子的贵金属，得以盘下韦特家濒临倒闭的老洗衣工坊，改造成精炼厂，但他不敢原样卖出首饰，唯恐外界问东问西。船员们虽然发誓保密，时而仍把得到的珠宝偷偷倒卖，奥贝德也允许自家婆娘挑选人类能用的首饰来打扮自己。

"哎，大约在1838年，也就是我七岁那年，奥贝德发现该岛岛民在他出海的间歇期全给灭了。多半是附近听到风声的土人主动出手，我猜他们找到了海底怪物提及的古老魔法符文，那是它们唯一的命门——当其他岛屿从海底升起时，鬼知道附近的卡纳克人从那些比大洪水更久远的废墟中碰巧找到了什么。天杀的，无论大岛还是旁边的小火山岛，除开特别巨大、无从下手的遗迹，他们把其他东西统统砸碎了。有的地方散落着类似护身符的小石头，上面刻着现在说的'卍'字符，也许那就是古圣的符文。总之岛民死绝了，金首饰也没了，附近的卡纳克人对此绝口不提，甚至矢口否认那个岛有人住过。

"这事显然把奥贝德打击得够呛，本来他的正经生意就很惨淡。整个印斯茅斯也大受影响，毕竟在海上讨生活，船主发达了，船员才能跟着分一杯羹嘛。世事艰难，人们只好像绵羊一样逆来顺受，现在船上没了活干，本地又渔获减产、工坊停业，日子很不好过。

"奥贝德就在那时咒骂镇民都是傻蛋，说上帝压根儿不管人间疾苦，基督徒的祷告无济于事。他说他知道真正有求必应的神明，只要足够多的人站出来支持他，或许他就能求到神力，弄来渔获和花不完的金子。'苏门答腊女王号'的船员去过那个岛，自然明白他的意思，他们不太愿意接纳传闻中的海底怪物，可惜不知情的人着了道，问他咋样才能改变信仰、得到好处。"

说到这里，老头支支吾吾地嘟囔着，情绪明显低落下来，随即陷入忧虑不安的沉默。他疑神疑鬼地扭头张望，又回头出神地盯着远处的黑色礁石。我跟他说话，见没回应，只好让他先把酒喝完。无论如何，我对这个疯狂的故事很着迷，故事试图表达的粗浅寓意一定根源于印斯茅斯的怪状，经想象力发散加工，又掺杂了大量异域传说的碎片。这样的故事不可能有什么现实关联，我片刻也没这么想过，听老头讲述时产生的那一丝真切的恐惧，大概是因为故事里的奇异珠宝与我在纽伯里港见到的邪恶三重冕委实相近吧。也许那顶头冠真的来自不为人知的岛屿，也许荒诞的故事本是奥贝德老船长的夸夸其谈，却被老酒鬼传承了下来。

我把酒瓶递给扎多克，他一饮而尽，没想到他灌下这么多威士忌，呼哧带喘的高亢嗓音却没增添多少醉意。他咂了咂瓶嘴，把酒瓶滑进衣兜，自顾自地点着头小声嘀咕起来。我倾身靠近，不想漏过每个字，却见他脏兮兮乱糟糟的胡须下露出一抹讥笑。没错，他的确在说话，我至少听懂了大半。

"可怜的马特……马特一直反对……他想把大伙儿拉到自己这头，还跟牧师们长谈……没用……他们把公理会赶出镇子，美以美会也跟着离开……浸信会牧师、'倔驴'巴布科克从此不见踪影……耶和华的烈怒啊……我虽然少不更事，但看得清清楚楚、听得明明白白……大衮与亚斯他录……彼列与别西卜……金牛犊、迦南与非利士人的偶像……巴比伦的孽物……'你国的年日到此完毕'……"

老头再次停下。看着那双迷蒙的蓝眼睛，我担心他是不是快醉倒了，便轻轻摇晃他的肩膀，结果他异常警觉转过头，劈头盖脸喷出一连串更含糊的句子：

"你不信，嗯？嘿嘿嘿……那我问你，臭小子，奥贝德船长干吗总带上二十多个狗腿子，半夜三更划船去魔鬼礁鬼哭狼嚎啊？顺风的时候，全镇都听得一清二楚！你说这咋回事，嗯？我问你，奥贝德为啥总在魔鬼礁另一侧、顺着直通下去的悬崖、把重物丢进测深索也够不着底的海下？我问你，他拿瓦拉契亚送的那个铅做的稀奇玩意儿干了啥？说啊，小子！他们为啥总挑在五朔节前夜和万圣节前夜折腾？为啥过去的船员现在当上新教堂的牧师，身披奇怪的法袍，头戴奥贝德弄来的金饰？嗯？你说啊！"

迷蒙的蓝眼睛射出几近癫狂的凶光，脏兮兮的白胡子如触电般根根直立，老酒鬼扎多克见我缩紧身子，便发出咯咯的狞笑。

"嘿嘿嘿嘿！明白了，嗯？没准儿你也想学我当年的样，夜晚爬上自家圆顶，自个儿瞧个清楚。噢，这么说吧，小鬼耳朵灵，奥贝德船长同他手下去魔鬼礁的事闹得满城风雨，我可一个字都没落下！嘿嘿嘿！那晚我拿着老爸的望远镜上屋顶，瞧见魔鬼礁密密麻麻挤满怪东西，月亮升起后那些东西就立刻跳进水里了。奥贝德同手下坐在一艘小渔船上，怪东西跳进的是礁石另一侧的深水，再没浮上来……倘若你是那个在屋顶上偷看的小男孩，看到那些不像人的东西会咋想？……嗯？……嘿嘿嘿嘿……"

老头变得歇斯底里，我也莫名其妙地吓得直发抖。他把一只粗糙的手掌搭在我肩头，那只手也在发抖——不，这不只是他纵声狂笑的缘故。

"假设某天晚上，你看到奥贝德把渔船上的重物丢到礁石背后，第二天就听说有个年轻人在家里失踪，你咋想？……嗯？有人再见到海勒姆·吉尔曼吗？连根毛儿都找不着！还有尼克·皮尔斯、卢力·韦特、安东尼拉·索斯威克、亨利·加里森？嗯？嘿嘿嘿嘿……那些怪东西比画着手势……它们确实长着手……

"哎，先生，奥贝德就在那时东山再起，他的三个女儿戴上了以前没人见过的金首饰。精炼厂的烟囱再度冒出黑烟，其他人也跟着兴旺——涌进港口的鱼怎么抓都抓不完，天晓得我们往纽伯里港、阿卡姆和波士顿运去了多少船海货，后来旧铁路的支线也被奥贝德引到镇里。有些国王港的渔民得到消息，驾着单桅帆船过来捕捞，结果全都有来无回、下落不明。紧接着，大伙儿成立大衮秘教，从髑髅地骑士手里买下共济会堂……嘿嘿嘿！马特·艾略特就是共济会的，他反对这桩买卖，然后也人间蒸发了。

"记住，我可没说奥贝德打算照搬卡纳克人的作为，我认为他一开始根本没想混种，没想把子孙后代送进大海，永远变成鱼。他只想要金子，宁愿铤而走险，最初大伙儿也乐此不疲……

"但到1846年，镇民们见得多了，终于开始为自己考虑。失踪人口不断增加……礼拜日集会上的宣讲太离谱……关于魔鬼礁的闲话沸沸扬扬——其中应该有我一份功劳，我向莫里行政委员报告了圆顶上的所见。后来某个晚上，一伙人尾随奥贝德他们去了魔鬼礁，我听到渔船间传来枪声，奥贝德与三十二个狗腿子第二天就进了局子。大伙儿都很好奇到底啥情况，能定啥罪……天哪，如果有人能预见……整整两周过去，没人再往海里扔东西……"

说到这里，扎多克显得既害怕又疲惫，我让他歇一歇，同时焦急地瞥了眼手表。开始上涨的潮水似乎刺激了老头，也令我欣慰地冲淡了恶臭的鱼腥味，我再次凑过去听他低语。

"那个可怕的夜晚……我看见它们……我在圆顶上……那些东西成群结队……蜂拥而至……爬上魔鬼礁，游过港口，涌进马努塞特河……天哪，那晚印斯茅斯的大街小巷发生的事……它们摇晃我家紧闭的大门，老爸不给开……他带着步枪爬出厨房的窗口去找莫里行政委员，看看能做什么……外头尸横遍野……枪声与尖叫不绝于耳……老广场、镇广场和新教会绿地哀号不断……监狱被打开……公告……叛乱……外面赶来的人发现半数镇民不见了，官方说法是瘟疫……剩下的镇民要么加入奥贝德和那些东西的阵营，要么乖乖闭嘴……我再没听到老爸的消息……"

老头气喘吁吁，大汗淋漓，捏住我肩膀的手越发用力。

"第二天早上，镇子被打扫干净，虽然难免留下蛛丝马迹……大权在握的奥贝德一伙宣布新政……那些东西将与我们一同礼拜，我们要腾出房子招待客人……它们希望与我们结合，就像当初与卡纳克人结合一样，而他不打算阻止……太出格了……奥贝德疯了，他说它们赐给我们渔获和财宝，理应得偿所愿……

"镇子表面上没什么变化，只是更排斥陌生人了，而这仅仅是为了自保。大伙儿被迫发下'大衮誓言'，某些人后来还发过第二誓、第三誓。特殊贡献者会得到特殊奖励——比如金子——反抗则无济于事，因为它们在水下有数百万之众，懒得浮上来消灭全人类而已。但若别无选择，它们绝对会斩尽杀绝，而没有古代符文的我们只能束手待毙，南海岛屿上的卡纳克人是永远不会分享秘密的。

"为求自保,我们被迫献上大批活人祭品、粗糙的小玩意儿和镇上的房子。我们不敢跟陌生人接触,更不能让他们瞎打听,唯恐泄密。所有人都被大衮秘教拴在一起,这样我们的孩子就能得到永生,有朝一日回归母神许德拉和父神大衮的怀抱,回归起源……噫!噫!*克苏鲁,番沓艮!噗嗝戮,嫲悔符,克苏鲁,拉莱耶,瓦噶糯,番沓艮……*"

老扎多克开始狂躁地胡言乱语,吓得我大气不敢出。可怜的老头,酒精上头外加对腐朽、排外和病态的故乡的厌憎,竟让他陷入如此深重的谵妄狂想之中,实在悲哀!他呜呜呻吟起来,泪水滑过皱纹密布的脸颊,淌进浓密的胡须。

"天哪,十五岁以来,我见证的……'你国的年日到此完毕'……一直有人失踪,一直有人自杀……有人在阿卡姆、伊普斯威奇等地吐露实情,却被骂作疯子,就像你现在怀疑我一样……可是天哪,我见证的……我知道的太多了,他们早想杀我,亏得我向奥贝德发下大衮秘教的第一和第二誓言才受到保护,除非评议团能证明我故意泄密……但我不会发第三誓……宁死也不会……

"内战前后情况急剧恶化,因为自1846年以来出生的孩子慢慢长大了……至少是部分孩子吧。我很害怕……那个可怕的夜晚之后,我不敢再打探,也没再近距离见过……它们……我是指纯血的。我参了军,但凡有点勇气或头脑,就该逃得远远的,永不回头。但人们来信说情况有所改善,我猜这得益于1863年后征兵人员进驻镇子,可惜战后一切又故态复萌。人口萎缩……工坊和店铺接连关张……航运停止，港口淤塞……铁路废弃……可它们……它们仍源源不断地从该死的魔鬼礁游入河口，进进出出……越来越多的阁楼窗户钉上木板，本该无人居住的房屋越发频繁地传出怪声……

"外地人对我们大嚼舌根……从你提的问题推断，你也听说了不少……偶尔瞥见的怪事，来路不明、尚未熔成金锭的古怪首饰……这些问题没有定论，只有流言纷纷。他们说金首饰是海盗的宝藏，说印斯茅斯人血统不纯或者有病，镇民则尽可能地赶走外地人，浇灭他们的好奇心，尤其不让他们在夜里乱跑。牲畜不喜欢那些东西……马儿比骡子的反应更大……幸亏后来有汽车。

"1846年，奥贝德船长还娶了第二个老婆，镇上没人见过她……有人说他压根儿不想娶，但必须服从他召来的那些东西的命令……她给他生了三个孩子……两个从小就见不着，剩下一个相貌正常的丫头送去欧洲念书。后来奥贝德耍了点花招，把她嫁给一个不知情的阿卡姆佬，倘若放到现在，没人想跟印斯茅斯扯上半点儿关系。奥贝德同第一个老婆生下的儿子叫阿尼色弗，精炼厂现在的老板巴纳巴斯·马什是阿尼色弗的长子、奥贝德的孙子，巴纳巴斯的老妈也从不露面。

"巴纳巴斯正在变化，两眼合不上，身子骨走形。听说他还穿着衣服，但很快就得下水。也许他已经试过——我说过，完全入海前可能会短期下水适应，反正他将近十年没露面了。不知他可怜的老婆作何感想——她可是伊普斯威奇人，五十多年前巴纳巴斯追求她时，差点没被那儿的人打死。奥贝德死于1878年，他的子女也都没了——跟第一个老婆的子女是死光了,至于其他的……天晓得……"

一声紧似一声的潮水似乎逐渐影响着老头的情绪,他先是伤感落泪,继而恐惧戒备,不时停下来疑神疑鬼地扭头张望,抑或抬眼遥望远处的魔鬼礁。虽说他的故事荒谬绝伦,但涌动的焦虑还是感染了我,他的嗓门越来越尖厉,仿佛想用提高音量来唤回勇气。

"嘿,你小子咋没声啦?你愿意住在所有东西都在腐烂、死亡的镇子吗?无论走到哪儿都能看见钉上木板的房屋,怪物在黑洞洞的地窖与阁楼里爬来爬去、蹦蹦跳跳、呜哇吠叫或厉声呐喊?嗯?你愿意夜复一夜倾听各个教堂,尤其是大衮会堂传出的号叫吗?尤其当你知道号叫的含义!每逢五朔节前夜和万圣节前夜,可怕的礁石传来的怪声……嘿嘿,你觉得我这把老骨头疯透了,是不是?哎,先生,让我告诉你,这些还不是最糟的!"

扎多克已是在扯着嗓门尖叫了,他声音中的狂躁令我难以自持。

"混账,别用那双眼睛瞪我——照我说,奥贝德·马什肯定下了地狱,永世无法翻身!嘿嘿……下了地狱,我说的!他抓不到我——因为我什么都没做,也没有泄密……

"噢,至于你,年轻人?好啊,虽然我没告诉其他人,但今天我会告诉你!你给我坐好了、听仔细,小子,这事我谁都没说过……虽然我刚才说,那晚之后不敢再打探……其实我还是发现了一些情况!

"你想知道真正的恐怖,嗯?好啊,真正恐怖的不是那些半鱼魔鬼做过什么,而是它们打算做什么!它们不断把东西从海底的老巢带进镇子，持续了好多年，最近才有所放缓。那些魔鬼和它们带来的东西完全占据了北岸水街到主街之间的房子——只等准备好……听我说，只等准备好……你知道'修格斯'吗？……

"嘿，你听见没有？告诉你，我知道那东西是什么——有天晚上我亲眼看到了，当时……呃——啊啊啊啊——啊！咿呀啊啊啊啊啊……"

老头突然发出恐怖绝伦的惨叫，差点把我吓晕。他的视线掠过我，直盯着恶臭的大海，眼珠都快蹦了出来，整张脸活像古希腊悲剧舞台上的惊惶面具。他瘦骨嶙峋的手指狠抠进我的肩膀，我转过头去顺着他的目光观察，他也没松手。

可我什么都没看见，只有涌上滩头的潮水，近处掀起的浪花比远处防波堤边的涟漪更有声势。扎多克突然使劲摇晃我，我回头发现他那张吓得凝固的脸陷入了混乱，眼睑抽搐、嘴唇颤抖，他用好不容易找回的声音哆嗦着低语道：

"快逃！快逃！它们看到咱俩了……想活命就快逃！别再傻等……它们发现了……快逃啊……快……逃出这个镇子……"

又一道大浪撞上废码头，摇撼着松垮的石墩，老疯子的低语也跟着再度化作撕心裂肺、血液凝结的惨叫：

"咿呀——啊啊啊啊啊啊！……呀啊啊啊啊啊啊啊！……"

没等我回过神，他已放开我的肩膀，绕过北边仓库的残墙，疯狂地冲进街道。

我又望回海面，仍然什么也没看到。等我走到水街，顺着街向北扫视时，扎多克·艾伦已不知去向。

（四）

经历了这段既疯狂又悲哀、既可笑又可怕的糟糕插曲，我很难形容自己的心情。尽管食杂店小哥提醒过我，现实仍给了我一记闷棍，让我有点不知所措。老酒鬼扎多克的故事固然荒唐，但他一本正经的痴癫和恐惧，与我早先形成的对这个镇子及其无形阴霾的厌恶之情相结合，引发了强烈的不安。

日后我要好好梳理这个故事，提炼真实的历史寓意，但眼下只想把它抛到九霄云外。没时间发呆了，手表显示七点十五分，开往阿卡姆的公交车将在八点驶离镇广场。我必须收束心神、抛开杂念，快步经过布满塌陷屋顶和倾斜房子的荒废街道，走回寄存小提箱的旅馆，准备搭车离开。

夕阳的金色余晖为古老的屋顶和朽烂的烟囱平添了几许神秘的美感与平和，让我忍不住频频回头欣赏。离开恶臭熏天、阴霾笼罩的印斯茅斯，我心中自是欢喜雀跃——若不必搭乘面目可憎的萨金特的公交车就更好了——但想来也不必操之过急，每个寂静的角落都有些建筑细节值得品味，而无论如何半小时内走到广场绰绰有余。

我根据食杂店小哥的地图规划没走过的路线，决定放弃政府街，转而沿马什街回去。接近瀑布街路口时，路边开始出现零散的人群私下交头接耳，等到镇广场，几乎所有闲人都聚在吉尔曼旅馆门口。我进入大堂取行李，许多一眨不眨、朝外鼓凸的眼珠也跟着投来水汪汪的古怪视线，真希望这帮恶心的家伙别跟我同车。

公交车到得挺早，不到八点就载着三名乘客"叮叮咣咣"到站。人行道上一个恶形恶相的家伙朝着司机低声讲了点什么，我没听清，萨金特扔出一只邮包和一捆报纸就进了旅馆。三名乘客——就是今早在纽伯里港下车的三人——摇摇晃晃地走上人行道，用模糊的喉音跟一个闲人打招呼，我敢打赌他们说的并非英语。我钻进空车，找到来时的座位，屁股还没坐稳，萨金特就冒了出来，用格外令人厌恶的嘶哑喉音冲我嘟囔。

真倒霉，发动机出了毛病，从纽伯里港出发时还好好的，但现在去不了阿卡姆。不，今晚不可能修好，也没有其他交通工具能让我离开印斯茅斯前往阿卡姆或别的地方。萨金特深表遗憾，但我只能在吉尔曼旅馆过夜，兴许营业员能打个折，此外别无他法。突如其来的变故让令我头晕目眩，不敢想象这个昏暗萧索的镇子深夜的光景。我下车回到旅馆大堂，长相可疑的夜班营业员拉着脸说顶楼下一层的428号房间有空，那里够宽敞，只是没有自来水，房费不过一美元。

虽然我在纽伯里港听过这家旅馆的恶评，但也只能登记交钱，叫营业员拎上我的小提箱头前带路。我跟着这个阴郁又孤僻的家伙，登上三层吱嘎作响的楼梯，穿过落满灰尘、全无生气的走廊。428号是个沉闷的背街房间，摆着几件光秃秃的便宜家具，两扇窗户能俯瞰周边低矮风化的砖楼围出的邋遢天井，大片老朽的屋顶向西延伸，直到乡间泽地。走廊尽头的古旧卫生间破败得令人望而却步，里面装有老式大理石水槽、锡铁浴盆和低瓦数灯泡，水管外都裹着发霉的木镶板。

天还没黑，我下楼来到广场，找地方吃晚饭，而一众讨厌的闲人又投来诡异的视线。由于食杂店打烊，我被迫光顾之前回避的饭店。店里有两个服务员：一个是窄脑门的驼背男人，两眼一眨不眨地圆瞪着；一个是扁鼻子的女人，双手又粗又笨。隔着柜台，我看到店里主要提供罐头和包装食品，不禁松了口气，点了蔬菜汤和薄脆饼果腹后，即刻返回吉尔曼旅馆。旅馆前台旁有个松松垮垮的报刊架，我向那名阴郁的营业员要了一份晚报和一本沾了苍蝇屎的杂志，回到楼上索然无味的房间。

暮色已深，我打开廉价铁架床上昏暗的电灯，费力地看书读报。困在这个阴霾笼罩的古镇，我认为最好还是给脑子找点事做，不然又会胡思乱想各种诡异与反常之处了。听完老酒鬼的疯言疯语，今晚已注定别想做个好梦，我甚至必须竭尽全力，才能把他那双癫狂、湿润的眼睛赶出脑海。

我不敢琢磨工厂巡检员对纽伯里港火车站售票员吐露的，所谓吉尔曼旅馆夜间某些房间的怪声；我同样不堪回首漆黑的教堂门洞出现的三重冕下，那张让人莫名惊恐的脸。房间如此阴暗发霉，害得我不由自主地想起各种糟心事，令人窒息的霉臭混合了镇里无处不在的鱼腥气，总让人联想到死亡与腐烂。

还有件让我心神不宁的事是房门没有门闩。门上的清晰痕迹表明过去是有的，不久前才卸下。毫无疑问，它就像这栋破楼里的其他东西一样坏掉了。我焦躁不安地找了一圈，最后找到衣柜的插销，就尺寸判断跟原来的门闩差不多。为晚上休息时能稍微松口气，我忙活了半天，利用随身携带的钥匙环上三合一工具中的小螺丝刀，把插销卸下来拧到门上。欣慰的是，新门闩非常合适，足以锁紧房门——倒不是说它一定能派上用场，但眼下还是有备无患的好。两侧房间的连通门配有合适的门闩，我把它们也一一插好。

我一直穿着衣服看书读报，决定困了只脱外套和鞋子、解开衣领就休息，又从小提箱里翻出袖珍手电筒揣进裤兜，以便晚上醒来能立刻看表。然而睡意迟迟未至，当我停下来整理思绪时，竟颇为不安地发觉自己在下意识地期待某些无可名状的可怕声音。看来巡检员的故事对我想象力的影响超乎意料，我尝试继续阅读，虽然一个字都读不下去。

过了一阵，我听到楼梯和走廊不时地传来吱嘎声，仿佛有谁在走动，不知是不是客人陆续入住了。但我没听到说话，吱嘎声也有种极力隐藏的微妙意味，我在嫌恶之余再度犹豫要不要躺下休息。镇民很古怪，镇内毫无疑问曾有旅人失踪，这家旅馆是不是谋财害命的黑店呢？可我看起来根本不像有钱人。莫非镇民对好奇的访客真的深恶痛绝？我大模大样地招摇过市，频繁查阅手上的地图，果然惹来不友善的关注？我怀疑自己紧张过头了，以致被零星的吱嘎声搅得想入非非，但还是懊悔没带武器。

就这样僵持了很久，疲惫不堪的我仍无睡意。我插紧新装的门闩，关灯躺倒在不甚平整的硬板床上，但没脱外套和鞋子，也没解衣领。黑暗中,夜间所有的微弱声响都被放大增幅,不安感迅速席卷全身,我有些后悔关了灯,但又累到不想起身开灯。气氛无比沉闷,又过了很久,楼梯和走廊再度传来吱嘎声,然后是一声绝不可能听错的可恶轻响。该死,有人想用钥匙偷偷地、悄悄地、静静地打开我的房门——所有的担忧顿时凝成丑恶的现实!

由于隐隐约约担惊受怕了太久,危险降临时我反倒没那么慌张。我早就没来由地、本能地提高了警惕,这当然有助于在危急时刻占得先机。话虽如此,模糊的预兆骤然化作实在的险境,依然带来了很大的震撼与打击。我绝不会侥幸地认为这仅是场误会,来者一定不善,于是我保持绝对安静,等待对方下一步行动。

试探的开锁声不久就停了,接着北侧房间被万能钥匙打开,通往我这间房的连通门旋即传来轻微的开锁声。当然,门闩起了作用,对方吱嘎吱嘎地踩着地板走了出去,没多久又传来一阵轻响,我知道南侧房间亦被打开了,但这次试探同样未果,对方同样只能吱嘎吱嘎地退出去。脚步声经走廊下了楼梯,入侵者想必意识到我把三扇门都闩上了,所以暂时放弃企图,天知道什么时候回来。

应对方案立刻浮现于脑海,足以说明我的潜意识早就在担心出事,且通盘考虑过逃生途径。打一开始我就知道,未曾谋面的入侵者是无法直面的威胁。要想保命,我只能出其不意地逃离这家旅馆,动作越快越好,但不能走正面的楼梯与大堂,必须另寻出路。

我轻轻起身,用手电筒照向开关,想打开床顶的灯泡,以便从小提箱中挑出随身物品,轻装跑路。然而灯泡没亮,电源想必被切断了，毫无疑问，神秘的邪恶阴谋正紧锣密鼓地展开——但我猜不出其具体步骤。我站在原地胡思乱想，一只手还按在失灵的电灯开关上，突然听到下面一层传来隐约的吱嘎声，还有模糊难辨的说话声。片刻后，我开始怀疑那些低沉的话语真是人声——沙哑刺耳的吠叫和音节松散的呱鸣分明迥异于人类的语言，难怪工厂巡检员在这栋腐朽可憎的楼房里过夜会那样不自在。

借着手电筒光，我把口袋塞满，戴好帽子，蹑手蹑脚来到窗前，寻找逃生的办法。虽然政府有明文规定，但旅馆这一侧仍然没装消防梯，从窗沿到鹅卵石铺设的天井足有三层楼的落差。旅馆左右两边紧挨着老旧的砖砌店铺，从我所在的四楼能跳到它们的斜屋顶，但不管跳向哪边都得先穿过两扇连通门、走过两个房间，向南向北都行——我立刻在心中盘算成功转移的概率。

我不能冒险走走廊，那样不但会暴露脚步声，而且从走廊进入房间也相当困难。可行的办法是穿过不甚牢靠的连通门，从房间内部过去，把肩膀当破门锤，靠蛮力解决锁头和门闩。鉴于这栋楼年久失修、腐朽不堪，有很大机会能顺利闯关，只是这么干不可能悄无声息，必须速战速决、尽快赶到窗前，以免敌人用万能钥匙打开相应的房门把我截住。计议已定，我一点一点、尽量不动声色地把书桌推到房门前，提前加固守备。

我自知机会渺茫，也做好了迎接不幸的心理准备。即使跳到邻近的屋顶也不等于万事大吉，还得找地方落地然后逃出镇子。幸好邻近的建筑都荒废了无人居住，一排排黑洞洞的天窗就是明证，这点倒对我有利。

　　根据食杂店小哥的地图，最佳逃亡路线是往南跑，所以我首先着眼南侧房间的连通门。我抽出门闩，发现门对面也插着闩，加上门是朝我这边开，不利于撞击，只好放弃这条路线。但我把床小心地拖来顶住这扇门，抵御将来可能的攻击。北侧连通门朝外开，我试着推了推，对面同样不是上了锁就是插着闩，只能硬撞了。假设能跳上潘恩街的屋顶再成功下到天井，我可以迅速穿过毗邻或面对的建筑，逃向华盛顿街或贝茨街；另一种方案是干脆下到潘恩街，再沿它南转华盛顿街。无论如何，华盛顿街都是必经之路，我必须借助它迅速离开镇广场周围，而直觉告诉我应避开潘恩街，消防站可能有人通宵值班。

　　我边考虑边眺望窗外，一轮亏凸月洒下道道光华，照亮了无数腐朽屋顶汇成的污浊大海。在我右手边，漆黑的河谷切开整个镇子，废弃的火车站与数家工厂如藤壶吸附于河谷两侧，通往罗利的马路和锈迹斑斑的铁轨在远处穿过平坦的沼泽，灌木生长的干燥土丘犹如岛屿点缀其间；在我左手边，溪流密布的乡野距离较近，通往伊普斯威奇的窄马路在月色下隐隐泛白，可惜从旅馆这一侧看不到公交车南下阿卡姆的公路——那是我决定的逃生途径。

　　正当我为何时去撞北侧连通门、怎样才能不搞出太大动静而迟疑不决时，突然发觉楼下含混的声音统统消失了，楼梯上再度响起沉重的吱嘎声。紧接着，气窗闪过摇曳的亮光，走廊地板发出不堪重负的呻吟，之前低沉话音的源头正逐步接近，房门随即被有力地敲响。

在那一刻，我屏息等待，感觉时间短暂而又漫长，令人作呕的鱼腥味急剧攀升。敲门声再三响起、持续不断，仿佛不达目的决不罢休。我知道是时候行动了，立刻抽出北侧连通门的门闩，绷紧身子准备撞击。敲门声越来越大，真希望能掩盖我的行动——我用左肩一下下地撞向薄门板，顾不上震动与疼痛。门比我想象中结实得多，但我没有气馁，因为走廊里的动静也在增大。

几番努力后，连通门终被撞开，我相信走廊里一定也听到了巨响。果然，敲门声立刻变成猛烈的捶打，两侧的房间也都响起钥匙开锁的不祥之音。我慌忙冲进刚撞开的北侧连通门，赶在对方打开门锁前成功闩上北侧房间的房门，但马上又听到万能钥匙插进了北侧的第二间房——我正打算从那间房的窗户跳向下面的屋顶！

我顿感万念俱灰，因为自己被困在一个甚至没有窗户的房间内。先前入侵者试图从这里进入我的房间时，在地板的灰尘间留下了一些难以解释的可怕痕迹，我借着手电筒瞅到两眼，无法形容的恐惧立刻席卷全身。虽然不抱希望，潜意识仍驱动我扑向下一道连通门，浑浑噩噩地推去，试图抢在外面的家伙开锁前闩住隔壁的房门——前提自是隔壁的门闩能像目前所处的房间一样完好无损。

出于绝对的幸运，眼前的连通门不但没锁，还虚掩着一条缝！我立马钻了进去，出其不意地用右膝和右肩顶住正在打开的房门。对手势必在错愕之下松手了，我随即轻车熟路地插上完好的门闩，就此赢得了一点时间。此时此刻，之前我经过的两个房间的房门外的撞击声减弱了，但被我用床顶住的连通门后响起嘈杂的喧哗，大群入侵者显然闯进了南侧房间，试图从侧面突破。我所在房间的北侧也传来万能钥匙的开门声，危险迫在眉睫。

北侧连通门是敞开的，但我已无暇冲进隔壁守门，当务之急是把南北两侧的连通门都关好、闩牢——我拖过床架抵住一个，拖过书桌抵住另一个，又搬来脸盆架加固房门，希望这些权宜之计足以掩护我钻出窗户，跳上潘恩街的屋顶。即便在这生死关头，让我惊恐万状的也非脆弱的防御，而是那群入侵者会以奇怪的节奏发出可怕的喘息、咕哝和低沉的吠叫，全程没有一句清晰能懂的人话。

我布置完家具立刻奔到窗边，急促的脚步声亦沿走廊涌向北侧隔壁，南侧走廊外的撞击则彻底停了。很明显，多数敌人已集中到北侧那道脆弱的连通门后，他们很清楚撞开门就能抓到我。窗外的月色照亮了下方街区的屋脊，我这才发现落脚点十分陡峭，跳下去风险很大。

权衡利弊，我选择两扇窗中靠南的那扇逃生，目标是底下斜屋顶的内坡面，以便顺势钻进最近的天窗。进入破旧的砖楼后还要应付后续追踪，但我有希望抢先下到天井，在阴影掩护下于门洞间穿梭躲藏，最终跑到华盛顿街，一路向南逃出镇子。

北侧连通门响起可怕的撞击声，脆弱的门板摇摇欲坠，对方显然在拿重物作破门锤。好在床架卡得牢靠，我还有一线生机。打开窗户时，我注意到上方安装有横杆，黄铜环吊着的厚重丝绒窗帘从两侧垂下，窗叶外还有个伸出的大挂钩。我顿时有了主意，不用冒险往下跳——我将窗帘连带横杆一起使劲拽下，把两只铜环迅速卡在挂钩上,再把窗帘扔出窗外,厚厚的料子直垂到毗邻的屋顶,铜环与挂钩应能承受我的体重。我就这样爬出窗户,顺着临时绳梯,将病态又可怕的吉尔曼旅馆永远抛在了身后。

我平安落到陡峭的屋顶,随即踏着松脱的瓦片,脚不打滑地顺利抵达黑乎乎的天窗。我抬头瞟向刚才逃出的窗口,那里还是一团漆黑,但隔着大片破烂烟囱,北边远处的大衮会堂、浸礼会教堂以及令人不寒而栗的公理会教堂都映出不祥的明亮火光。天井似乎没人,还有机会在对手示警前逃脱,我用手电筒照进天窗,虽然照不到向下的楼梯,但能看出窗沿不算高。我赶紧翻过窗沿跳进屋内,落在满是破箱烂桶的积灰地板上。

屋子阴森森的,但我顾不得了,立刻借助手电筒寻找楼梯,还匆匆瞥了眼手表,发现时针正指向凌晨两点。楼梯吱嘎作响,好在还算结实,我经过仓库般的二楼冲向底层,脚步在彻底荒废的建筑内清晰地回荡。终于抵达门厅后,我看见其尽头有个微微发亮的长方形门洞,必是通往潘恩街的出口,但我选了相反的方向——后门果然也开着,我冲出去跳下五级石阶,进入杂草丛生的鹅卵石天井。

月光照不进天井,但我不用手电筒也能辨别方向。吉尔曼旅馆那一侧有几扇窗透出朦胧亮光,楼内似乎传来混乱的声响。我轻手轻脚地走向华盛顿街那一侧,看到几个敞开的门洞,便选了最近的一个作为出路。廊道里一片漆黑,等我走到尽头,才发现通往街道的大门被钉死了,只能试试别的建筑!我立刻摸索着原路返回,却在即将抵达门洞时猛然停步。

吉尔曼旅馆的侧门涌出大群可疑形影，提灯在黑暗中摇曳，可怕的沙哑嗓音低沉地交流，唯一能确定的是说的绝非英语。那些形影面目模糊，佝偻的身形和蹒跚的步态均十分可憎，更糟的是其中一个黑影身披奇怪的法袍，头上赫然戴着样式十分眼熟的高大三重冕，直令我浑身战栗。好在他们的行动犹如无头苍蝇，似乎并不清楚我的去向，但随着他们在天井内散开，我欣慰之余又恐慌起来，万一这栋建筑里找不到通往华盛顿街的出口怎么办？我顶着不断加重的鱼腥味——我甚至怀疑自己会被熏倒——又朝街道方向摸索，终于在廊道内找到一扇门，钻进了一间装有几扇无框百叶窗的空房。借助手电筒光线，我笨拙地打开百叶窗，迅速爬出窗外，又将窗叶小心翼翼恢复原状。

我就这样逃到了华盛顿街，街上没有半个人影，也没有月光外的其他照明，但远处好几个方向都传来沙哑的嗓音、脚步声以及完全不像脚步的古怪"啪嗒"声，显然一刻都不能耽搁。我清楚自己的方位，也很庆幸这里与许多不发达的乡村一样，习惯在月光皎洁的夜晚关闭路灯。尽管南边也有声音，我仍按原计划朝那边逃，倘若遇上单独或成群的追兵，路边应有不少荒废的门洞可供躲藏。

我贴着废弃的房子疾行，此前爬高摸低弄丢了帽子、弄乱了头发，却也不那么打眼了，就算与路人不期而遇，十有八九也能蒙混过去。在贝茨街路口，我闪进洞开的门廊，等两个蹒跚的形影从前经过才又迅速上路，走向南边艾略特街斜插穿过华盛顿街的开阔路口。虽然没来过这里，但从食杂店小哥的地图不难发现其中的危险：月光会将空地照得一览无余，我却没办法回避，因为其他路线都得绕远，不但浪费时间还更容易暴露。唯一的办法是明目张胆地走过去，尽量模仿印斯茅斯人典型的蹒跚步态，同时期待无人在场——至少别被追兵看见。

对手追踪的力度多大、目的何在，我都一无所知。镇内似有不寻常的骚动，但估计我逃出吉尔曼旅馆的消息尚未传开。当然，我必须赶紧从华盛顿街转移到其他街道继续南下，因为旅馆冲出的那群形影最终会在老建筑的灰尘间发现我留下的痕迹，顺势追入大街一路赶来。

不出所料，月光下的空地十分敞亮，中央有片铁栏杆围出的绿地，以前大概是公园。所幸这里空无一人，唯有镇广场方向古怪的聒噪或吼叫声正越变越大。极其宽敞的南街亦穿过这个路口，平缓的下坡路笔直通往海滨，顺着它看去，海面一览无余——我只希望从皎洁的明月下走过空地时，海边不要有人抬头张望。

空地畅通无阻，也听不到新的可疑声音。我四下瞥看，不知不觉间放慢了脚步，举目眺向街道尽头璀璨月光下烟波迷离的大海。越过防波堤，海面远处那条朦胧的黑线便是魔鬼礁，一看到它，我就想起过去三十四个小时听到的种种丑恶奇谈——在那些故事里，粗粝的礁石俨然成为货真价实的门户，通往无法想象的畸形怪物的牛息地和人类难以测度的恐怖国度。

就在这时，遥远的礁石毫无征兆地出现闪光。不错，它确实在闪光！脑海中所有超乎理性的盲目恐惧立时被唤醒，我绷紧肌肉想拔腿就跑，却被下意识的谨慎和近乎催眠的魔力所阻止。糟糕透顶的是，在我身后的东北方，吉尔曼旅馆高耸的圆顶也闪起光来，与魔鬼礁遥相呼应，只是频率有所不同——明显是种应答信号。

我努力恢复对身体的控制，再次意识到环境过于暴露，只能尽量模仿本地人的蹒跚步态，并加快速度。然而南街过于开阔、视野良好，我的眼睛始终离不开可怖又不祥的礁石。那些信号意味着什么？莫非镇子正与魔鬼礁举行诡秘的仪式？抑或有人乘船登上险恶的礁石？我从左边绕过凋零的绿地，仍旧死盯着妖异的仲夏月光下波光粼粼的大海，无法识别、难以解释的神秘信号也持续闪烁着。

最恐怖的场景突然映入眼帘，击垮了残余的自控力，令我沿着噩梦般荒芜的街道，经过一道道宛如漆黑大嘴的门扉、一扇扇宛如死鱼眼睛的窗户，撒腿朝南狂奔——我终于看清，礁石到岸边月光照洒的水域并不空旷，反倒是沸反盈天，大批怪影争先恐后地朝镇子游来！虽然距离很远，我也仅仅瞥到一眼，但那些上下浮沉的脑袋和起落扑腾的手臂绝不属于人类，其怪诞之处无法用言语描述，甚至难以形诸概念。

没等跑过一个街区，我停下了疯狂的脚步，因为左边也隐隐传来呼喝与叫喊，像是有组织的追捕行动。阵阵脚步伴随着粗哑的喉音，甚至有轰鸣的汽车引擎声，正沿联邦路朝南赶。这下彻底打乱了我的计划——如果对手堵住南边的公路，我只能另寻途径逃出印斯茅斯。我停下来躲进一个门洞，庆幸自己及时穿过了月光下的空地，不然追兵经过平行的街道时肯定会发现我。

转念一想，我又没那么欣慰了。对手沿另一条街道追击，说明不是直冲我来的，也并未发现我的踪迹，而是试图切断我的退路。换言之，他们并不清楚我选择的路线，但所有进出印斯茅斯的通道恐怕都会有重兵把守。果真如此，我就必须避开所有道路自乡间逃亡，可镇子周围密布沼泽与溪流，全身而退实在难上加难……由于极度沮丧，也因为无处不在的鱼腥味突然变得异常浓烈，我一时间心乱如麻。

万幸的是，通往罗利的旧铁路闪现于脑海。铺着碎石渣的铁轨虽被草木覆盖，但依然完整，自河边的废弃火车站向西北方延伸。镇民也许想不到那条路，因它荆棘丛生、人迹罕至，不可能成为理想的逃亡路线，而我之前从旅馆窗口看得很清楚，知道其位置和走向。隐患在于通往罗利的马路和镇内各制高点很容易看到最初那段铁轨，届时只能在灌木丛中匍匐缓行。无论如何，那可能是我唯一的希望，只能试一试了。

我退进门洞深处荒废的大厅，借着手电筒再度研究食杂店小哥的地图，首先是如何抵达旧铁路。现在看来，最安全的途径是继续南下赶到巴布森街，然后向西去与拉斐特街连接的路口——那个路口跟之前的空地一样开阔，必须从边上绕着走——再沿拉斐特街北行转入贝茨街，从贝茨街转入亚当斯街，最后从亚当斯街转入河边的河岸街，直至抵达从旅馆窗口看见的摇摇欲坠的废弃火车站。之所以要继续南下赶到巴布森街，是因我不想折回先前的空地，也不想沿宽敞的南街直接往西走。

再次出发时，我过街来到右边的人行道，以便尽量隐蔽地绕到巴布森街。联邦街依然很嘈杂，我回头望了一眼，似乎看到刚离开的建筑旁闪过一点亮光，这让我离开华盛顿街的心情分外迫切，乃至安静地小跑起来，寄望于运气的保佑。在巴布森街的路口，我惊慌地发现一栋房子有人居住，窗户还挡着窗帘，幸好屋里没亮灯，于是我有惊无险地溜了过去。

由于巴布森街与联邦街相连，我有可能暴露在追兵的视野中，行进时只好贴紧破破烂烂、参差不齐的墙面，并两度在身后的嘈杂声突然增大时闪进门洞暂避。前方月光照耀的开阔路口空旷而荒凉，好在我用不着从中央穿过。第二次躲避时，我察觉到那些模糊不清的声响有了新动向，因此从藏身处小心翼翼地往外窥探，刚好见到一辆汽车快速通过巴布森街、拉斐特街和艾略特街交会的路口，沿艾略特街疾驰而去。

本已暂时缓解的鱼腥味突然加重，熏得我够呛。我看到一群笨拙佝偻的形影蹒跚摇摆着跟随汽车，心知他们肯定是去封锁艾略特街尽头通往伊普斯威奇的马路。有两个形影身披宽大法袍，其一还戴着在明月下闪耀白色辉光的尖顶头冠，古怪的步伐令我心生恶寒——那家伙仿佛不是走路，而是在蹦。

等所有形影消失在视野外，我重新上路，飞速绕过街角拐入拉斐特街，唯恐被艾略特街上掉队的追兵发现。远处的镇广场依旧传来阵阵呱鸣与聒噪，幸好拉斐特街还算安全，我现在最担心的是如何在月光下再次穿越开阔的南街，那条街能清晰地看见大海，而我必须鼓足勇气方能迎接挑战。对方或许到处分派了人手，艾略特街上掉队的追兵无论从街中还是街尾都很容易瞥见我，我最终决定放慢步伐，通过路口时像之前一样尽力模仿印斯茅斯本地人的蹒跚步态。

大海再次展露无遗——这次在我右手边——我告诫自己别看，但抗拒不了诱惑。当我假装拖着脚步、小心翼翼地走向前方可供隐蔽的阴影时，忍不住用余光瞟了一眼。海上没有预料中的船只，映入眼帘的是一叶朝废码头划来的扁舟，上面用防水油布盖着什么鼓鼓囊囊的东西。虽然离得很远、看不分明，几位桨手的模样还是令我心生厌恶，海里还有些家伙在游泳。远处的黑色礁石已不再闪光，取而代之的是稳定的微光，我甚至无法分辨那奇怪的光线是什么颜色。在我右前方，吉尔曼旅馆的圆顶高耸于大片斜屋顶上方，完全被黑暗笼罩。仁慈的晚风只能暂时吹散鱼腥味，令人发狂的恶臭随即卷土重来。

我还没过完街，就有群嘟嘟囔囔的家伙沿华盛顿街从北赶来。他们走到空地时——就是我首度瞥见月光下怪诞的大海的地点——与我只隔一个街区。我吓坏了，因为他们的面孔好似畸形的野兽，弯腰驼背的架势有七分像狗。我清楚地看到一个形影拖着屡屡触地的长胳膊，活脱脱是只猿猴，另一个身披法袍、额顶头冠的形影几乎蹦跳着前进。我在吉尔曼旅馆的天井中看到的多半就是他们，他们的确是穷追不舍。几个形影转头朝这边看来，我吓得几乎无法动弹，只是机械地挪动双腿，勉强模仿蹒跚步态。时至今日，我仍弄不清他们有没有看见我，若是看见了，说明伪装策略在关键时刻发挥了作用。总之他们并未改变路线，继续穿过月光下的空地，边走边用可憎的喉音和我听不懂的语言急促而嘶哑地交流。

重新回到暗处，我立刻迈步小跑，冲过夜色下大批天窗洞开、倾斜老旧的房屋。我跑到西边的人行道，拐过前方路口进入贝茨街，之后贴紧南侧建筑物前行。其中两栋房子有居住迹象，某户人家的楼上透出微弱灯光，但仅此而已。转进亚当斯街后，我放心多了，结果有个家伙突然从眼前黑乎乎的门洞里冒出来，差点把我吓死。幸好那人喝得酩酊大醉、全无威胁，我这才有惊无险地抵达河岸街边大片凄凉的废弃仓库。

河谷旁的这条街死气沉沉的，无人搅扰夜色的安宁，咆哮的瀑布完全淹没了我的脚步声。前往远处的废弃火车站需要一段长跑，不知为何，沿途高大的仓库砖墙比之前经过的那些住宅门面要可怕得多。最后，我总算看到古旧的拱廊火车站——或者说它的残余部分——并径直朝站台远端的铁轨跑去。

铁轨锈迹斑斑但大体完整，烂掉的枕木不到一半。在这种路面上行走或奔跑都很难，但我尽力而为，速度倒也不慢。铁轨起初铺在河谷边缘，此后伸向落差和长度都蔚为可观的廊桥。桥梁状况将直接决定我的下一步行动：假设它能过人，我会马上过去；如若不行，我只能冒险绕路去找最近且完好的公路桥。

同样古旧的铁路廊桥空荡荡的，像个大谷仓，在月色下闪着诡异的幽光。铁轨伸进桥内，最初几英尺看着还算安全。我试探着进去，刚打开手电筒，大群蝙蝠就拍打着翅膀迎面扑来，险些把我撞翻。快走到桥中央时,枕木间危险的缺口几乎阻住去路,几番犹豫后,我孤注一掷地起跳,幸运地取得了成功。

走出阴森的廊桥隧道,阔别已久的月光让我十分欣喜。旧铁轨水平地穿过河畔街之后,立刻转向越发荒凉的乡野,讨厌的印斯茅斯鱼腥味亦随之变淡。虽然浓密的野草让我举步维艰,荆棘丛粗暴拉扯着我的衣服,但我的喜悦之情并未稍减,因它们同样提供了掩护——目前这条逃生之路暴露在通往罗利的马路的可视范围内,不容放松警惕。

沼泽很快出现在前方,单轨铁路铺在低矮的路基上,路基上的杂草相对稀疏一些。接下来是地势较高、宛若岛屿的土丘,铁轨于此伸进一段长满灌木与荆棘的宽阔浅沟之中。这些有限的障碍物也能让我踏实许多,毕竟当初从窗口所见,罗利马路在此与铁路挨得很近,甚至在浅沟之外交错而过,此后才保持了距离。眼下必须非常小心,幸好我已百分之百地确定铁路上没有巡逻队了。

我进入浅沟前瞥了眼身后,没见到追兵。迷幻的昏黄月光映照着衰败的印斯茅斯,古老的尖塔和屋顶闪着空灵而缥缈的微光,我不禁好奇阴霾降临之前,昔日的镇子是何模样?我由镇子看向内陆,突然被躁动的景象吸引了注意,身子也僵住了。

我看到——或以为看到——南边远处有一片起伏不定的东西,不禁大为悼恐。我敢断定,那是大群涌出镇子、沿平坦的伊普斯威奇马路搜索的追兵。虽然太远看不清细节,但我一点也不喜欢他们移动的样子——月已西沉,那群家伙却反射着过于耀眼的光芒,上下起伏的幅度亦未免太大。此外，虽然是逆风，野兽般的刺耳鸣叫与吼叫仍隐隐传来，比先前无意中听到的追兵的嘟囔声可怕得多。

各种不快的猜测闪过脑海。据说海滨地带那些破烂的百年老屋藏着身体严重畸变的镇民，不久前我还亲眼看到难以名状的家伙在海里游泳。合计逃亡途中的所见，加上可能派去封锁其他道路的人手，对凋敝衰落的印斯茅斯来说，追兵的数量是不是太多了？

南边这一大群究竟从何而来呢？难道无人问津的老房子里真的塞满了奇形怪状、未经登记的非法居民？还是说我没看见的船只将大批外来客偷偷送上了可憎的魔鬼礁？他们是谁？干什么来的？光扫荡伊普斯威奇马路就用到大队人马，其他道路上的人手是否也同样庞大呢？

我钻进灌木丛生的浅沟，缓慢而艰难地挪步时，该死的鱼腥味再度弥漫开来。莫非东风乍起，从大海吹过镇子？一定是这样，因为原本寂静无声的东边传来令人震惊的喉音嘟囔，此外还有一种声响……像是纷杂而响亮的扑腾声或拍打声，莫名地唤起脑中最可憎的联想，教我不合逻辑、极为不悦地担心远处伊普斯威奇马路上那支起伏的队伍来到了左近。

腥味越来越浓，怪声也越来越大，我只能颤抖着停下，暗自庆幸可在浅沟里躲藏。是了，罗利马路在此与旧铁路挨得很近，二者于西边交错然后分开，另一群追兵正沿马路搜索！我必须趴下藏好，直到他们通过并走远。谢天谢地，对手没牵狗来追捕——不过鱼腥味无处不在，就算牵了狗也未必管用。浅沟的沙地长满灌木，我蜷在里面感觉很安全。前方百余码处就是交叉路口，追兵即将经过那里，届时我能看见他们，而他们……除非命运开个恶毒的玩笑，否则绝不可能看到我。

我突然又开始害怕看到他们。月光照耀的路口近在眼前，他们即将蜂拥而过，将之彻底玷污——那或许是印斯茅斯怪人中最糟糕的一群，除了极度厌恶，很难抱以别的感情。

扑面而来的鱼腥味盖过了所有思绪，野兽的呱鸣、吠叫与咆哮冲破天际，其中毫无人类语言的痕迹。这真是追兵发出的声音吗？还是他们牵的狗？但迄今为止，我在印斯茅斯没见过一只牲畜。扑腾声和拍打声变得震耳欲聋，我甚至不敢抬头观察发声的罪魁祸首，情愿紧闭双眼，直至怪声在西边彻底消失。追兵离得更近了，嘶哑的嚎叫不绝于耳，怪异的步伐震得地面瑟瑟发抖。我几乎停止了呼吸，每一分意志都用来合拢眼睑，以免它们不自觉地睁开。

接下来的发展是丑恶的现实，还是噩梦的幻影？我至今不得而知。在我的强烈呼吁下，政府最终采取了行动，这似能证明一切确是丑恶至极的现实；但阴霾笼罩、魍魉出没的古镇拥有奇特魔力，谁敢保证行走在腥臭弥漫的死寂街道之中、置身于腐朽的屋顶与坍塌的尖塔之间，并听过无数疯狂传说的我，不会被那神奇的催眠法术影响，进而滋生出重重幻影？在印斯茅斯的阴霾深处，有没有可能切实潜伏着滋生疯狂的病毒？听过老酒鬼扎多克·艾伦的述说，谁还分得清现实与幻影？官方直到最后也没找着可怜的扎多克，亦无从推断其下落，我又怎能擅自确定疯狂的界限，并把最后的恐怖经历奉为真实呢？

　　我只能尽量诚实地描述那晚如何蜷缩于荒废已久的铁道浅沟中，伏在肆意生长的荆棘丛里，就着讪笑的黄色月光，清楚地瞥到追兵蹦跳着漫过罗利马路。紧闭双眼的努力显然失败了，那是注定的——试想若有支呱呱乱叫、吠吼连连、恶臭熏天、来历不明的队伍从身前百余码的地方扑腾着经过，你能忍住冲动不睁眼看看吗？

　　我以为自己做好了最坏打算，却显然低估了此前种种经历蕴藏的暗示。早先的各路追兵已是丑怪无比，此后的遭遇难道不该更加可憎、更加天理难容吗？刺耳的喧闹明显从正前方传来时，我睁开眼睛，浅沟向外铺平展开，马路穿过铁轨，长长的队伍势必一览无余——我已无法克制探究的冲动，只待充满嘲讽的黄色月光揭开恐怖的面纱。

　　谁知这一眼带走了我残余的精神安宁，也毁掉了我对自然法则和人类心灵的最后一丝信心，永远无法复原。就算我一字不差地听信老酒鬼扎多克的疯狂故事，内心所能构想的画面仍无法比拟亲眼见到的——或相信自己见到的——地狱般的渎神现实。我一直在反复掩饰，避免直接描述那些恐怖之物……说到底，这颗星球真能孕育那样的邪魔吗？人类的眼睛真能看到它们的实体吗？它们不该被禁锢于高烧时的幻觉与虚无缥缈的传说之中吗？

　　可我偏偏看到了——无数起伏蹦跳、咕呱号啕的非人形影滚滚向前，在阴森的月下跳起最荒诞的噩梦中才可能出现的怪异且恶毒的萨拉邦德舞。一些形影戴着映出白色金光的未知金属制成的高耸三重冕……另一些身披奇怪的法袍……领头者穿着黑色外套与条纹长裤，如食尸鬼般弯腰驼背，姑且算是脑袋的畸形部位扣着一顶男式毡帽……

在我的印象中，它们大体呈灰绿色，但顶着白肚皮，皮肤又亮又滑，背脊生有鳞片；它们大致保持灵长类的外形，却长着鱼脑袋，硕大的眼泡朝外鼓凸，好像永远闭不上，脖子两侧的鳃片不断开合，长长的指爪间有肉蹼相连；它们胡乱地跳跃，忽而用两条腿，忽而四肢着地——眼见它们只有四条肢体，竟让我松了口气；它们呆滞的面孔没什么表情，只能靠蛙叫和犬吠似的声音传达晦暗的情感……

尽管它们如此凶恶，我却并不陌生，因我对纽伯里港那顶邪恶的三重冕记忆犹新，头冠上不可名状的浮雕描绘的正是它们——半鱼半蛙、亵渎神圣、难以言表的可憎怪物……我又即刻想起教堂地下室漆黑的门口那个身形佝偻、额顶头冠的牧师，想起他让我惊恐万状的缘由。怪物无穷无尽，蜂拥的队伍似乎没有尽头，我的惊魂一瞥只见到微不足道的一小部分——下一秒，世间万物便被仁慈的黑暗笼罩，我头一回感激自己晕了过去。

（五）

我在灌木丛生的铁道浅沟里昏厥了很久，待被蒙蒙细雨唤醒，天已大亮。我挣扎着来到前方路面探查，然而新鲜的泥泞上看不到足迹，鱼腥味也消散殆尽。印斯茅斯腐朽坍塌的屋顶与摇摇欲坠的尖塔在东南方森然隐现，但周围荒凉的盐沼看不到活物，仍在走动的手表告诉我已过中午。

我的脑子非常混乱，无法确定此前的经历，只觉其中隐藏着什么毛骨悚然的东西，因此必须尽快远离邪恶盘踞的印斯茅斯。但我的手脚已累到抽筋，浑身饥饿乏力，心中诚惶诚恐，稍事活动便发现不做较长的休整没法上路。直等休息够了，我才沿泥泞的马路慢慢走向罗利，赶在天黑前来到一个村庄，饱餐一顿后弄了身像样的衣服，随即搭夜班火车赶往阿卡姆。次日，我对当地政府官员费尽口舌，此后又找过波士顿的官员，这几场交涉引发的主要后果公众业已知晓。我本希望事情能到此为止，就此恢复正常生活，但谁知道呢？也许我最终被疯狂压垮，也许是更大的恐怖——或奇迹——主动找上门来。

可以想见，我取消了大部分后续行程，放弃了心心念念的观光游览、参观建筑和考察文物，也没胆再去密斯卡托尼克大学博物馆见证那件奇异首饰。但我借着在阿卡姆逗留的时间充分搜集族谱材料，达成了寻根问祖的愿望，过程固然有些草率匆忙，对日后得闲时的校勘编撰却打下良好基础。阿卡姆历史协会负责人 E. 拉帕姆·皮博迪先生客气地协助我，他对我的外婆是 1867 年出生的本地人伊莱扎·奥恩，并于十七岁嫁给俄亥俄州的詹姆斯·威廉森的事表现出异乎寻常的兴趣。

我有位舅舅多年前好像来做过类似的调查，本地人似乎也一直对我外婆的身世感到好奇。皮博迪先生说，她的父亲本杰明·奥恩在内战刚结束时的婚事曾惹来不少闲话，因为新娘的出身相当可疑。传说她是新罕布什尔州的马什家族的遗孤——埃塞克斯县的马什家族的堂亲——但自幼在法国念书，对身世知之甚少。有位监护人于波士顿某家银行存了笔基金，供养女孩和女孩的法国家庭女教师，但在阿卡姆，没人知道那人是谁，后来那人不再露面，法院便指定女教师为新的监护人。这位法国女士早已离世，生前亦极其沉默寡言，从不对外张扬内情。

最让人疑惑的是，女孩记录在案的父母为伊诺克·马什和莉迪娅·梅泽夫·马什，但在新罕布什尔州有名望的世家里根本找不到他们。许多人猜测她是马什家某位大人物的私生女，她也确实长着马什家族的眼睛。她年纪轻轻就怀了独生女——我外婆——生产时不幸去世，将诸多疑团一并带进坟墓。我对"马什"这个姓氏印象不佳，对族谱中混进他们的血统十分不爽，而皮博迪先生暗示我也长着马什家族的眼睛，着实令人烦闷。不过这些材料的确很有价值，针对奥恩家族方面的完备档案，我也做了大量笔记和索引。

我从波士顿直接返回托莱多的家中，随后在莫米休养了一个月，9月去欧柏林学院念完最后一学年，直至来年6月都忙于学业与其他有益的活动，只有当政府官员偶尔造访时才会想起尘封的恐怖经历——我的大力呼吁和提供的证据促使政府展开了搜捕行动，他们来找我核实也是理所当然。7月中旬，也就是逃出印斯茅斯整整一年后，我到克利夫兰与亡母的家人们待了一星期，将最新整理的族谱材料与他们保存的各种记录、口述及家传遗物作对比，尝试勾勒更完备的谱系。

威廉森家族气氛阴郁，让我特别沮丧，很难提起干劲。那里始终有股病态的压抑感，小时候母亲就从不鼓励我去看望外公外婆，但外公来托莱多做客她还是欢迎的。至于我自己，我总觉得阿卡姆出生的外婆怪吓人的，她失踪时我并不难过。据说道格拉斯大舅——外婆的长子——在我八岁那年吞枪自尽，伤心欲绝的外婆离家出走，再无音信。道格拉斯大舅是在一趟新英格兰的旅行后自尽的，前往阿卡姆历史协会询问的无疑就是他。

道格拉斯大舅长得很像外婆，所以我也不喜欢他，他们母子俩总爱瞪着眼睛，眼皮一眨不眨，让我隐约且没来由地心神不宁。我母亲和另一个舅舅沃尔特就不是这样，他俩更像我外公。可惜沃尔特舅舅的儿子——我可怜的表弟劳伦斯——活脱脱是外婆的翻版，后来出了问题不得不送进坎顿的精神病院长期隔离疗养，我足有四年没见着他了。沃尔特舅舅有回闪烁其词地提到，劳伦斯的身体和精神状况都很糟糕。我舅妈为此担惊受怕，或许这正是她两年前离世的主要原因。

外公如今和沃尔特舅舅一起鳏居在克利夫兰的祖宅，悲伤的回忆始终沉重地压在头顶。如前所述，我一直不喜欢那个地方，只盼尽早完成调查。外公提供了威廉森家族的大量记录与口述，奥恩家族这边只能仰仗沃尔特舅舅，而他允许我随意浏览所有材料，包括笔记、信件、剪报、遗物、照片与袖珍画等。

正是翻阅奥恩家族的书信与照片时，我对自己的血统产生了疑惧。如前所述，外婆与道格拉斯大舅总让我心神不宁，这对母子去世多年后，看着照片中他们的脸，厌恶与排斥反而越发强烈。起初我对此不甚了然，但渐渐地、情不自禁地，我开始在潜意识深处进行可怕的对比，尽管我的理智总会坚决否认，一星半点也不愿认同。

他们典型的相貌特征，明显激发我做出了从来没做过的联想，而我想得越深，仿佛就越是陷入恐怖的深渊。

沃尔特舅舅领我去市中心的信托保管库检查奥恩家族的珠宝，带给我最强烈的震撼。有些首饰果然精美夺目，但有一盒奇怪的老物什是我神秘的太外婆传下的，沃尔特舅舅不太愿展示。他说盒中珠宝上的图案怪异、令人反感，据他所知谁也没在公开场合佩戴过，只有我外婆常常入迷地盯着它们。流言说它们会带来厄运，当初照顾我太外婆的法国女家庭教师亦曾强调，在欧洲佩戴它们比较安全，但在新英格兰行不通。

沃尔特舅舅不情不愿、慢慢吞吞地打开盒子，反复提醒我别被怪异乃至丑恶的装饰吓坏。他说艺术家与考古学家对盒中珠宝的精湛工艺和异域格调赞不绝口，唯独鉴定不出材质及其隶属的艺术流派。他又说盒子里有两副臂镯、一顶三重冕和一套胸饰，夸张到难以接受的是胸饰上的高凸浮雕。

我一直在努力控制情绪，但听到这里，表情还是出卖了惶恐的内心。舅舅停下来关切地打量我，我示意他继续，他才勉为其难地让第一件珠宝——那顶三重冕——露出真容。也许他在期待我的反应，但肯定没料到我的反应会这么大。说实话，我自己也没料到。我以为自己对珠宝的真相做好了充分的思想准备，结果却像一年前在荆棘丛生的铁道浅沟里一样，悄无声息地昏厥过去。

从那天起，我的生活成了阴郁恐怖的噩梦，不知哪些是丑恶的现实、哪些是疯狂的幻影。我来历不明的太外婆出自马什家族，她嫁到阿卡姆——老酒鬼扎多克不是说奥贝德·马什与怪物生下女儿，后来耍了点花招，把女儿嫁给一个阿卡姆人吗？老疯子还絮絮叨叨地渲染我的眼睛跟奥贝德船长一样犀利，对吧？阿卡姆历史协会负责人也说我长着马什家族的眼睛。难道奥贝德·马什是我的祖外公？那么我的祖外婆又是谁——或什么东西呢？不，也许一切只是妄想。印斯茅斯船员经常兜售那些发白的金首饰，也许我真正的祖外公只是碰巧买下它们，而我外婆和自杀的舅舅眼睛鼓凸的面孔同样虚幻不实——没错，纯粹是想象，是我的思维被印斯茅斯的厚重阴霾污染催生的想象。然而道格拉斯大舅去新英格兰寻根之后，又为何要吞枪自尽呢？

接下来两年多，我竭力回避这些问题，无奈收效甚微。父亲替我在保险公司谋了份差事，而我尽可能沉浸于日常工作，直到1930年至1931年的冬天开始做起怪梦。梦境起初尚不频繁，内容也很模糊，但几周后迅速变得连贯且生动。辽阔的海底世界徐徐展开，我仿佛在奇形怪状的鱼类陪伴下，徜徉于沉没的雄伟柱廊与覆满海草的高墙迷宫之间。其他形影陆续出现，它们给惊醒后的我带来难以名状的恐慌，但在梦里一点都吓不到我——在梦里我是它们的一员，身披非人的服饰，跟随洋流游走，于邪恶的海底神殿进行可憎的祷告。

梦里林林总总的细节太多了,哪怕我敢写下每天早上醒来时记得的片段,也足以被当作天才或疯子。梦境对我造成了巨大影响,将我一点点拖离理性世界和正常生活,拽向黑暗且陌生的无名深渊。整个过程令我心力交瘁,身体持续恶化,容貌变得丑陋,到头来只能辞去工作,像病人一样离群索居、闭门静养。我被古怪的神经疾病折磨着,有时甚至合不上眼睛。

我开始警觉地端详镜中倒影。在疾病的缓慢摧残下,我的脸不但有些惨不忍睹,似乎还蕴含着微妙而惊悚的趋势与苗头。父亲肯定也注意到了,他看我的眼神满是惊讶乃至慌张。我到底怎么了?是不是越来越像外婆和道格拉斯大舅了?

有天夜里,我做了在海底与外婆相见的噩梦——她居住在磷光闪闪、梯台层层的宫殿,那里的花园生长着奇异的鳞状珊瑚和怪诞的盐霜枝丫。外婆接待我的热情之中多少带着一丝嘲弄,同所有下水的人一样,她的身体也转变了。她说她当年没死,而是找到了舅舅自杀前调查的地点,纵身跃进神奇的国度——那本是舅舅命定的归宿,他却用手枪了断了自己。那也将是我的归宿,我逃不掉的,我将永生永世与它们生活在一起——早在人类行走于大地之前,它们就在那里了。

我还见到祖外婆**璞茜娅-黎**,她在**伊哈-蚀磊**生活了八万年,并干奥贝德·马什死后重返故乡。陆地人向大海发起攻击时,伊哈-蚀磊并未被毁,只受到一些损害。**深海之神**是不灭的,哪怕失落的古圣施展上古魔法,也只能暂时压制它们。它们暂且休养生息,但只要记忆还在，假以时日必将再次浮出水面，获取伟大的克苏鲁渴望已久的祭品。下一次的目标将是远超印斯茅斯的城市。它们曾计划在陆上开枝散叶，还把帮手运上陆地，只怪我引来陆地人的反击，如今只能再次蛰伏。为此我必须忏悔，幸好罪孽尚不深重。

也是在这场梦中，我首度目睹修格斯，并因之疯狂地惨叫着醒来。那天上午，我在镜中确凿无误地见到了"印斯茅斯长相"。

迄今为止，我还没像道格拉斯大舅一样吞枪自尽。我买了把自动手枪，差点走上不归路，但梦境阻止了我。极度的恐惧日益减退，奇特的羁绊悄然成形，未知的海底深渊已不再令我畏首畏尾。我在睡梦中会听到古怪的声音、做出古怪的举动，醒来却并不惊惶，反倒兴奋不已。我认为自己不必像多数同胞那样等待完全转变，拖得越久越容易被父亲察觉，届时很可能步可怜的表弟之后尘，被关进精神病院。无法丈量、闻所未闻的荣光就在海下，我还等什么呢？噫—拉莱耶！克苏鲁，番沓艮！噫！噫！不，我不会自杀——吞枪自尽并非我的归宿！

我准备从坎顿精神病院救出表弟，与他一同前往奇迹笼罩的印斯茅斯。我们将结伴游向大海中那片阴森的礁石，潜进黑暗的无底深渊，抵达高墙与巨柱环绕的**伊哈-蚀磊**，在**深海之神**的巢穴沐浴光辉与荣耀，直到永远。

H.P. 洛夫克拉夫特 著

大衮

写下本文时，我的精神濒临崩溃，势必熬不过今晚。身无分文、连唯一支撑续命的药物也断了供的我即将跳出阁楼窗口，迎向下方肮脏的街道，一了百了。不，别因为吗啡上瘾，就认定我生性懦弱或品格堕落，这几页匆忙写就的潦草文字会说明我不惜求死也要忘却的回忆——虽然我不指望谁能完全理解。

一切始于浩瀚无边的太平洋最空旷、荒凉的水域，德国海上袭击舰劫持了我负责押运的邮船。那时大战刚起，德国鬼子的海军如日中天，远没到后期的窘迫地步，我们的船理所当然成为他们的战利品，好歹全体船员得到了战俘应有的待遇。事实上，看守纪律如此松懈，我五天后就带着充足的饮水和食物，偷了艘小船独自逃亡。

重获自由的我漫无目的地漂在海上，浑不知身处何方。我向来不是合格的领航员，眼下只能根据太阳与星辰的方位，大致推测自己位于赤道以南，经度就不得而知了，视野内亦不见岛屿或海岸。天气晴朗，烈日灼身，我在海上随波逐流许多个日夜，只盼遇上船只或被抛上适宜的陆地，却始终不能如愿。一望无垠的浩渺蓝海让我在孤独中渐感绝望。

变故发生时我睡着了，具体情况一无所知。我睡得昏昏沉沉、噩梦连连、意识不清，等清醒过来，竟半身陷进黏糊糊的泥潭，地狱般的起伏黑沼朝四面八方蔓延，一成不变且望不到尽头，小船则在不远处搁了浅。

有人或许认为，我的第一反应是想弄清周围为何发生天翻地覆的剧变，事实上更多的是恐慌。空气和烂泥充斥着让人冷到骨髓的险恶意味，无边无际的肮脏泥潭臭气熏天，支棱出许多腐烂的死鱼和其他难以描述的尸体。这片不毛之地没有声音，也看不到别的事物，极目所见尽是莽莽黑沼，不折不扣的死寂和单调至极的景象引发了难以用言语形容的厌憎与压抑，令我惶恐不安到几度作呕。

太阳无情地燃烧，头顶没有一丝云彩，万里晴空仿佛都倒映着脚边污黑的泥沼。我爬进搁浅的小船，意识到只有一种理论能解释当前处境：史无前例的火山运动将部分海床托出水面，被深不可测的汪洋淹没亿万年之久的地层终于得见天日。隆起的新大陆如此辽阔，就算我竖起耳朵拼命捕捉也听不到半点涛声，亦不见海鸟飞来捕食满地死尸。

我呆坐在小船里，冥思苦想好几个钟头。太阳爬过天穹，侧躺在地的小船提供了些许阴凉。白昼渐渐过去，泥沼慢慢干硬，似乎能支撑我走上一小段。当晚我难以成眠，第二天便打包起食物和饮用水，打算步行找寻消失的大海和可能的救援。

第三天上午，泥泞干透了。尽管鱼腥味令人抓狂，但我无暇顾及这区区毒害，心中只有穿越起伏荒原的未知旅途。我把目标大胆设为西边远处地势较高的山岗，一直赶路到晚上才露宿休息，然而隔天再次上路时只觉得并未缩短距离。第四天傍晚，我终于走到山脚下，这才发觉它比预想中高得多，还被一道陡峭山谷横贯劈开。疲惫不堪的我无力攀登，便在山脚阴影中就地歇息。

不知为何，那晚的梦异常狂野，没等怪诞的凸月在东方荒原上升高，我便冷汗淋漓地惊醒过来。梦境让我消受不起，明亮的月光令我倏然意识到白天赶路的愚蠢——避开毒日暴晒能节省很多体力，此刻就连日落时教人气馁的上坡路似乎也不在话下。我索性不再睡觉，拾起包裹朝山顶进发。

前已述及，连绵起伏、一成不变的荒原是我暗生恐慌的源头，但等爬上山顶，看到另一侧的无底深坑或峡谷，惧意却愈演愈烈。月亮升得还不够高，照不到黑暗深处，我自觉站在世界的边缘，俯瞰深邃的混沌永夜。惊骇之余，我想起《失乐园》的篇章，仿佛看到丑恶的撒旦爬出尚未成形的黑暗领域。

月亮越升越高，我渐渐看清峡谷斜坡不如想象中陡峭，岩壁上比比皆是的出露石台和石架很适合落脚，而只消爬下几百英尺，坡度就会大大放缓。在难以解释的冲动驱使下，我艰难地顺着岩壁下到较为平缓的山坡，但光线依然没能渗进脚底冥河般的深谷。

陡然间，对面山坡有个突兀耸立的巨物吸引了我。它距我不过一百码，沐浴在爬升的凸月洒下的白色光华之中。我很快安慰自己那不过是块大石头，但其外观与姿态绝非天然形成。我看得越久，心中越是充溢着难言的异样感。纵然那庞然大物自混沌初开时就屹立于海底深渊，我却敢断定它是块独特的石碑，雄伟的碑体饱经智慧生命的细心雕琢乃至顶礼膜拜。

这种想法让我诚惶诚恐，倒也生出一丝科学家或考古学家式的激动。于是我更仔细地环顾周边，月亮快要升至天顶，耀眼而诡异的月光照亮了深谷两侧的斜坡，揭示出谷底蜿蜒流淌的长河，河流两端均不见尽头，水花几乎拍溅到脚边坡地。深谷对面，浪花冲刷过巨石碑基座，我注意到碑面有铭文和粗糙浮雕。铭文为未知体系的象形文字，与书上见过的都不同，大部分符号应是代表水生生物，如鱼类、鳗鱼类、章鱼、甲壳类、软体类、鲸鱼等，某些种类现代社会闻所未闻，但不久前我在海底升起的荒原上见过它们腐烂的遗体。

真正让我着魔的是石碑上的浮雕画。那排浅浮雕尺寸惊人，隔着河水也看得一清二楚，其题材更能让画家多雷佩服得五体投地。我认为其刻画的是人——至少是人形生物——像鱼一样在海底洞穴嬉耍，或礼拜波涛下的巨型神龛，但我不敢详述那些生物的外貌与形体，单单回忆都足以让我眩晕。它们的怪异远超爱伦·坡或布尔沃的想象，纵然总体轮廓像人，但手足长蹼，嘴唇软塌肥硕，玻璃般的眼泡朝外鼓凸，其他丑恶特征也差相仿佛。更怪的是，它们的身量与背景景物根本比例不搭，画面展示它们中的一员在捕杀鲸鱼，可二者的体型竟不相上下。关于奇异的外貌与身量，我很快想到一种解释，认为它们是原始的捕鱼或航海部落臆想的神祇，早在皮尔丹人或尼安德特人的祖先诞生前，那些部落已统统灭绝。换句话说，我无意中瞥见了最大胆的人类学家也不敢设想的过往，这让我满怀敬畏地站在岸边陷入沉思，任月亮于宁静的河道间投下诡异的倒影。

突然间,我目睹了那个怪物。它以些微搅动的波澜作为预告,随即悄悄钻出黑水,身量堪比独眼巨人波吕斐摩斯,丑怪的模样和石碑上的梦魇生物如出一辙。它径直扑向石碑,张开覆满鳞片的巨臂将其抱住,垂下狰狞的头颅,有意识地发出带节律的声音。

我大概当场就吓疯了。

我完全不记得如何狂乱地爬上斜坡与悬崖,如何惊惶地逃回搁浅的小船,只知自己拼命唱歌唱到嗓子嘶哑,随即开始傻笑。我逃回小船后似乎遇到大风暴,至少听到了炸裂的雷霆及大自然宣泄情绪时发出的其他咆哮。

一艘美国船在大洋深处撞见我的小船,等我恢复意识,船长已将我送进旧金山的医院。我精神错乱时说了很多胡话,但没人在意,营救者对太平洋中央升起的陆地一无所知,我也无心说服疑惑的听众。后来我见到一位大名鼎鼎的人种学家,半开玩笑地请教古代非利士人传说中的鱼神大衮,旋即发现对方古板得不可救药,也就没追问下去。

但每当夜幕降临,尤其凸月渐亏之际,我总能看到那个怪物。我尝试用吗啡麻醉自己,可药物只能提供短暂的安慰,还把人变成可悲的瘾君子。所以我决定结束这一切,同时写下全部事实供世人参考或耻笑。我时常扪心自问:回忆有无可能纯为幻觉?我逃离德国军舰后在无遮无挡的小船里晒得头脑发昏,进而滋生谵妄的狂想?无奈栩栩如生的恐怖画面总是挥之不去。我一想到深海就浑身发抖，不可名状的怪物此刻或许正于黏滑的海床间蠕动爬行，膜拜古老的石像，并在海底浸泡的花岗岩石碑上刻下自己可憎的形象。我还梦到终有一日，它们将破开汹涌的巨浪，伸出恶臭的爪子，拖走饱经战争摧残、元气大伤的残余人类——那一日，陆地尽皆沉没，黑暗的海底在天倾地覆间冉冉上升。

　　末日将至。我听到外面的响动，像是硕大黏腻的身躯在用力撞门。不能让它找到我。天哪，*那只爪子！窗户！窗户！*

H.P. 洛夫克拉夫特 著

美杜莎的卷发

（一）

通往开普吉拉多的公路穿行于陌生乡野,当下午的阳光逐渐变成金黄色、越发显得轻浮时,我意识到若想入夜前抵达,就必须找准路线了。敞篷车不适合在天黑后荒凉的南密苏里低地转悠,糟糕的路况和11月的刺骨寒意都是它的死穴。此外,黑云正在地平线聚集,我扫视着平坦的褐色田野里一道道灰色或蓝色的长条阴影,希望瞥见能上前打听的屋舍。

这片乡野偏僻而孤独,但我还是在右侧小河旁的树丛间看见了屋顶。它离公路足有半英里远,或许路边有小径或车道与之相连。由于没发现别的屋舍,我决定试试运气,最终欣慰地在路边灌木丛中找到一道荒废的石雕门。那门爬满枯死的藤蔓,入口杂草丛生,从远处很难发现。门后漫长的道路车辆难以通行,我只好把敞篷车停在一旁,让一棵粗大的松柏为之遮风挡雨,徒步朝屋子走去。

暮色四合,我踏足灌木掩盖的道路,不禁惴惴不安起来,或许是刚才经过的石门和脚下这条从前的车道均笼罩着化不开的腐朽气息吧。从古旧石柱上的雕刻来看,此地多半是显赫一时的庄园别墅,车道两旁齐整地种植着菩提树,但有的树现在死掉了,有的淹没在周边恣意疯长的灌木丛里。

愈往前行，芒刺与荆棘就越发难看地拉扯着衣服，我不禁怀疑还有没有人住在这种地方，这趟会不会是白费工夫？一时间，我产生了掉头返回、沿公路另寻农家的念头，好在屋宅及时出现，重新激发了我的好奇心和冒险精神。

树木环绕的破旧屋宅出人意料地颇具魅力，它带有南方腹地的风情，仿佛述说着逝去时代的气势与格调。作为二层半建筑，它遵循19世纪前半叶经典的种植园木宅样式，宽敞的门廊两旁的爱奥尼亚式壁柱一直顶到阁楼，支起三角门楣。不过腐朽随处可见并十分严重，有根朽烂的大立柱甚至直接倒掉，令高处的楼座或阳台岌岌可危，而我估计宅子周围原来还有别的建筑。

当我踏着宽阔的石阶走向门廊和装有扇形顶窗的雕花大门时，情绪明显紧张起来，乃至想点根烟，只因周围太多干燥的可燃物才罢手。宅子看上去确实没人住，我却犹豫着不敢惊扰它的庄严，于是用力拉起锈蚀的铁门环，小心翼翼地叩了几下，怎料竟带得整栋屋宅都跟着摇摇晃晃、吱嘎作响。没人应门，但我还是又敲了敲笨重聒噪的门环，既为提醒废墟中可能的活物，亦为打破周围怪诞的死寂与孤独。

河边传来鸽子的悲鸣，流水声隐约可闻。我懵懵懂懂地抓住古旧的闩锁试探，随后径直冲那扇六镶板大门推去——一推之下才发现门并未上锁，只是铰链不太灵便，开启时会发出刺耳的摩擦声。门内是个阴暗的大厅。

我一踏进大厅就后悔了，倒不是因为暗影重重、灰尘遍地、摆放着无数阴森的帝王式家具的厅内真有幽灵，而是立刻意识到这里实际上有人居住。宽敞的螺旋梯传来吱嘎声和缓缓下行的蹒跚脚步声，梯台旁的帕拉迪奥式大窗映出一个佝偻的高大身影。

我克制住一惊一乍的惶恐，等待主人迈下最后几步楼梯，准备为自己的擅闯致歉。一片昏暗中，我见他从口袋里掏出火柴，点亮楼梯底部摇摇欲坠的倚墙托桌上的煤油小灯。微弱的光线映照出一位又高又瘦、弯腰驼背的老人，虽然衣着凌乱、不修边幅，却有绅士的派头与气度。

我抢在他开口前为自己辩解：

"请原谅我的鲁莽。刚才敲门无应答，我以为这里没人住。我想打听去开普吉拉多的正确路线——或者说最短的路线，以便天黑前赶到。不过，当然……"

老人直等我停下才说话，用的是预料中温文尔雅的口吻，柔和的腔调如同他的宅子一样带有地道的南方味：

"该道歉的是应门迟缓的敝人。敝人在此隐居，访客甚少，起初把阁下当成了周围的好事之徒，直到再次敲门才出来答应。无奈身体有恙、行动迟缓，都是神经性骨髓炎落下的麻烦。

"至于在天黑前赶到镇子，这显然不可能。阁下选择的路线——敝人猜测阁下是从大门那边来的——既非最好也非最短。阁下应在出大门后的第一个路口左转，没错，转向左边第一条公路，忽略三四条马车通行的小道。那条真正的公路不难找，正对路口的右边有棵大柳树。左转后再经过两条路,跟着第三条路向右转,接下来——"

煞费苦心的解说教我这个外地人云里雾里,不得不打断他:

"请等一等!我根本没来过附近,如何凭昏暗的车灯在漆黑的郊外遵循指示呢?再说今晚风暴似乎即将来临,勉强开着敞篷车前往开普吉拉多或许很糟糕、很愚蠢。听着,我不想麻烦您或任何人,但考虑到实际情况,可否通融一夜?我不会增加您的负担——无须食物或其他东西——只要找个角落睡到天亮。车子就留在外面,刮风下雨也由它去。"

听过我唐突的请求,老人的神色失去了平和,代之以古怪的诧异。

"睡在——这里?"

我重申请求作为回应:

"是的,这样行吗?我保证不添麻烦。有什么办法呢?我人生地不熟,黑灯瞎火的乡下就像迷宫,况且我敢打赌,不出一小时就有倾盆大——"

这次换作主人打断我,他用富于韵律感的深沉嗓音意味深长地说道:

"人生地不熟——当然,否则阁下绝不会想睡在这里,甚至不会靠近这里。如今没人会来。"

他就此打住,只言片语中透出的神秘却让我留下过夜的意愿变得分外强烈——这里定有古怪,弥漫的霉臭味似乎掩盖着千般秘密。其实单就着一盏暗淡油灯,周围的极端破败也是触目惊心,由此更带来深切的寒意，只恨无处取暖。但我盖不住熊熊燃烧的好奇心，一心只想逗留盘桓，探究隐居的老人及其阴森住所。

"没关系，"我说，"其他人爱怎样就怎样，我只想找地方过夜。话说回来，他们不喜欢是因为这里年久失修吗？维持此等规模的产业花销肯定不小，倘若负担过重，您何不觅个较小的住处？为何留在这里，忍受艰辛困苦？"

老人非常严肃地回答我，并未将这番话视为冒犯：

"阁下乐意自可留下，绝无害处，尽管有人宣称这里会带来不良影响。对敝人而言，待在这里是责任所系，必须看住某样东西，只可惜没有充足的财力、健康的体魄和雄心壮志来维持宅子及周边的体面。"

他的话并未打消我的好奇，但我收拾心情，随他缓缓上楼。天变得很黑，屋外淅淅沥沥的雨点说明酝酿已久的大雨开始落下，我既为寻得避难所倍感庆幸，更因此间及此间主人的种种神秘之处暗自兴奋。

对不可救药地爱好怪奇事物的我来说，这真是再好不过的安排。

（二）

主人带我来到二楼相对干净的拐角房间，放下小灯，点亮一盏较大的灯。就房间的整洁程度、陈设风格和墙边排列的书籍判断，我确信自己没看走眼——宅子的主人的确是有良好教养与高尚品位的绅士，就算离群隐居、性情孤僻，亦无损于个人操守和求知欲。他示意我落座后，我侃侃而谈，并欣慰地发现对方同样乐于交流——老人似乎很高兴能有人说话，亦不避讳个人话题。

我从交流中得知，他名叫安托万·德鲁西，出自路易斯安那一个古老、显赫、富有教养的种植园主家族。一百多年前，他那并非长子的祖父移民南密苏里，按祖上的铺张风格打造了崭新的种植园，包括这栋壁柱林立的府邸和周边大片农场。府邸后方的平地盖起木屋群，过去住了多达两百名黑奴，他们每到晚上就会唱歌嬉笑、弹奏班卓琴，可叹如今平地被河流侵袭，别具一格的文明秩序也早已荡然无存；府邸前方亦曾有高大的橡树和柳树护卫，常年灌溉和修剪的草坪宛如宽阔的绿色地毯，花朵环绕的石板路蜿蜒穿行其间。毫无疑问，在主人心目中，当年的"河畔庄"是一派田园牧歌的美好产业，令他频频触景生情。

雨越下越大，瀑布般的水帘冲击着不甚牢靠的屋顶、墙壁和窗户，透过千百个裂缝和缺口滴漏进来。湿气自不明的角落渗透而入，狂风抽打着外头铰链松垮的腐朽百叶窗。但我浑不在意，甚至忘了草率地停在树下的敞篷车，满心只想听故事——沉浸于回忆的主人并未带我去卧房休息，反而继续追述着过去的美好时光。我很快意识到，今晚或能得知他独居在众人避而远之的老宅的真实原因。老人的嗓音始终富于韵律感，他的故事完全打消了我的倦意。

"没错，河畔庄建于1816年，先考则生于1828年。他若活到现在，满打满算是个百岁老人，可惜死得早，甚至没给敝人留下太深的印象——1864年的战争,他服役于南方邦联路易斯安那第七步兵团,还是特意回老家参的军。先祖父由于年龄关系没上战场,一直活到九十五岁,同先妣一起将敝人拉扯长大,谆谆教诲没齿难忘。德鲁西家族自十字军时期兴起以来,代代重视传统,荣誉感极强,先祖父对敝人亦是这般要求。战争并未让家族破产,战后仍能维持优越生活,敝人就读于路易斯安那的名校,又去普林斯顿大学进修,毕业后把种植园经营得相当妥帖——可惜如今还是成了这幅光景。

"敝人在二十岁那年送别先妣,两年后先祖父亦撒手人寰,此后生活过得颇为孤单。1885年,敝人迎娶新奥尔良的远亲,拙荆若能得享天年,一切必又不同,可惜她生下犬子丹尼斯时过世了。敝人与犬子相依为命,未曾续弦,把所有精力都放在他身上。犬子与敝人如出一辙,是个地地道道的德鲁西族人:深色皮肤,高高瘦瘦,脾气火暴。敝人依照先祖父的方式教育他,他对荣誉也有天生的渴求——准确地说,那是他骨子里流传的气质,没有哪家孩子这般斗志昂扬,十一岁就执意参加美西战争,敝人费尽九牛二虎之力方才阻止他离家投军!他是个多么浪漫又多么高尚的小淘气啊,按今日标准堪称维多利亚时代的楷模。敝人没花什么工夫就让他远离了那些女黑鬼,先送进自己就读过的名校,再送去普林斯顿大学——他是那所大学的1909级学生。

"他最后决定当医生,并在哈佛医学院进修一年后试图回归家族古老的法国传统,满心想去巴黎的索邦大学深造。敝人虽感寂宽，但自豪地表示支持——老天在上，这真是个天大的错误！敌人完全低估了巴黎的氛围影响。他住在圣雅克街，离拉丁区的大学很近，但从往来信件及友伴们的转述中可知，他未能杜绝与放纵之徒的交游。

"他认识的多为家乡过去的青年，大部分也都是安分守己、勤勤恳恳的学生和艺术家，与哗众取宠、肆意妄为无缘，但任何群体都难免出现玩火的危险分子。阁下想必清楚所谓的颓废派，生命与感知的体验者——波德莱尔之流——丹尼斯接触了不少个中人士，乃至进入他们的圈子。那帮家伙有各种疯狂的信仰，诸如伪造的恶魔崇拜、假冒的黑弥撒，等等。学生们干蠢事大概也不能带来什么伤害，或许一两年后就忘个精光，可有个家伙是丹尼斯的旧日同窗，其人的父亲甚至与敌人有些交情……哎，我说的就是新奥尔良的弗兰克·马什，他狂热崇拜着上世纪90年代，即所谓'黄色年代'的代表小泉八云、高更和梵高。可怜的小浑蛋，本来是块当大艺术家的料。

"马什在丹尼斯的巴黎朋友圈中与他渊源最深，他们理所当然地经常见面，缅怀圣克莱尔学院的旧时光。犬子的家信中频频提到马什，无奈敌人并未对后者参与的神秘教派引起警觉。该教派以古埃及和古迦太基魔法为号召，曾在左岸的波希米亚人聚居区盛行一时，教义里无聊地谎称通过失落的源头追溯到消逝已久的非洲文明，知晓大津巴布韦及撒哈拉沙漠的霍加尔高原上湮灭的亚特兰蒂斯人城市的秘辛，尤其荒谬地渲染毒蛇与人类头发的联系——至少在当时，敝人认为很荒谬。丹尼斯经常引用马什的奇谈怪论，声称美杜莎的蛇发传说及后世托勒密王朝的贝蕾尼西故事有所隐瞒。阁下想必知道，贝蕾尼西曾为拯救夫君暨兄长托勒密三世献上头发，她的头发升天就成了后发座。

"这些事起初并未造成太大影响，直到丹尼斯在马什的住处参加神秘仪式的夜晚遇见那个女祭司。该教派的信徒大多年纪轻轻，那个首脑亦是年轻女人，法号'塔尼特－伊希斯'——那是她自诩的神圣真名，其在凡间的新近'化身'则名为马塞利娜·贝达德。据说她是查姆侯爵的左撇子女儿，其实在玩上这桩有利可图的魔法游戏之前，仅为一寂寂无闻的画手和模特。有人说她在西印度群岛待过——大概是马提尼克岛吧——但她本人很少谈论自己。至于她刻意展现的朴素与圣洁，敝人认为社会经验丰富的学生不致上当。

"可惜犬子过于单纯，竟用整整十页信纸描述他心中的女神。也怪敝人失察，未能意识到天真的迷恋可能导致严重后果，却对丹尼斯强烈的个人荣誉感和家族情怀抱有荒谬的信心，认为那足以阻止他误入歧途。

"然而随着时间流逝，他的信件还是让敝人紧张起来。他越发频繁地提到马塞利娜，对友伴们却落笔甚少，乃至指责他们'残酷而不公平地'拒绝将马塞利娜介绍给自家的母亲和姐妹。他似乎从未追问她的来历，敝人相信她早已向他灌输了一整套关于自己早年身世、如何获得神启及直面世人轻慢的花言巧语。到头来，丹尼斯似乎有意与朋友圈断绝往来，专心陪伴妖娆的女祭司。在她的特别要求下，他并未把他们持续约会的消息告诉从前的友伴，因此旁人也无从插手。

"敝人猜测，她将犬子当作不折不扣的富二代——也难怪，犬子的确有贵族气质，而某些底层人士把所有气质不凡的美国佬都想成富翁。她多半视此为天赐良机，企图讨个如意郎君来换种活法。无论如何，等敝人终于沉不住气出言劝阻，一切都太晚了。犬子业已合法迎娶了她，并来信声明正办理退学手续，将携新妻返回河畔庄。他说她为此付出巨大牺牲，辞去了魔法教派的首脑职位，唯愿从此做个安静的淑女——河畔庄的女主人和德鲁西家族未来的主母。

"木已成舟，阁下，敝人不得不咽下这口气。挑剔的欧洲人和吾等土生土长的美国佬当然存在观念差异，但说到底，那女人尚未露出马脚。她或许是个江湖骗子，但又怎样呢？为犬子着想，敝人那时宁可看淡一些。婚姻是终身大事，作为一位通情达理的父亲，只要丹尼斯的新婚妻子愿意融入德鲁西家族，总不能立刻拆散他们吧？不如给她点机会证明自己，或许她不像敝人担心的那样会给家族带来伤害。于是敝人没有反对和责难，默默接受了婚事，准备好迎接犬子回归，不管他带回怎样的媳妇。

"结婚电报传来三周后，夫妻俩联袂出现在敝人面前。马塞利娜的确很漂亮，可以想见犬子如何迷上了她；她也的确给人有教养的感觉，我至今仍相信她怀着部分优良血统。那时的她仅二十岁出头，中等体形，身材苗条，姿势和动作宛如雌虎般优雅。她的皮肤是深橄榄色，就像有些年头的象牙，眼睛则又大又黑。她那小巧、古典而匀称的面孔——尽管以敝人的标准还不够轮廓分明——顶着敝人毕生所见最乌黑的头发。

"不难理解，拥有浓密秀发的她会将相关主题融入教义。她若把头发盘卷起来，像极了奥布里·比亚兹莱的画作中的东方公主，而她的头发打散后可垂落到膝盖下方，照得闪闪发亮，展现出独特又有点邪门的活力。细看过她的头发之后，就算没有其他提示，敝人也打心底里联想到美杜莎和贝蕾尼西。

"有时，敝人甚至感到那些头发在悄悄活动、自行编织，这当然是纯粹的幻觉。不过她总在梳头，还用上某种油膏，不免让敝人产生异想天开的古怪念头，将头发想成她必须以隐晦方式滋养的活物……真荒唐，不管怎样，敝人对她和她的头发始终心存芥蒂。

"没错，纵然做足了表面功夫，敝人也始终无法完全接纳她。那是难以捉摸但真实存在的隔阂，一种微妙的厌恶与排斥，仿佛任何与她相关的事都会不由自主地引发病态和可怖的联想。她的皮肤让人想到巴比伦、亚特兰蒂斯、利莫里亚和远古世界其他被遗忘的诡异国度，她的眼睛似乎属于不洁的森林野兽或古老到超越人类的动物女神，她的头发——那头千丝万缕、油光可鉴、堆云砌墨、充满异国情调的秀发——令人瑟瑟发抖，就像看到黑色的巨蟒。毋庸置疑，她看穿了敝人无意中流露的倾向，此后翁媳之间只好拼命掩饰。

"唯独犬子的迷恋有增无减。他不断讨好她，每时每刻都大献殷勤，乃至令人有些作呕。尽管她给予丹尼斯对等的回应，但旁观者不难看出她的热情和举止有些刻意。另外，她对河畔庄不如预料中富裕似有不满。

"真是不幸的发展，悲伤的暗流悄然形成。被幼稚的爱恋冲昏头脑的丹尼斯察觉到翁媳矛盾，便逐渐疏远了为父。如此持续数月后，敝人痛感失去了独生子——那个过去二十多年间都是敝人主心骨的儿子。必须承认，敝人深感苦恼——遇到这种事，天底下哪位父亲不难受呢——却无能为力。

"最初数月，马塞利娜似乎是个好妻子，敝人的朋友也都毫无怨言地接纳了她。说实话，敝人一度相当紧张，生怕犬子的婚事传扬出去，在巴黎留学的小伙子们于家书中添油加醋。马塞利娜固然嘴巴牢靠，但世上没有不透风的墙，更何况身为丈夫的丹尼斯刚与妻子在河畔庄安顿下来，就自信满满地写信向几位密友炫耀。

"敝人托词身体有恙，越发闭门不出——神经性脊髓炎正好是那时落下的，真是个绝佳借口。丹尼斯对此似乎不太在意，或者说神思另有所属，无暇关注敝人的习惯和事务，这种麻木教人痛心。从那时起，敝人就开始失眠，常常彻夜思索问题的根源——新进门的媳妇到底为何令人反感，乃至隐隐有些恐惧？显然不是她那些胡编乱造的神秘经历，她也干净利落地抛下了过往，并未借此生事。此外，虽然她曾涉足艺术行业，但过门后一幅画都没画过。

"奇怪的是，仆人们——只有他们——与我感同身受。庄园周围的黑鬼对她抱有敌意，不过短短几周，除开与德鲁西家族深情厚谊的寥寥数人，其余的都走了。留下来的几个——老西皮奥和他老婆萨拉、女儿玛丽、厨子黛利拉——尽量端出礼貌得体的态度,但显然对新来的女主人毫无敬爱,只是机械地应付差事,闲暇时间躲得远远的,反倒白人司机麦凯布不时粗鲁地赞美她几句。唯一的特例是据说从非洲过来已百年有余的祖鲁老妪索福尼斯巴,她以长者身份被供养在自己的小屋,而她对马塞利娜最恭敬,敝人甚至亲眼看见她亲吻女主人走过的地面。无论如何,黑鬼十分迷信,为消除敌意,马塞利娜很可能曾把那套编造的神秘过往在他们当中散播。"

(三)

"就这样处了小半年,变化发生在1916年夏。6月中旬,丹尼斯收到老朋友弗兰克·马什的来信,对方声称因神经衰弱想来乡下疗养。这封信寄自新奥尔良——马什稍感不适便从巴黎回国了——显然是直白而礼貌地暗示我们邀他来做客,他也非常清楚马塞利娜的动向,在信中向她亲切致意。丹尼斯同情朋友的遭遇,不但当即复信,还承诺对方想待多久就待多久。

"当马什应邀前来时,敝人对他的巨变深感骇异。早年的他身材小巧,有一双蓝眼睛和圆润的下巴;现在的他却眼皮浮肿、鼻头粗大、嘴边满是皱纹——除了酗酒,找不到别的解释。大概他是沿颓废派的道路越行越远,一心效仿兰波、波德莱尔或洛特雷阿蒙,但好歹谈吐不凡、讨人喜欢——他就像一切优秀的颓废派艺术家那样,对色彩、气氛和事物的名称如数家珍,令人钦佩地充满活力,并在鲜为人知的微妙领域有着多姿多彩的体悟与感受。可怜的小浑蛋——只怪他爹死得早,没法好好管教!多有才的小伙子呀!

"敝人欢迎他来访,认为这有助于挽救日常的尴尬、改善庄内氛围。最初这个愿望似乎得以实现,正如说过的那样,马什很讨人喜欢,他是敝人毕生所见最真挚、最深刻的艺术家,而他在人世间最重视对美的观察与抒发。每到发掘或创作优美事物时,他的瞳孔会不断睁大,直到虹膜几乎看不见,直到那张脆弱、纤细、苍白的面孔上只留下两个神秘兮兮的黑洞,仿佛连通着凡人无法理解的奇妙世界。

"可惜马什没太多机会展现讨人喜欢的一面。他对丹尼斯抱怨灵感枯竭,尽管自己过去是相当成功的怪奇画手——堪比富赛利、戈雅、西姆或克拉克·阿斯顿·史密斯的水准——却突然间油尽灯枯了,不能再从周围的寻常事物中发掘出足够强烈和突出的美感元素,无法支撑创作。他从前也陷入过倦怠期——颓废主义者每每如此——但这回搜肠刮肚亦寻不到新奇超常的体验及刺激。缺乏新鲜的美学素材和探索方向的他,仿若小说家笔下的迪塔尔或德泽森特那样走到了奇异人生中最迷惘的转折点。

"马什到访时马塞利娜缺席,她对他也并不热心,此前家族的朋友邀请丹尼斯夫妇前往圣路易斯,马塞利娜拒绝改变这项安排好的行程。结果是丹尼斯留下待客,马塞利娜前去赴约——这是他俩婚后第一次分开行动,敝人真心希望短暂的分离有助于驱散蒙蔽犬子眼界的迷雾。马塞利娜似乎不急着回来,照敝人看,她有意拖延外出时间；与之相对，身为宠妻的丈夫，丹尼斯的表现比预想中好，他部分找回了自我，通过缅怀过往来努力激励无精打采的艺术家朋友。

"倒是马什急着与那女人相见，或许认为她的神秘美貌，再或她过去领导的魔法教派中某些隐晦思想，有助于自己渡过难关、重回正轨——就敝人对马什个性的了解，他本无邪念，纵然浑身缺点，但算得上为人正派。当初他声明自己无法拒绝丹尼斯的好意、乐于过来疗养时，敝人是打心底欢迎的。

"马塞利娜终于回来了，一望即知这对马什有多大影响。虽然他没有重提那套已被她彻底抛弃的神秘经历，却藏不住眼中自来访以来首度浮现的强烈而古怪的钦慕之情——只要她出现，那对睁大的瞳孔就会紧盯她的一举一动。马塞利娜对这种持续的关注起初有些不适和反感，但几天后就释然了，两人开始热情友好、意气相投地交流。敝人看出，马什会在自以为无人注意时端详她，不禁担心长此以往，被儿媳的神秘美貌唤醒的将不只是艺术家的灵感，还有男人的欲望。

"事态发展当然惹恼了丹尼斯，但同时他又坚信客人的操守。作为志同道合的神秘主义者和美学家，马塞利娜与马什分享一些局外人多少无从插嘴的话题和爱好，有什么好大惊小怪的呢？他并未心存怨恨，反倒责怪自己想象力有限、受传统束缚太深，不能如马什那般与马塞利娜畅谈。这段时期亦让敝人看清了犬子的为人，妻子时常不在身边终令他惦记起为父——也就是随时准备为他排忧解难的敌人。

"我们父子俩经常坐在廊道上观看马什和马塞利娜沿车道来回骑马，或在宅子南边从前的网球场打网球。他俩几乎都用法语交谈，法国血统不超过四分之一的马什说的法语比敝人或丹尼斯流利得多，至于马塞利娜，她的英语原本就字正腔圆，来美国后口音也有巨大改进，但显然更习惯用回母语。看着这似乎天造地设的一对，犬子不由自主地绷紧了脸颊和喉咙，不过他继续在马什面前扮演好客的主人，在马塞利娜身边充当体贴的丈夫。

"这些事通常发生在下午，因为马塞利娜起得很迟，在床上用早餐，又要花大量时间梳洗打扮方才下楼——敝人从未见过哪个女人像她那样对化妆、健美、发油、药膏等如此投入。然而正因如此，丹尼斯和马什才能在早晨坦诚相见，使得被嫉妒威胁的友谊维持下去。

"唉，偏就是马什在某日晨间谈话中的提议，让一切走向不可挽回的终点。那日敝人因神经炎行动不便，勉强下楼后躺在客厅长窗边的沙发上，而丹尼斯与马什坐在窗外的廊道上谈话，每句都自然而然地听得清清楚楚。他们谈论艺术，谈论创作所依赖的变化无常、千奇百怪的环境元素，马什突然将抽象话题转向他铁定打一开始就盘算好的个人请求。

"'以我之见，'他宣称道，'谁也说不准场景或物品能在哪个点上给人带来美学刺激。从根本上讲，这当然与个人的精神积累有关，人与人的敏感和反应各不相同。在我们颓废派艺术家眼中，日

常事物不具备情感或想象方面的意义,但我们对超凡之物的应对也大相径庭,以我为例……'

"他顿了顿才继续。

"'丹尼斯,你有着未受污染的纯净心灵——清澈、阳光、直率、客观——正因如此,我才能对你吐露心声,不致受到浅薄或驽钝之人的误解。'

"他又顿了顿。

"'事实上,我非常清楚如何让自己的想象力复苏。老伙计,我俩早先还在巴黎时我就隐约意识到了,如今更加确信——关键在于马塞利娜,在于她的面孔、头发及随之勾起的幽暗画卷。我指的不是外表——上帝做证,她够美了——而是更特殊、更个性化,无法确切解释的内涵。你知道吗?最近几天她对我的刺激如此强烈,足以使我相信能实现自我超越,只要在想象力被她的面孔和头发撩动之际提起画笔,就能在画布上留下不世出的杰作。那种天外来客般的古怪灵感与她牵连的隐晦远古有关。不知她对你说了多少,但我保证她大有文章,不可思议的纽带存在于她与外……

"丹尼斯想必脸色大变,滔滔不绝的说话者因此停顿下来,两人陷入相当凝重的沉默。敝人被这出乎意料的发展吓得目瞪口呆,更想了解犬子会作何反应,于是忍住狂乱的心跳,伸长耳朵偷听,生怕遗漏只言片语。马什续道——

"'当然,你嫉妒了,可以想见我这番话听起来像是怎样——但我指天发誓,你不必如此。'

"丹尼斯没说话,马什又道:

"'老实说,我永远不可能爱上马塞利娜,甚至在最融洽的场合也无法与她交心。见鬼,这些日子里,我每次跟她攀谈都觉得自己虚伪至极。'

"'事情很简单,她在某个阶段以一种特殊方式——一种古怪、神奇又有些可怕的方式——悄悄催眠了我,正如她在另一个阶段用更普通的方式悄悄催眠了你一样。我在她身上看见了某些东西——从精神层面更准确地说,是透过、越过她看见了某些你浑然不觉的东西。那是被遗忘的深渊里的无数恢宏形体,它们逼着我挥洒画笔,但每当我想瞧个清楚,各式各样的轮廓又立刻消散了。丹尼斯,不用怀疑,你老婆是世间瑰宝,是宇宙力量的辉煌焦点,假设地球上有什么称得上神圣,她必为其中之一!'

"这番慷慨陈词改善了剑拔弩张的形势。马什运用古怪的抽象比喻及对马塞利娜的大肆恭维,成功安抚了一贯宠妻的丹尼斯。马什显然也注意到朋友的变化,话音变得更加自信。

"'我必须画出她,丹尼斯,必须画出她的头发。你不会后悔的,那头发超脱凡俗——超脱美丽……'

"马什停了下来。敝人不清楚丹尼斯怎么想,甚至不清楚自己的打算。马什是真心实意追求艺术,还是像过去的丹尼斯那样被女人迷昏了头?学生时代的马什似乎嫉妒着丹尼斯,虽然眼下跟从前有几分相似,但马什关于灵感来源的说法委实坦诚至极。敝人想得越久,就越倾向于相信马什的诚意,丹尼斯似乎也得出同样的结论,虽然他的低声回应听不真切,但从结果可知一定应允了对方。

"有人拍了拍另一个人的背,接着马什出言感谢,话音很像从前那个他。

"'太好了,丹尼斯,我说过,你不会后悔的。从某种意义上讲,我这么做也是为了你。我的作品保证令你焕然一新,我会惊醒过去的你,并因此带来拯救,只是你现在还不明白。也罢,你只需记得咱们长久的友谊,我永远都是你的老伙计!'

"敝人有些困惑地站起来,眼看犬子跟他的老友一起吸着烟,手挽手漫步草坪。马什这番奇特到有些不祥意味的保证意图何在?敝人心中七上八下,左思右想都不合适。

"然而事态发展不以敝人的担忧为转移。丹尼斯腾出一个带天窗的阁楼房间,马什搬来五花八门的绘画工具,每个人都为这项新活动兴奋不已,敝人欣慰的则是由此打破了庄内沉闷紧张的气氛。绘画很快正式开始,马什视之为重大艺术活动,大家亦严肃地予以配合。那段时间,敝人与犬子在屋内走动总是小心翼翼,唯恐惊扰什么神圣仪式——毫无疑问,对马什来说肯定非常神圣。

"但一望即知,马塞利娜抱着迥然不同且直白到令人痛苦的态度。先不管马什对作画的真实想法如何,她的一举一动都传达出对画家的迷恋,同时尽可能地拒绝丹尼斯的爱慕表示。或许是旁观者清吧,敝人远比犬子瞧得明白,并开始暗自盘算在风波过去前转移他的视线,不让他受无谓的打击。

"敝人最终决定让丹尼斯远离不快的场合。到这个阶段,敝人已完全明白犬子的个人意向了，而马什的操守和荣誉感尚不至泯灭，绘画结束后尽快遣走就好。待一切风平浪静，马塞利娜忘掉这段荒唐的迷恋，再让丹尼斯回来收拾局面不迟。

"所以敝人给纽约的销售与财务代理人写了封长信，策划让犬子往该处无限期出差。代理人遵照意图，回信说东海岸的业务亟须德鲁西家族的男性代表到场。疾病缠身的敝人显然无法动身，而一旦丹尼斯赶到纽约，层出不穷的事项会将他一直耽搁到被召回为止。

"计划非常完美，丹尼斯信以为真地收拾出发，马塞利娜和马什陪他坐车前往开普吉拉多，他在那里转乘下午去圣路易斯的火车。送行的二人回来时天色已晚，他们趁麦凯布将车子开回车棚的工夫，坐在客厅长窗外的廊道椅子上交谈——也就是马什与丹尼斯那场艺术讨论的地点——而敝人静静地走进客厅，躺到窗边沙发上，意在偷听。

"起初我没听到什么，但很快传来一把椅子的挪动声，接着是短促、尖锐的喘息，以及马塞利娜因自尊受伤发出的口齿不清的惊叫。马什用拘谨到有些正式的语调说：

"'若你还不累，我今晚很乐意继续工作。'

"马塞利娜还是一副受伤的语调，并和他一样使用了英语。

"'噢，弗兰克，你真的只关心这些？总是工作！咱俩就不能在美好的月光下坐一坐吗？'

"马什的回应很不耐烦，满腔艺术热忱之下显露出明明白白的轻蔑。

"月光！上帝啊，多么庸俗的滥情！你这等老练人物，偏要说出廉价小说里顶顶粗糙的比喻！身为艺术的结晶，却得借月光开口——像马戏团聚光灯一样俗气的月光！或许，它能让你联想到围绕奥特伊城石柱的五朔节舞蹈？见鬼，从前的你总能让那帮狗崽子瞪大眼珠！不过算了——我想你业已抛下过去，德鲁西夫人再不会施展亚特兰蒂斯魔法或举行蛇发仪式了！只有我还记得那些古老事物——那些从坦尼特的神庙流传下来，在津巴布韦的要塞间传扬的事物。我也对得起它们，我让它们呈现在画布上，那张画布捕捉和凝聚了七万五千年的奇观与秘辛……

"马塞利娜用充满复杂感情的语调打断他。

"'滥情的是你！你明知那些古老事物不提为妙，假如我吟唱悠久的仪式，唤出潜藏在犹格斯星、津巴布韦或拉莱耶城的东西，所有人都得当心！我还以为你非常理智。

"'不，你真是不讲道理。你要我专注于你的宝贝绘画，却从不肯展示成果，总拿黑布蒙着！那是在画我——就算让我看到……'

"这次是马什开口打断女人，他的语调格外强硬和紧张。

"现在还不行，但将来你会看到的。你以为是在画你——没错，的确如此，但不止于此。倘若你能明白，就不会如此急躁了。可怜的丹尼斯！上帝啊，真是天大的遗憾！'

"他们吵得热火朝天，敝人却听得喉咙发干。马什到底什么意思？他突然住口，独自回屋，前门被'砰'的一声关上，接着是上楼的脚步。马塞利娜仍在廊道上愤怒而粗重地喘气。敝人忧心忡忡地悄然离开，担心在召回丹尼斯之前，事情就出现可怕的转折。

"那晚过后，庄内的紧张气氛更甚以往。马塞利娜一直活在恭维与奉承之中，她受不了马什那几句生硬的抢白，可怜的丹尼斯又不在场，于是她便到处找碴儿，全家上下只好避而远之。她在宅子里找不到责骂对象，便去索福尼斯巴的小屋打发时间，与古怪的祖鲁老妪一聊就是数小时。索福老太婆是唯一肯低声下气讨好她、满足她的人，我也偷听过她们的对话，马塞利娜轻声提及'上古的秘密'和'秘境卡达斯'，而女黑鬼坐在椅子上来回摇晃，不时含混不清地感叹和赞美。

"但谁也无法化解马塞利娜对马什狗仔般的迷恋。一方面，她跟他说话总是闷闷不乐、挑三拣四；另一方面，她却对他越发顺从。这倒方便了马什的工作，无论何时只要他想画画，她都乐意摆出姿势。他曾试图为此表达谢意，但彬彬有礼的态度下分明藏着轻蔑乃至嫌恶。至于敝人，那些时日不仅是反感，更无法掩饰对马塞利娜的憎恶！所幸丹尼斯远在天边，他的来信不如期待中频繁，信里也不乏紧张与担忧的迹象。

"8月中旬，敝人从马什的言谈里猜出那幅所谓的肖像画完成在即。画家越发尖酸刻薄，马塞利娜的脾气倒有所改善，即将见证画作想必满足了她的虚荣心。记得那一日，马什声明将在一周内彻底完工，马塞利娜听了面露喜色——除开恶狠狠地瞪了我一眼——长发似乎盘绕住了她的脑袋。

"'我要当第一个观众！'她叫嚷，接着又对马什笑道，'如果

不喜欢，我就把它撕碎！'

"马什回答时露出了敝人从未见过的最古怪的神色。

"'你的口味我不敢担保，马塞利娜，但它必将成为杰作！我不是沽名钓誉——艺术品的价值向来由自我彰显——只是必须完成它。再等几天就好！'

"接下来几天，敝人有种奇怪的预感，仿佛画作完工并不意味着解脱，反而将引来灾祸。丹尼斯停止了来信，纽约的代理人说他打算去乡下旅行。整件事究竟会迎来怎样的结局？马什与马塞利娜，敝人与犬子——多么奇怪的组合！最终会摊牌吗？恐慌变得过于强烈时，敝人归结为疾病的影响，内心深处却无法接受这样的解释。"

（四）

"哎，8月26日礼拜二，该来的还是来了。那天敝人照常起床用早餐，但由于脊椎疼痛吃得不多——病情已令敝人尝尽苦头，实在忍受不了时只能服用鸦片剂。楼下只有仆人，而楼上马塞利娜的房间传来她走路的响动。马什睡在画室旁的阁楼卧室，由于近来总是加班加点赶工，午前几乎不露面。十点左右，疼痛压倒了意志，敝人只好服下双份鸦片剂，躺在客厅沙发上，睡着前还听见马塞利娜在头顶走来走去——想到后来的结果，好个可怜虫！她定然在长镜前来回踱步孤芳自赏。她总这般虚荣，陶醉于自己的美貌，就像她总为丹尼斯赠送的每件小奢侈品得意扬扬一样。

"将近日落时分敝人方才苏醒,并立刻从长窗外的金黄色阳光和狭长阴影中意识到自己睡过了头。宅子空无一人,笼罩着反常的静默,远处隐隐约约、时断时续地传来疯狂的号叫,声音虽然微弱,却有种说不清道不明的熟悉感。敝人并非灵媒或预言师,却也感到心惊肉跳地苏醒与此前做的噩梦有关——那场梦比数周以来的其他噩梦更糟糕,似乎丑陋地联系着溃烂化脓的黑暗现实。空气中弥漫着毒素,敝人后来才想到某些声音定然在昏睡的几个钟头钻进了无意识的大脑,以致引发噩梦。无论如何,疼痛已极大缓解,敝人没花什么力气就能起身行走。

"情况显然不对劲。马什和马塞利娜可能还在骑马,但厨房总该有人准备晚餐,然而除开远处微弱的号叫或哭号,周围一片寂静,拉动老式绳铃也不见西皮奥出来伺候。敝人无意间抬起头,发现天花板上有一团不断扩散的污渍——鲜红色污渍,渗过了马塞利娜房间的地板。

"敝人顿时忘了背痛,匆忙冲上楼去。灾祸发生了,当敝人奋力摇晃那个沉默的房间饱受湿气滋扰的房门时,脑海中闪过千般可能,致命的预感即将成真的可怕滋味令人毛骨悚然。敝人突然意识到,不可名状的恐怖一直在宅子里聚集,来自宇宙的深邃邪恶在德鲁西家族的屋檐下获得了立足之地,终将以鲜血和悲剧收场——而敝人虽早有所料,却始终听之任之。

"房门终于开了,敝人跌跌撞撞扑进宽敞的房间。由于窗外大树枝干的遮掩,屋内相当昏暗,唯有淡淡的邪气扑面而来。惊慌失措的敝人打开手电筒扫视周围，发现黄蓝色地毯上躺着一具亵渎神圣、难以形容的尸体。

"尸体面朝下躺在浓稠的黑色血泊中，裸露的背部中央有个血淋淋的鞋印。血点四溅在墙壁、家具和地板……直吓得敝人双膝发软，不得不踉跄着找了把椅子，一屁股瘫坐进去。那显然是人类的尸体，但没穿衣服，大部分头发又被非常粗暴地砍掉或扯掉了，乍一看瞧不出身份，敝人只能就深象牙色皮肤断定是马塞利娜。最触目惊心的莫过于尸体背上的鞋印，难以想象敝人在楼下昏睡的几个钟头，楼上发生了怎样诡异而丑恶的惨剧。敝人伸手擦拭满头大汗，却震惊地发现指间也黏糊糊的全是血——一定是门把上沾到的，不知名的凶手杀人后势必用力关住房门，还带走了凶器，因为房间里没有那样的东西。

"从尸体到房门间的地板上，有一串血淋淋、黏糊糊的鞋印——跟尸体背部那个鞋印别无二致——还有一条连绵不断、难以解释的宽阔血迹，就像巨蛇爬过一般。敝人起初设想后者是凶手拖拽某物留下的痕迹，随即注意到某些脚印似乎踩在血迹之上，只能认定凶手逃离时原本就有血迹——就是说，潜在的爬行物曾与凶手及受害者一起待在房里，并抢先逃离现场？伴随着思索，远处又传来阵阵微弱的哭号。

"敝人花了好些工夫才挣脱恐惧带来的恍惚，起身跟随鞋印探查。凶手究竟是谁？仆人们又去了哪里？那时根本毫无头绪，敝人只隐约感到该去马什的阁楼房间瞧瞧，而此念头最终成形前，血迹也指向了那里。他就是凶手？不堪忍受的病态环境令他突然发狂，以致为非作歹？

"血迹在阁楼走廊里变得模糊起来，鞋印也几乎被暗色地毯吸收了，但还是能看出奇怪的爬行物先到一步，径直赶往马什的画室，穿过紧闭的房门下方正中央消失不见——显然，门那时敞开着。

"敝人忍着翻涌的恶心拉拽门把，发现门没锁后并未急于进去，却先推开它，在北窗射入的昏暗光线下站了半晌，试着弄清里面有什么新的梦魇。显然有个人躺在地板上，敝人随即摸向吊灯开关。

"灯亮之时，敝人的视线却不由自主地离开了地板和地板上的尸体——那是可怜的小浑蛋马什——慌张而难以置信地转向蜷在马什卧室敞开的门口、死瞪着眼的东西。头发蓬乱、眼神癫狂、满身干涸血迹的东西，一手握着原在画室墙上用作装饰的凶悍砍刀——在那个悲哀的瞬间，敝人认出那是本该在千里之外的犬子丹尼斯！更准确地说，那是名为丹尼斯的疯子！

"可怜的孩子，他看到敝人便恢复了些许理智——至少找回了部分记忆——勉力直起身子摇头晃脑，仿佛想要摆脱什么不良影响。敝人一句话也说不出，嚅动的嘴唇发不出声，游移的视线又回到遮得严严实实的画架前那具尸体上——奇怪的血迹一路延伸至此，尸体似乎缠绕着黑色绳索。仍旧迷迷糊糊的犬子显然注意到敝人视线的转移，突然沙哑地开口说话，话中含义也不难理解。

"我必须消灭她——那个女魔头，邪恶的统领和大祭司，地狱的子民……马什知道并试图警告我。老弗兰克是个好人……他不是我杀的,尽管我在冲动中差点铸成大错。我下楼是去杀她——还有被诅咒的头发——

"敝人越听越恐惧。丹尼斯哽住了,顿了顿才续道——

"'您有所不知……她的信越来越古怪,我明白她爱上了弗兰克,后来她几乎不写信了……弗兰克则从未提过她……我实在放心不下,遂决定亲自回来调查……没事先通知是怕您打草惊蛇,我想逮他俩一个出其不意。今天中午,我乘出租车到家后立刻打发走仆人……只剩地里干活的,反正他们的小屋离得远……我让麦凯布去开普吉拉多搞点东西,明日再回,又叫所有黑鬼乘上老汽车,由玛丽驾驶去本德村度假——我谎称全家要出门远足,无须伺候,他们最好整晚都和西皮奥大叔的亲戚一起待在黑鬼的宿舍里。'

"丹尼斯越说越含糊,敝人只能竖起耳朵尽量领会。远处似又传来狂野的哭号,但当务之急是弄清事情原委。

"'……见您睡在前厅,赌您不会醒,于是悄悄上楼,去逮弗兰克……和那个女人!'

"犬子打了个寒战,似乎不愿提到马塞利娜的名字。远处的哭号此时突然爆发,隐约的熟悉感一时间变得非常强烈,而犬子也几乎相应地睁大了瞳孔。

"'她不在房里,所以我上楼去画室。门关着,里面有声音。我没敲门——我径直撞了进去,发现她正在裸体摆造型,浑身只披着可恨的头发,千方百计冲弗兰克抛媚眼。画架侧对着门,看不见画了什么。我的出现把他俩都吓了一大跳,弗兰克甚至吓得丢下画笔。我怒不可遏地要他展示作品，他却迅速冷静下来，说是作品尚未完成，还要等个一两天，届时可以给我看……反正她到现在也没看过。

"'我不满意这番说辞，逼上前去，他赶紧用天鹅绒罩帘盖住作品，似乎不惜为此动手。就在这……这时……她……她冲上来帮我，说我们有权观赏。弗兰克大为光火，当我伸手去抓罩帘时给了我一拳，我不甘示弱地还手，把他给打晕了，但紧接着我也被那……那魔头……的尖叫给吓蒙了……她亲自掀开罩帘，目睹了弗兰克的心血之作，我刚转身便见她发狂般奔出画室——接着我看见了那幅画……'

"说到这里，犬子眼中已满是疯狂，敝人甚至担心他会拿起砍刀伤人。好歹他勉强控制住了自己。

"'噢，上帝啊——那幅画！您绝不能看！把它连同幕帘一起烧成灰、倒进河里！弗兰克知道真相……也警告过我。他知道那妖妇……那母豹子……的底细……她是戈耳贡……拉弥亚……自从我在他的巴黎工作室与她相遇，他就不断暗示，只是没把话挑明。当初我认为大家在背后风言风语是心存偏见，实际却是我被她催眠，以致对最明显的事实视而不见……然而那幅画揭露了所有秘密——只消看看怪诞的背景！

"'上帝啊，弗兰克真是个天才！自伦勃朗以来，没有任何作品能与之相比！烧掉它无疑是犯罪……但留下它的罪过更大……正如我们不能容许她——那个女魔头——在世间多活一刻。我见到那幅画的瞬间就明白了她的……身份……明白了她在克苏鲁和古神的时代流传下来的恐怖秘辛中所处的地位——亚特兰蒂斯沉没时,那些秘密几近失传,却又被晦涩的传说、神话的隐喻和夜深人静时鬼鬼祟祟的教团活动给保存下来。您必须明白,她是个真实的魔鬼,绝无戏言——天可怜见!她是哲人们不敢提及的孽物,是《死灵之书》偷偷暗示、复活节岛石雕象征的古老阴影。

"'她以为世人看不破——以为虚伪的外表能瞒天过海,让我们出卖不朽的灵魂。某种意义上也没错,她迷住了我……只需静静等待……但弗兰克……老弗兰克是个好人……比我应得的好得多。他知道一切意味着什么,便将其画了出来。难怪她刚看见就尖叫着逃了。那幅画其实尚未完成,但老天在上,呈现的部分足够了。

"'我必须抹除她——抹除她及她相关的一切,那是健康的人类血脉无法承受的污染。此外还有些东西……但只要您在目睹前把画烧掉,就没什么关系。我从墙上取下大砍刀,扔下不省人事的弗兰克——他当时还有呼吸,谢天谢地,我没鲁莽到把他打死——跌跌撞撞地下楼去她的房间。

"'我进门时,她正对镜编织被诅咒的头发,随即如野兽般转过身,大声诉说对马什的恨意。爱上他的事实——我知道她爱他——让她恨得更深。我一时下不了手,几乎被她完全催眠,只是想起那幅画才能驱散魔力。我眼中的火花——无疑还包括手里的大砍刀——令她勃然大怒,她就像凶悍的丛林野豹般张牙舞爪地扑来。但她的动作没我快,被我一刀了结。'

"丹尼斯不得不再次停下,道道虚汗渗出前额,滑过密密麻麻的血点,他花了好些工夫才嘶哑地续道:

"'我以为事情到此为止——可上帝啊!这仅仅是开始!我以为自己打败了撒旦军团,志得意满地踩在女魔头的背上,却发现那些粗野又亵渎的黑色发辫自行扭曲蠕动了起来!

"'我早该想到,那些该死的头发在古老传说中是活的,杀死魔鬼并不能杀死它们。必须用火烧,于是我用大砍刀割下它们——上帝啊,真是太难了!它们坚韧得堪比铁丝,费了好大工夫……一大束编织的发辫在我手中还极度可憎地扭动挣扎。

"'等我连砍带扯地弄掉最后几把头发,宅子背后忽然传来怪异的哭号——您现在也能听见时断时续的哭声。我不清楚那是什么,但一定因这场惨剧而起,我对声音来源有些朦胧印象,可怎么也想不起来。刚听见哭声时,我紧张得丢下了割掉的发辫,紧接着最可怕的事发生了——我刚一松手,发辫立刻发难,它给自己打了个丑恶无比的结,用那结狠狠抽打我。我用砍刀还击,赶走了可怕的孽物,当我惊魂未定之时,只见那东西宛若一条大黑蛇爬过地板,消失在门外。饱受惊吓的我过了好一阵才振作起来,踉跄着出门追击。宽阔的血迹一路上楼,回到这里——老天爷啊!那东西爬过门槛后,就像袭击我一样袭击不省人事的弗兰克,它攻击时好比发疯的响尾蛇,缠在人身上又像条巨蟒。可怜的弗兰克被勒得清醒过来,但歹毒的巨蟒紧紧缠住了他,不让他起身。很显然,那些发辫倾注了女人全部的恨意,我使尽全力也无法解开,大砍刀则派不上用场——猛烈挥刀势必把弗兰克也砍成碎片。怪诞的发卷越盘越紧,可怜的弗兰克就这样被活活勒死在我面前,伴随着后院田野里不时传来的含糊而令人作呕的哭号。

"'这就是惨剧的始末。事后我用天鹅绒幕帘盖住画作,它必须被烧掉,绝不能掀开观睹。可怜的弗兰克的尸体教头发缠得太紧,我无能为力,凶恶的蛇发宛如水蛭牢牢吸附在他身上,毫无松动……它们似乎对自己加害的对象心怀眷恋,拥抱着不肯放开。您必须把可怜的弗兰克连同那些头发一起烧掉——看在老天的分儿上,彻底烧成灰——也别忘记那幅画。必须如此,这关系着世界的安危。'

"丹尼斯还想嘀咕什么,却被远处新一轮的哭号打断。直到此时,全赖西风陡然吹来清晰的话语,敝人才明白哭号的来源。其实,大家都听过类似的念叨,早该意识到是满脸皱纹的索福尼斯巴,那个崇拜马塞利娜的祖鲁老巫婆在木屋中呜咽,为惨剧平添了几分诡异色彩。声声呜咽意味着野蛮的巫婆与上古秘密的其他传人之间原始而神秘的纽带刚被剪断——显而易见,这些念叨与古代的恶魔传统联系密切。

"'噫!噫!莎布·尼古拉丝!欸-拉莱耶!恩加基、恩布鲁、布瓦纳、恩洛洛!欸,哟!塔尼特小姐呜呼,伊西斯小姐呜呼!克鲁鲁吾主,速速出水救女——呜呼!呜呼!魔发失却女尊主,克鲁鲁吾主,老索福尼知矣!老身曾将黑石带出老非洲之大津巴布韦!老身曾献舞于月光照洒的鳄鱼石,直至为恩班西所捕,卖予船民!塔尼特呜呼!伊西斯呜呼!再无女巫于巨石畔点火!欸,哟!噫!

莎布·尼古拉丝！呜呼！老索福尼知矣！'

"这仅是哭号的部分内容，但敝人听不下去了，因为犬子的表情变化显然说明他想到了什么可怕的事，由此不祥地握紧了大砍刀。敝人意识到他正迅速堕入疯狂，连忙扑过去夺刀，以免再生不测。

"怎奈衰老的身躯和疼痛的背脊拖了后腿，敝人终究迟了一步。经过激烈而短暂的搏斗，犬子成功了结了自己，或许还想弑父——他气喘吁吁的遗言是要坚决抹除与马塞利娜相关的一切，无论骨肉还是姻缘。"

（五）

"时至今日，敝人仍有些惊讶自己没在犬子惨死的时刻——或是几分钟、几小时后——彻底疯掉。血淋淋的尸体摆在眼前，那是敝人这辈子唯一关心的人……十英尺外罩住的画架前躺着他最好的朋友，尸身缠绕着不可名状的恐怖卷发。第三具尸体是楼下头发被割掉的女魔头，关于她的说法，哪些是真，哪些是假？——事实上，敝人当时无法梳理来龙去脉，即便强忍着没有昏厥，从索福老太婆的木屋传来的凄凉哭号也让人难以思考。

"明智的做法是遵照可怜的丹尼斯的嘱托，当即烧掉画作和缠在尸身上的头发，从此斩断一切瓜葛，可惜惊慌失措的敝人没能做到。敝人记得自己对儿子的遗体嘀咕了不少蠢话，接着意识到夜色已深，仆人们明天就会回来。无法解释的惨剧显然必须掩盖起来，并编造托词。

"缠住马什的卷发非常可怕,敝人从墙上取下长剑戳刺试探,它却似乎缠得更紧。那东西越看越诡异莫名,遑论伸手触碰——最吓人的一点敝人不想再提,那似能解释马塞利娜为何总用奇怪的油膏滋养头发……

"敝人最终决定把三具尸体都埋进地窖——正好仓库有很多生石灰——并为此挥汗如雨地彻夜忙碌。先挖三个坑,犬子的坑离其他两个坑较远,敝人不愿让他接近那女人的尸体或头发——很惭愧,缠住可怜的马什的头发实在弄不下来;接着是用一层又一层毯子裹住那女人及被头发缠住的可怜小浑蛋,费尽九牛二虎之力搬进地窖;最后从仓库弄来两桶石灰……上帝保佑,总算顺利埋好并填上了。

"部分石灰也用于粉刷血迹,敝人弄来四脚梯,掩饰好鲜血渗漏的前厅天花板,还烧掉了马塞利娜房里的所有物件,清洗了墙壁、地板和沉重的家具。画室亦进行过清洗,通往画室的脚印和血迹也不放过。自始至终,索福老太婆都在远处用恶魔附体般的丧病声音号个不休,但她平时也总会号啕一些怪事,因此地里干活的黑鬼们继续闷头睡觉、没有起疑。最后,敝人锁上画室,把钥匙藏在自己的房间,又在壁炉里烧掉所有弄脏的衣服,黎明时分的家宅对粗心大意的旁观者而言已是一切正常——只有被盖住的画布,那时尚不敢处理。

"哎,那天仆人们回来时,敝人宣布三个年轻人结伴去了圣路易斯。地里的黑鬼似乎既没看见也没听到什么，索福尼斯巴亦在太阳升起时停止了哭号，老巫婆此后就像尊斯芬克斯，从未泄露此前的昼思夜想。

"假以时日，敝人谎称丹尼斯、马什和马塞利娜返回了巴黎，并安排某位谨慎的代理人从巴黎不断寄信——那些信是我模仿他们的笔迹事先预备的。想瞒过形形色色的朋友并不容易，有时需要花言巧语，有时必须保持沉默，当然敝人心知肚明，无论怎样也无法完全打消某些人的暗中怀疑。大战期间传来马什和丹尼斯的死讯，据说马塞利娜此后进了女修院——不幸中的万幸在于，马什是个行事怪僻的路易斯安那孤儿，人际交往不多——假设敝人足够聪明，能烧掉那幅画，变卖种植园，不再凭紧张和衰弱的头脑操办事务，噩梦很可能就此落幕。惜哉正如阁下所见，愚行最终招来恶果：干活的一个接一个走了，收成一年不如一年，宅子年久失修，敝人不但成了隐士，还是无数乡间恶毒故事的调侃对象。如今，没人入夜后会待在河畔庄附近——若非迫不得已，白天也一样——这就是为什么敝人一眼认定阁下是外地人。

"敝人为何迟迟不肯离开？原因一言难尽，且紧密关联着理智与现实的边界。倘若敝人能认真对待犬子丹尼斯的警告，不去看那幅画，事情或许截然不同。恐怖的夜晚过去一周后，敝人开锁进入画室时的确打算烧掉它，只不过多看了一眼——但那一眼足以改变所有。

"不——说出看到了什么毫无意义。事实上，阁下稍后可以亲眼见证，纵然岁月和潮气影响了画面，但看一眼总是可以的。虽然它对敌人来说完全是另一码事，画中揭示的内容敌人再清楚不过了。

"丹尼斯说得对，那幅未完成的画是伦勃朗以来的人类艺术至高杰作。敌人一眼就领会到其中精髓，可怜的马什完美展现了颓废主义哲学，他对绘画的贡献堪比波德莱尔对诗歌的贡献——而解放他的天分、打开他内心城堡的钥匙无疑就是马塞利娜。

"掀开幕帘，敌人未及目睹全貌就惊呆了。那不只是肖像画，说来难以想象，马什声称自己创作的不止于马塞利娜是真心实意的，他透过、越过她看到了很多东西。

"她的形象当然在画面里，某种程度上还最关键，但从占比来说，仅是巨大构图的局部罢了。她浑身赤裸，半坐半靠在长凳或无背沙发上，唯有头发交织成的恐怖罗网缠绕在身，而家具表面的雕刻图案与已知各门路的装饰风格都截然不同。她一手握着怪诞的高脚杯，敌人迄今也无法判定和描述杯中溢出的液体的颜色，亦不清楚马什是用何种颜料调出来的。

"女人和无背沙发位于画面前景的左边，整幅画是敌人毕生所见最奇异的场景。以敌人所见，画作一方面隐隐暗示一切发散自那女人的思想，另一方面又对立地宣称那女人是场景衍生出的邪恶代表或幻影。

"画面是朝内还是朝外展开的呢？地狱般的巨石拱顶是从内部还是外部观睹的呢？它们真是石雕，还是某种犹如病态真菌的木头？一切都不得而知，整幅画的几何结构完全乱了套，无数锐角和钝角混在一起。

"上帝啊！噩梦般的永恒微光中飘浮着许多可恶的形体，阴魂不散、目光猥琐的亵渎之物与那女人共同举办女巫安息日，尊其为大祭司！那些黝黑多毛的野兽绝不是山羊——哪只山羊有鳄鱼脑袋、三条腿，背脊还生着触须？扁鼻的羊神在图案间舞蹈，埃及祭司知道并诅咒过的图案！

"但那场景不是埃及，而是埃及背后——亚特兰蒂斯大陆背后，传奇的姆大陆背后，神话隐约提到的利莫里亚大陆背后……地球上一切恐怖的终极源泉，并用象征手法将马塞利娜清晰地表现为其不可分割的一部分。敝人认为那是由外星生物建造、不该被人类提及的拉莱耶城，马什和丹尼斯曾在阴影中多次悄声谈论它，画面中的它纵然沉没在深海，但其间的所有存在似乎都能自由呼吸。

"敝人只能目不转睛、浑身发抖地瞪着它，直到发现画布中的马塞利娜也用可怕的眼睛圆瞪着敝人。这并非迷信的幻想，马什用完美的线条与色彩捕捉到她的恐怖本质，尽管肉体被埋在地窖的石灰下，画中的分身仍然满腹思量、四处扫视、心怀憎恨。最可怕的是，那些赫卡忒女神诞下的蛇发似乎从画面上抬起头来，摸索着伸向呆立于工作室内的敝人！

"不可思议的终极恐怖就此缠上了敝人，将敝人贬为看守和囚徒。她来自蒙昧的远古，是美杜莎和戈耳贡的原型，她在敝人动摇的意志中捕捉到某些东西，并将之石化。从此，敝人再也无法摆脱盘卷的蛇发——无论画作中的蛇发，还是葡萄酒桶旁大片石灰掩埋的蛇发——待想起死人的头发数世纪不灭的古老故事，一切都太迟了。

"敝人的生命只剩下恐惧与束缚，无时无刻不惧怕着地窖里潜伏的存在。不出一月，黑鬼们开始嘀咕入夜后爬过酒桶边的大黑蛇，还说它会奇怪地爬向六英尺外的某处。由于黑鬼们均不愿靠近黑蛇出没的地点，后来只好把地窖里的东西尽数搬到远端。

"地里干活的又说黑蛇每晚午夜后造访老索福尼斯巴的小屋，有人展示过蛇行痕迹，没多久，敝人发现索福老太婆也会神秘兮兮地溜进大宅的地窖，在其他黑鬼不敢逗留的地点一连数小时地念叨。上帝啊，幸亏老巫婆死了！敝人真心实意地认为她在非洲是尊奉某种古老而恐怖的传统的祭司，最终活到接近一百五十岁。

"许多个夜晚，敝人都听到有东西在宅子里游荡：松动的楼梯板传来诡异声音，敝人的卧室闩锁'咔咔'作响，仿佛谁在用力推门——当然，那门一直紧锁着。还有些早晨，走廊里弥漫着恶心的霉臭，地板的灰尘间会出现一条绳索般的淡淡痕迹。显而易见，敝人必须看住画布中的头发，倘若它有个三长两短，盘踞宅子的东西势必展开恐怖的报复。敝人甚至不敢去死，来自拉莱耶的存在能掌控生死，疏忽会遭到惩罚。总而言之，美杜莎的卷发捉住了敝人，直到永远。年轻人，若你在乎不朽的灵魂，就不要窥探不该窥探的奥秘，涉足终极的恐怖。"

（六）

老人讲完故事，小油灯早已熄灭，大灯亦快烧完。此时显然已近黎明，外面的风暴也平息了，老人的故事让我有些头晕目眩，乃至不敢看向房门，唯恐发现不可名状的存在推着它。我弄不清故事里最吸引自己的部分是什么——赤裸裸的惨剧，难以置信的渊源，还是奇妙而病态的谜团——完全处于失语状态，只待古怪的主人再度打破沉默。

"阁下想瞧瞧——那东西吗？"

他的声音低沉而迟疑，态度极为严肃。各种情绪在我心中天人交战，最终好奇占到上风，我静静地点了点头。主人随即起身点亮附近桌上的一支蜡烛，将之高举身前，打开房门。

"请随敝人——上楼。"

再度穿越霉臭弥漫的走廊令人心生抗拒，但诱惑终究压倒了迷惘。地板在脚下吱嘎作响，我颤抖着发现楼梯间附近的灰尘中有一条绳索般的淡淡痕迹。

阁楼阶梯摇摇晃晃，不但制造出很大的噪声，还缺失了好几条木板——但我由此欣慰地始终关注着脚下，无暇他顾。阁楼走廊里几近漆黑，半空中覆着厚厚的蜘蛛网，地上积有足足一英寸厚的灰尘，却有条反复踩出的小路通往尽头左侧的门扉。看着厚地毯的腐烂残余，我不禁想到过去数十年间踩过它的无数脚板——以及后来那个没有脚的存在。

老人领我径直沿小路来到门前，摆弄着生锈的闩锁。想到那幅画就在门内，我突然害怕起来，但要抽身离去却也晚了——主人很快便打开门，领我进入废弃的画室。

微弱的烛光足以照出室内概貌：低矮倾斜的天花板、额外加扩的老虎窗、墙上的无数古玩与藏品，当然，还有地板中央被盖住的巨大画架。德鲁西老人迈步走向画架，替我把灰扑扑的天鹅绒幕帘掀到一边，无声地示意我上前。我鼓起勇气方能遵循这位向导的指示——尤其当我就着摇曳的烛火，注意到他那双瞳孔在画布掀开的瞬间陡然扩大……然而好奇战胜了一切，我迂回走到老人身边，看向被诅咒的作品。

我没有当场昏厥——没人能想象这需要多大意志力——惊叫却冲口而出，但见到老人的惶恐神态又生生住嘴。不出所料，画布因在潮湿环境中长期放置而打卷、发霉，乃至有些斑驳脱落，但任谁也不会错过画面中无处不在的恐怖暗示，并切身体会到不可名状的病态场景与堕落的几何结构背后宇宙外域的邪恶力量。

诚如老人所言，那是充斥着拱顶和立柱的地狱，黑弥撒与女巫安息日在其中举行……可它居然不算成品，画师原本还想变本加厉地添加何种怪诞呢？岁月带来的腐朽只能影响画布自然的风化与脱落——抑或是超越宇宙的力量在戏仿自然的风化与脱落——却反倒大大强化了画面中那些狡诈象征与病态暗示的丑恶程度。

最可怕的无疑是马塞利娜。她浮肿失色的肌肤引来怪异的联想，仿佛画布上的形象与地窖石灰下的尸体存在神秘晦涩的关联。或许石灰并未毁掉尸体，而是将其保存至今——看哪，地狱画面中那双充满恶意与嘲讽、怒视着我的黑眼睛，是否该归功于此？

我还注意到女魔头的其他特征，那些德鲁西老人难以启齿的特征，那恐怕是丹尼斯决心抹除曾与她生活在同一屋檐下的血脉至亲的直接原因。不论马什是有意为之，还是无意中凭借天才的灵感描绘了出来，势必带给德鲁西父子心灵的震撼。

当然，恐怖的核心还数流水般的黑发，它覆盖着腐烂的身躯，自身却没有半点腐化。那油腻卷曲、蜿蜒流淌，既像绳子又像黑蛇的事物完全符合老人的描述，绝不属于人类，每一处反常的扭曲和盘卷都彰显着邪恶的自我意识——画面之中，发梢尽头数不清的蛇头不可能是幻想或错觉。

亵渎神明的孽物犹如磁铁牢牢吸引了我，让我惶然无助，毋庸置疑，神话中戈耳贡的凝视便是用同样的方法将围观者石化的。此时此刻，恶狠狠地凝视着我的肖像居然活动起来，张开腐烂的下颌和野兽般的厚嘴唇，露出一排尖利的黄板牙。恶魔般的眼睛睁大了瞳孔，眼珠子似乎也向外鼓凸，而那头发——被诅咒的头发！它们以肉眼可见的幅度，沙沙作响地飘来荡去，所有蛇头一致朝向德鲁西，震颤着准备进攻！

我完全丧失了理智，身不由己地抽出自动手枪，一气射出十二颗铁子儿，打穿了蠢蠢欲动的画布。画布被撕得粉碎，框架掉落下来，砸在满是灰尘的地板上。这一击有效化解了迫在眉睫的危险，德鲁西老人却在我眼前发生恐怖的变化——他目睹画布毁灭时的疯狂惨叫几乎跟画布本身一样可怕。

"上帝啊，你干了什么！"疯狂的老人语无伦次地惨叫着，猛然攥住我的胳膊，把我拖出画室，拖下摇摇欲坠的楼梯。他在慌乱中打翻了蜡烛，好在时近黎明，灰扑扑的窗扇渗过几缕暗淡灰光，不至于漆黑一片。我在途中磕磕绊绊，主人却从未放缓脚步。

"快跑！"他尖声大喊，"想活命就快跑！你干了什么！我并未说出所有事……我必须做的事，那幅画告诉我、吩咐我的事！我必须看守和保管它，现在大祸临头了！她和头发将爬出坟墓，天知道会怎样！

"快跑吧，小伙子！上帝保佑还来得及。你说你有车，就载我去开普吉拉多！它最终还是会找上门，但我不想坐以待毙！离开这里——快！"

逃到一楼时，我留意到宅子后面传来奇特、迟缓而沉重的脚步声，接着是关门声。德鲁西老人似乎并未听见脚步声，却被关门声吓得发出了人类的嗓门所能发出的最凄厉的尖叫。

"噢，上帝啊——全知全能的上帝啊——那是地窖门——她来了——"

要想打开宽阔的前门，必须与生锈的闩锁和松垮的铰链做一番搏斗，随着沉重的脚步声从被诅咒的宅子后面的未知房间缓缓逼近，我变得和主人一样惊慌。夜雨浇透了笨重的橡木门板，门有些卡住了，比昨天更难推动。

步步逼近的脚步踩在地板上的吱嘎作响，夺去了可怜的老人残存的理智，他像发疯的野牛一样咆哮起来，松开抓住我的手，直挺挺地往右边冲去，冲进了客厅敞开的大门。半晌后，当我终于拉开前门逃离宅子时，那边也传来"叮叮当当"的玻璃碎裂声，老人大概跳窗而出了。我跳下塌陷的门廊，飞奔向草丛中的漫长车道，死气沉沉、毫不动摇的脚步似乎并未追来，却阴沉地转向布满蛛网的客厅。

在那个乌云笼罩的11月清晨，我就着灰暗天光一头扎进灌木和荆棘掩盖的废弃车道，经过垂死的菩提树和奇形怪状的胭脂栎，仅仅回头看了两眼。第一次是闻到刺鼻味道，想起被德鲁西老人打翻在阁楼画室的蜡烛，好歹我当时已离公路不远，脚下地势又高，越过树丛可清晰眺望宅子的屋顶——果不其然，阁楼老虎窗冒出滚滚浓烟，袅袅升上铅灰色的天空。我不禁感谢造物主用烈火洗涤远古的诅咒，将之从地球上抹消。

但片刻后第二次回头时瞥见的两个场面，不但将这份慰藉一扫而空，还带来永生难平的强烈惊骇。如前所述，我位于车道较高处，大半个种植园铺展在下方，不仅包括宅子和周围树丛，还有河边部分淹没的空置平地，以及此前匆匆跑过的弯来拐去、杂草丛生的车道。空地和跑过的地方发生了——或疑似发生了——我必须否认又无法否认的场面。

我回头的直接原因是远处一声微弱的尖叫，并立刻发现宅子后面灰蒙蒙的平坦湿地上小小的人影在跑动。由于距离太远，只能勉强看出那是一前一后追逐的人影——似乎黑衣人影在前，赤裸的秃头人影在后，前者被后者飞速追上、抓住，蛮横地拖向熊熊燃烧的宅子。

但我没看到结果，因为近处又有动静——确切地说，此前跑过的废弃车道旁的矮树丛出现了扰动。绝对没错，那些野草、灌木和荆棘晃来晃去并非风吹的关系，更像是敏捷的巨蛇蜿蜒穿梭其间，一心一意朝我追来。

这是压垮我的最后一根稻草。我不顾衣服撕裂、皮肤流血，连滚带爬地朝石门狂奔，飞也似的跳进停在大松柏下的敞篷车。湿透的车子全是泥垢，好歹还能发动，我立刻点火离开，空白的大脑也无暇辨别方向，只想逃离噩梦与魔鬼统治的恐怖领域——越快越好，越远越好，直到耗尽汽油！

逃出三四英里后，路边有个友善、温暾的中年农民冲我打招呼，他看上去似乎不笨。我知道自己模样狼狈，但还是感激地放慢车速向他问路。对方爽快地指明前往开普吉拉多的路线，并追问我的来处，为何一大早如此慌张。抱着言多必失的想法，我只提及昨晚路遇风暴，只好在附近农场歇息，不料清晨出门找车时在灌木丛间迷了路。

"农场，呃？咋个可能哟，那凶头只有吉姆·费理斯的房子，还要过巴克溪，回头开卜二十英里路。"

我吃了一惊，不知该如何理顺崭新的谜团，只好试着询问破败的种植园大宅，说是通往宅子的石门毗邻公路，离此不远。

"外乡人，你晓得的地方还多也！从前来过迈？不过那房子未得了，五六年前就烧了，还传出些鬼故事。"

我打了个寒战。

"你说的就是河畔庄个嘛——德鲁西老头的房子。十五还是二十年前那点出了些怪事，老头的娃娃从外国讨回个婆娘，有人觉得那婆娘来路不正，模样不讨喜。后头夫妇俩突然就走了，再后头老头说娃娃打仗死了，但周围的黑鬼不信，传来传去传成了老头爱上那婆娘，把自家娃娃连同婆娘一块杀了。不管咋说，那房子周围确实有条古怪的黑蛇出没。

"五六年前老头失踪，房子也烧了。有人说是他自己放火，就跟现在差不多的早晨，晚上刚下完雨，黑多人听到德鲁西老头在田那头一声大叫、惨叫。大家停下来一看，房子冒烟儿，眨眼就烧起来了——不管下没下雨，那房子都容易燃。后头没人再见过老头，倒不时听说大黑蛇的幽灵还在周围爬呀爬的。

"你到底想打听啥？你晓得那地方，清不清楚德鲁西那家人嘛？丹尼斯娶的年轻婆娘扯啥子拐，真的是逗人怕、逗人恨呀，晓得是咋回事哟。"

真让人摸不着头脑。宅子几年前就烧掉了？昨晚我又是在哪里、如何过夜的呢？我从何得知宅子的由来？我正百思不得其解，却见外套袖子上粘着一根老人的短灰发。

到头来，我没说太多就驱车离去，只轻描淡写地否定流言，替饱受折磨的可怜的老种植园主澄清辩护。我装作引用远方朋友圈的可靠传闻，把河畔庄发生的一切归咎到马塞利娜头上，说她不适应密苏里的生活，而丹尼斯不该娶她。

除此之外我守口如瓶，自豪、高尚、珍视荣誉且极度敏感的德鲁西家族想必不希望真相到处传扬。上帝知道他们够惨的，一只深渊里的恶魔——上古时代亵渎神灵的戈耳贡——玷污了古老纯洁的家名，不必闹得路人皆知。

当然，我更不会把那晚招待我的奇妙主人难以启齿的可怕内情转述给邻居们——毋庸置疑，老人和我一样，是从已故的弗兰克·马什那幅失传杰作的细节中意识到的。

倘若大家知道，河畔庄曾经的女主人——那个被诅咒的戈耳贡或拉弥亚，至今仍用可憎的卷曲蛇发，死死拥抱、享用着焦黑地基下石灰填埋的坟墓里的艺术家枯骨——乃是津巴布韦原始的祷告人的后裔，想必大为作呕。马塞利娜的来历虽被巧妙隐藏了起来，却逃不过天才的眼睛……难怪她与老巫婆索福尼斯巴一见如故。

没错，她是个欺世盗名、血统不纯的女黑鬼。

H.P. 洛夫克拉夫特与齐莉亚·毕晓普 合著

已故亚瑟·杰明及其家系之事实

（一）

生命是可憎的，当你透过表面认知窥见丑陋真相时，无法遏制的憎恶必将汹涌而出。各种惊天揭示业已令科学不堪重负，随时可能宣告人类——假设人类还能算作独立物种——的终结，诸多不可思议的恐怖一旦被解放，凡人的头脑绝对无法承受。倘若我们了解自己的本性，恐怕也会效仿亚瑟·杰明爵士，在某个夜晚浇上煤油，点火自焚。亚瑟·杰明死后，没人用骨灰瓮收殓他烧焦的尸骸，没人替他树碑立传，由于那些材料和那箱东西，他被刻意遗忘，某些知情者甚至否认其存在。

亚瑟·杰明是看过从非洲寄来的那箱东西才跑到荒地自焚的——让他结束生命的是那箱东西，而非奇特的长相。虽说一般人若长成亚瑟·杰明那副尊容，恐怕活不下去，但他不以为意，还成了诗人与学者。学富才高毕竟是杰明家族的传统，亚瑟的曾祖父罗伯特·杰明从男爵是著名人类学家，曾曾曾祖父韦德·杰明爵士更跻身第一批深入刚果的探险家之列，曾写下关于当地部落、动物及所谓古迹的丰富材料。事实上，老韦德爵士的求知欲近乎疯狂，他有本著作叫《非洲各地的考察》，书中对所谓"史前刚果的白人文明"进行了大胆猜想，结果招来各种嘲笑。1765年，这位勇敢的探险家被关进亨廷登郡的疯人院。

不错，疯狂同样是杰明家族的传统。所幸他们人丁不旺，又没怎么开枝散叶，到亚瑟这代只剩独苗一根，若非如此，他收到那箱东西会怎么做就不得而知了。杰明一族的面相多少不太正常，亚瑟又是其中最糟糕的，但从家藏的旧画像可见，韦德爵士以前的历代祖先其实颇为端正，也就是说，相关缺陷委实始于韦德爵士。

韦德爵士讲述的那些狂野的非洲故事，总能让他为数不多的朋友又兴奋又害怕，他搜集保存的标本与战利品亦是正常人绝不会涉足的类型；更离谱的是，他效仿东方人把妻子圈养在家，宣称她是葡萄牙商人之女，与他在非洲相识，不习惯英格兰风俗。在他第二次亦是最长的探险结束后，那女人带着在非洲生下的儿子随他回国，此后又随他进行第三次也是最后的探险，但没再回来。杰明夫人的性情极度暴戾乖僻，就连家里的仆人也没能看清她的真容，即使短暂居家期间她也一直待在偏僻的厢房，只与丈夫为伴。韦德爵士对家人的关心也很另类，他重返非洲时不许其他人照顾幼儿，专门指派一个卑劣的几内亚女黑鬼负责，而杰明夫人去世后，归国的韦德爵士独自承担育儿重任。

他被朋友们判定精神失常的主因还是言论，尤其是醉后的胡话。18世纪是理性时代，大谈特谈刚果月色下的迷乱风情与奇谲景观极为不智，他说那里有座布满高墙、巨柱与诡异雕刻的失落古城，残垣断壁间藤蔓丛生，潮湿寂静的石阶通往深不可测的黑暗中隐藏的巨大宝库与幽冥墓穴……更不智的是，他还大肆声张渎神的古城内出没着令人难以置信的生物，乃是与丛林动物杂交的结果——恐怕连普林尼对此也会大皱眉头——当巨大的类人猿蜂拥占领垂死的古城后，此类混血种便如雨后春笋般涌现。最后一次回国的韦德爵士在"骑士首级"酒馆三杯下肚，总会浑身颤抖、两眼放光地宣扬上述谬论，吹嘘丛林里的发现及如何在只有他知道的恐怖废墟生活。他谈论所谓古城生物的方式最终导致自己被关进亨廷登疯人院，可由于脑子病得不轻，即便被禁闭也毫无悔意。其实随着儿子长大，他越来越讨厌待在家里，甚至显得有些害怕，所以才把"骑士首级"酒馆当避风港。住院期间，他隐隐流露出对得到保护的感激，直至三年后亡故。

韦德·杰明之子菲利普同样十分古怪。他的体魄堪比父亲，身材矮小但孔武有力，动作异常敏捷，无奈相貌丑陋、举止粗俗，因此不受待见。虽然没像某些人担心的那样继承疯病，头脑愚钝却成为他致命的缺陷，且伴有无法控制的间歇性暴力倾向。继承爵位十二年后，他娶了自家猎场看守的女儿，据说对方有吉卜赛血统。这桩婚事门不当户不对，加上菲利普平素品行不端，自然惹来不少闲话，没等儿子出生，他又以水手身份加入海军，进一步拉低了风评。美国独立战争后，有人说他继续在非洲商船上当水手，因力大无穷和善于攀爬而名声在外，不过商船停靠刚果海岸的一个夜晚，他却突然人间蒸发。

真正让家族踏上诡异不归路的是菲利普·杰明爵士之子罗伯

特·杰明,其人高挑俊美,尽管身材比例略显怪异,却有种东方式的神秘优雅。作为学者和调查人员,罗伯特开启了对发疯的祖父从非洲带回的海量文物的科学研究,令杰明家族在人种学领域跟探险领域一样声名鹊起。1815年,罗伯特爵士迎娶第七世布莱索姆子爵的千金,婚后有三个孩子,可惜老大、老三从未露面,据说身心俱残。家庭悲剧令这位学者黯然神伤,只好转向工作寻求慰藉,曾两次深入非洲内陆长途探险。1849年,他的次子内维尔——集祖父菲利普·杰明的暴躁与布莱索姆家的傲慢于一身的讨厌鬼——与平民舞女私奔成亲,但翌年丧妻后回归获得了谅解。内维尔带回一个叫阿尔弗雷德的男婴,便是日后亚瑟·杰明的父亲。

朋友们都说,接二连三的不幸拖垮了罗伯特·杰明爵士,可悲剧的真正导火索兴许只是几则非洲民间故事。年岁已高的罗伯特锲而不舍地搜集通加部落的传说,那些部落就在他和他祖父韦德爵士探索过的区域附近,而他一直没放弃祖父嘴边的狂野故事,试图解答失落古城及其中奇异的混血生物,毕竟祖父留下的神秘记录存在某种连贯性,似乎暗示疯狂的想象根植于原住民的神话。1852年10月19日,探险家塞缪尔·希顿带着在通加人群中搜集的资料稿登门拜访,想把自己了解的某些传说——所谓白神治下众多白猿的灰城——告诉人类学家罗伯特,希望有所帮助。谈话期间希顿应该还补充了细节,可惜随后发生的系列血案让一切都不得而知。罗伯特·杰明爵士在书房里把探险家希顿活活掐死,被制服前又杀光了三名亲生子女——从未露面的老大和老三,曾经私奔的老二。内维尔·杰明临死前护住了两岁大的儿子,不然小家伙肯定也会被丧心病狂的祖父杀害。罗伯特爵士入狱后固执地不肯开口,且不断尝试自杀,终于第二年死于中风。

阿尔弗雷德·杰明不到四岁就继承了从男爵头衔,品行与爵位却从不般配。他二十岁时加入歌舞剧团,三十六岁时抛妻弃子跟着一支美国巡回马戏团跑掉,最后难看地死在演出途中。害死他的是一头毛色比同类浅淡的雄性大猩猩,作为展览动物,性情温顺的它很有人气。阿尔弗雷德·杰明也对它着迷极了,经常隔着栏杆与它长久对望,后来他的驯兽申请得到许可,与大猩猩的配合成果令同事和观众都刮目相看……直至在芝加哥的某天早晨出事。当时他正与大猩猩排演一场精巧的拳击赛,后者用力过大,伤害了他这位业余驯兽师的身体和尊严,接下来的发展"地球最强秀"的成员们都不愿提及——他们万万没想到,阿尔弗雷德·杰明爵士会发出非人的刺耳号叫,张开双臂抱住粗笨的对手,将其压倒在兽笼地板上,凶狠地撕咬它毛茸茸的喉咙。猝不及防的大猩猩起初没来得及自卫,但不等专业驯兽师赶来干涉,它已把从男爵扯得面目全非了。

(二)

亚瑟·杰明是阿尔弗雷德·杰明爵士和来历不明的剧团歌女的儿子。阿尔弗雷德抛妻弃子、远走高飞后,歌女就在无人反对的情况下带着孩子住进杰明家的府邸。身为亚瑟的母亲,她对贵族传统并非一无所知,让儿子接受了财力所能允许的最好教育。随着财务状况持续恶化,府邸年久失修,逐渐变得荒芜破败,可年幼的亚瑟依旧深爱这栋祖宅及其中一切。与列祖列宗不同,他是个诗人和梦想家,有的邻居说这种气质来自老爵士韦德·杰明不为人知的葡萄牙妻子,拉丁血统孕育了对美的敏感;但更多人嗤之以鼻,将此归结到他那个不被上流社会接纳的歌女母亲。亚瑟·杰明丑陋的相貌恰与优雅的诗人气质形成鲜明对比,纵然杰明一族的面相多少不太正常,亚瑟在其中又分外极端——很难说他长得像谁,但那五官、面相和颀长的胳膊总能让初见者忍不住打个厌恶的冷战。

亚瑟·杰明凭头脑与个性来弥补相貌的缺点,他天资聪颖、博学多才,一举摘得牛津大学的最高荣誉,基本挽回了家族在学界的声望。虽然诗人才华更胜科学素养,他仍决定追随祖先们的脚步,充分利用韦德爵士古怪而奇妙的藏品来钻研非洲的文物和人种。他常以丰富的想象力勾勒出疯狂探险家韦德爵士深信不疑的史前文明,并根据韦德夸张的笔记和手稿编织与沉寂的丛林古城相关的迷人故事,而对闻所未闻、不可名状的丛林混血生物,他竟隐隐怀有恐惧又向往的特殊感情。为了给幻想寻找依据,他翻阅了年代较近、由曾祖父罗伯特和塞缪尔·希顿共同搜集的通加人材料,终于发现一线曙光。

1911年母亲去世后,亚瑟·杰明爵士决定全力投入探索,他卖掉部分家产筹措资金,组织探险队乘船前往刚果。比利时当局给他安排了一队向导,助他在通加和卡利地区待了一年,成果远超期望。有位叫木瓦努的卡利老酋长记忆力超群，更对各种古代传说如数家珍。老人证实了杰明听过的所有故事，还讲述了自己所知的石城与白猿的过往。

根据木瓦努的说法，灰色石城与混血生物已不复存在，许多年前就被好战的恩邦古部落清剿毁灭了。他们大肆破坏城内建筑，屠杀所有活物，并抢走干尸女神——那是他们的主要目标。城内酷似白猿的奇怪生物崇拜着被制成干尸的女白猿，根据刚果本地传说，她曾是那些生物的公主。至于它们原本什么来历，木瓦努说不清，只能猜测是它们建造了古城。亚瑟·杰明并不满足于此，经再三追问，终于打听到干尸女神的精彩故事。

相传，曾有位伟大的白神自西方驾临，迎娶了白猿公主。夫妻俩携手统治城市很长时间，直至儿子降生，一家三口才结伴离开。后来白神与公主回归，死亡却降临到公主头上，神圣的丈夫将妻子的遗体制成干尸，供奉于巨大的石室，以便那些生物顶礼膜拜，随后独自离去。故事的结局有三个版本：第一个版本无甚特别之处，干尸女神成为各部落追逐的权力象征，恩邦古部落抢走它就缘于此；第二个版本提到白神再次回归，并在巨室内妻子的脚边逝去；第三个版本说他们的儿子长大成人——也有说长得像猿，甚至成神——后回归，但对身份一无所知。

毫无疑问，离奇的情节大多出于黑人的发散想象，亚瑟·杰明却不再怀疑老韦德爵士笔下丛林古城的真实性，最终于1912年年初如愿找到遗址废墟。城市规模被过分夸大了，但满地倒伏的石料证明那里绝非黑鬼的村落，遗憾的是雕刻已荡然无存，而探险队人手不足，没法清理隧道内的障碍，进入韦德爵士描述过的复杂地窟。亚瑟·杰明向当地酋长一一请教白猿和干尸女神的事，但最终对老木瓦努的信息有所补充的还得轮到个欧洲人——刚果贸易站的比利时代理 M. 维尔哈伦，此人隐约听说过干尸女神，自认能找到并搞来那东西。强大的恩邦古部落今非昔比，早已是阿尔贝国王治下的忠仆，稍加劝诱便会乖乖交出过去抢走的恐怖遗物。于是亚瑟·杰明欢欣鼓舞地乘船返回英格兰，相信数月内就能收到无价的人种学文物，证实曾曾曾祖父韦德爵士口中最狂野的故事——那也是他听过的最狂野的故事。当然，杰明家附近的乡亲们或许听过更离谱的内容，毕竟他们的祖先曾与韦德爵士一道在"骑士首级"酒馆同桌共饮。

亚瑟·杰明耐心等待 M. 维尔哈伦寄来梦寐以求之物，同时倍加勤勉地检视发疯的祖先留下的手稿。他对韦德爵士渐生好感，不自禁地开始搜集后者在非洲探险和在英格兰生活期间的私人用品，只是对那位隐居的神秘夫人，除口耳相传的逸闻外，找不到她在杰明家居住的切实证据。亚瑟不明白完全抹消其生活痕迹的原因和契机，只能归咎为韦德的疯病。据说曾曾曾祖母是一位在非洲活动的葡萄牙商人的女儿，以其家庭熏陶和对黑暗大陆内部的肤浅认知，兴许会嘲笑韦德爵士的见解，而韦德那种男人受不了这个。她最后死在非洲，或是被试图证明自己所言不虚的丈夫强行带去的。两位奇怪的祖先去世一百五十年有余了，想到他们徒劳无益的争执，亚瑟·杰明就觉得好笑。

1913年6月，M.维尔哈伦来信声称找到了干尸女神，并感叹那东西非比寻常，外行甚至没法归类，只有科学家方能断定到底是人是猿，而且由于保存状况不佳，研究势必困难重重——岁月的侵蚀和刚果的气候都造成了不良影响，干尸的制作者又是个新手。值得一提的是，干尸脖子上挂着条金项链，项链上坠着一个刻有纹章的小空盒，无疑是某个倒霉旅人的纪念品，却被恩邦古部落抢来当护身符供奉女神。提及干尸的面容，比利时人做了个异想天开的对比，声称自己的通信对象跟她颇有几分神似。当然，维尔哈伦把这当成卖弄诙谐的玩笑，其着眼点主要还在科学方面，并承诺包装妥善的干尸女神将在此信一个多月后寄达。

1913年8月3日下午，箱子寄到杰明府邸，并被立刻搬进摆放罗伯特爵士和亚瑟爵士的非洲藏品的大房间。后来的情形完全来自仆人们的口述及对遗物和文件的调查，众说纷纭中又属老管家索姆斯的证词最为详尽和连贯。这位诚实可靠的老人声称亚瑟·杰明爵士开箱前将所有人撵出大屋，锤凿声随即响起，一刻也没耽搁。箱子打开后，有段时间鸦雀无声——具体多久索姆斯难以判断，但肯定不到一刻钟——接下来亚瑟发出一声凄厉的惨叫，随即冲出房间，像被什么可怕的仇敌追赶一样惊慌失措地逃向前门。他的脸苍白得像死人，表情难以形容，快到前门时好像想到什么，又突然转回来消失在地下室里。吓得目瞪口呆的仆人们聚在楼梯口围观，但主人没再出现，下面只飘出一股油味。天黑后，地下室通往中庭的门传来声响，一个马童看见亚瑟·杰明从头到脚泛着油光，散发出浓郁的油味，悄悄溜出府邸，消失在周围漆黑的荒野。接下来，惶惶不可终日的众人见证了亚瑟的结局——荒地间冒出一点火星，燃起一团火球，人形火柱冲天而起，杰明家族就此断绝。

没人收殓亚瑟·杰明烧焦的尸骸是因为后来的发现，尤其是那箱东西。所谓的干尸女神枯皱萎缩，虫蛆满身，见之作呕，但还能辨出原属未知种类的白猿，毛发比有记录的种类都少，长相难以置信地接近人类。鉴于过多描述可能引发不适，在此只需强调与韦德·杰明爵士留下的非洲探险记录，以及白神与人猿公主的刚果传说存在可憎关联的两大要点：其一，干尸女神脖子上挂着的小空盒刻有杰明家族的纹章；其二，最阴森、反常和恐怖的是，诚如M.维尔哈伦半开玩笑暗示的那样，干尸女神那张皱缩的脸与韦德·杰明爵士和神秘夫人的后代、敏感的亚瑟·杰明的尊容明显存在相似之处。

皇家人类学会后来烧掉了干尸，将小盒子扔进深井，某些成员甚至坚决否认亚瑟·杰明的存在。

H.P.洛夫克拉夫特 著

墙中鼠

1923年7月16日，我在重建大功告成后住进艾克汉姆修道院。这座修道院作为祖上的宅邸，此前已沦为徒有外壳、空空荡荡的废墟，我为浩大的修复工程不惜花费重金。远在英王詹姆士一世时期，修道院发生了骇人听闻且疑点重重的惨案，从此便被空置——当时的家主连同五个孩子、许多仆人一起蹊跷地死去，所有嫌疑和线索均指向仅剩的第三子沃尔特·德拉普尔，也就是我的直系祖先、那个声名狼藉的家族的唯一传人。沃尔特被控谋杀，产业遭王室收缴，他并未为自己开脱或设法拿回财产，而是在某种比道德谴责和法律制裁更强烈的恐惧的驱动下，不顾一切地希望与祖宅斩断联系。身为第十一世艾克汉姆男爵，他渡海逃到弗吉尼亚，留下的血脉一个世纪后改以德拉普雷之名为世人所知。

艾克汉姆修道院被转封给诺利斯家族，虽然一直空置，却有许多人研究过它特立独行的杂糅建筑风格：哥特式塔楼挺立在撒克逊式或仿罗马式下层结构上，底部则属于更早的年代或数种古早风格的混搭——假如传说可信，其中包含罗马人、德鲁伊教徒乃至威尔士土著的手笔。这座被遗忘的年代留下的修道院坐落于峭壁边缘，俯瞰着安彻斯特村以西三英里处的荒凉山谷，怪异的地基与坚实的石灰岩悬崖融为一体。它深受建筑师和考古学家的青睐，当地人却深恶痛绝。几百年前当我的祖先坐镇于此时，他们就不喜欢，而今纵然它早已沦为恣意滋长青苔和霉菌的废墟，这份恨意也一如既往、不曾稍减。自打初次造访安彻斯特村，我无时无刻不切身感受到自己来自一个饱受诅咒的家族，而工人们刚于本周炸掉修道院，并急着抹去地基的所有痕迹。

从前，我只知道英国祖先们的概况，以及第一位美国祖先来殖民地时深陷疑云的事实，对个中细节全不了解，毕竟与过去划清界限是德拉普雷家族不成文的家规。与周围的种植园主不同，我们从不吹嘘十字军的参战经历或中世纪及文艺复兴时期涌现的英雄，亦没有源远流长的传承可言，珍视的只是移民后的成就——除开南北战争以前，每位家主都会将神秘的密封信函留给长子，待家主死后方可开启。德拉普雷家族扎根弗吉尼亚，生性孤傲保守，但极富荣誉感。

内战终结了我们的好运，詹姆斯河畔的家园十字路口庄付之一炬，家境随之一落千丈。年事已高的祖父被活活烧死，联系过去的密封信函就此失传。我至今依然记得七岁时那场灾难，记得联邦士兵的呐喊、女人们的尖叫、黑鬼的哀号与求告。父亲当时从军保卫里士满，母亲和我大费周折才得以穿越火线与他团聚。战后我们举家迁往母亲出生的北方，我在那边长大，人到中年终于发财致富，成了个刻板的扬基佬。父亲和我并不清楚世代相传的信函内容，而等我融入麻省单调冷漠的商务应酬，更对家系中显然隐藏的秘密失去了兴趣——假如当初能猜到真相，我绝对乐意把艾克汉姆修道院留给苔藓、蝙蝠和蛛网！

父亲死于 1904 年，没给我和我那幼年丧母的十岁独子阿尔佛雷德留下任何口信。阿尔佛雷德后来成为开启这场寻根之旅的关键——我只能半开玩笑、捕风捉影地谈论祖先，但他在 1917 年以飞行军官的身份前往英格兰参战后，来信讲述了许多有趣的家族传奇。根据他的朋友、皇家陆军航空队爱德华·诺利斯上尉的说法，德拉普雷家族显然有过丰富多彩乃至险恶不祥的历史。诺利斯住在离我们家祖宅不远的安彻斯特，当地农民流传着种种不可思议、连小说家也无从设想的疯狂故事，虽然诺利斯并未当真，我儿子却在信中饶有兴致地长篇大论起来。毫无疑问，正是那些故事让我注意到大洋彼岸的家族遗产，最终决定买下并重建祖宅——诺利斯带阿尔佛雷德参观过荒弃已久但别具一格的修道院，并代表身为当前业主的叔叔开出了公道得出奇的价钱。

我买下艾克汉姆修道院是 1918 年的事，然而天有不测风云，儿子旋即因伤残退役，重建工作就此搁置。我在他人生的最后两年里一直细心照顾他，乃至把生意也全交给合伙人打理。1921 年，年过六旬、痛失爱子的我金盆洗手退出制造业，为打发余生、寻找新目标，决定重拾当年的计划。那年 12 月我造访安彻斯特，受到和蔼可亲的肥胖小子诺利斯上尉的款待，他跟我儿子走得很近，乐于助我收集图纸和旧闻，以指导即将展开的重建。我对艾克汉姆修道院的现状并不感冒，那不过是一堆摇摇欲坠地矗立于悬崖边的中世纪废墟，它杂乱无章、青苔覆盖，除开几座石塔的残墙，楼层及其他内部结构已侵蚀殆尽，倒有不少白嘴鸦在其中筑巢。

经过努力，我渐渐弄清了祖宅三百年前被祖先抛弃时的原貌，据此雇人重建——但无论做什么，安彻斯特村民都拒绝参与，他们对修道院怀着难以想象的强烈恐惧和憎恨，有时甚至能感染外地工人，使得后者频频开小差。

他们同样敌视着一度占有修道院的古老家族。儿子曾谈及德拉普尔家族后代的名号令他饱受冷遇，我发现自己也出于相似的原因横遭排斥，直至设法说服对方我对家世一无所知，局面才有所改观。即便如此，那帮农夫依旧板着脸不肯通融，我必须经由诺利斯周旋方能收集乡野传说。或许他们无法原谅的是我要重建可憎的地标建筑，无论合理与否，艾克汉姆修道院都被视为魔鬼与狼人出没之地。

通过拼凑诺利斯收集的故事，加上多位研究废墟的学者的记录，我推断艾克汉姆修道院建在史前神殿的旧址上，该神殿可能属于德鲁伊教，也可能来自比德鲁伊教更早的巨石阵时代。毫无疑问，这里举行过不可名状的仪式，某些让人不快的说法声称罗马人带来西布莉信仰后吸纳了相关仪式，下层地窖迄今可见的"永恒……俄普斯……丰饶之……"这类铭文就是最好证据。要知道，罗马曾徒劳地禁止公民对丰饶之母西布莉的黑暗崇拜，而无数证据表明，安彻斯特曾为第三奥古斯都军团的驻地。据说那座西布莉神庙金碧辉煌、信众如织，由一位弗里吉亚祭司主持神秘仪式。故事还说旧教的没落并未终结神庙的出格行径，祭司们摇身一变成为新教的牧师，暗地却换汤不换药，甚至罗马势力消退后相关仪式仍遵行不悖。一些撒克逊人给神庙添砖加瓦，留下废墟延续至今的基本轮廓，并以此为核心据点发展出七国时代半数不列颠民众惧怕的教派。公元1000年前后有部编年史说这里是坚固的石砌修道院，盘踞于此的修会强大、怪异而广受畏惧，故此周边只有大片菜园，无须围墙防御。修道院挺过了丹麦人入侵，但诺曼征服后必是迅速衰落，因亨利三世于1261年将它封赏给我的祖先、首位艾克汉姆男爵吉尔伯特·德拉普尔时并未受阻。

受封之前，我的家族并未留下负面记录，怎料此后情况急转直下。1307年的某部编年史将一位德拉普尔家族成员形容为"天谴之人"，邪恶歹毒、骇人听闻的乡野传说更是纷至沓来，统统离不开建在旧神殿和修道院基础上的城堡。说实话，炉边故事固然不堪入耳，但恐惧引发的缄默和遮遮掩掩的回避更教人胆战心惊——我的祖先被形容为远比吉尔·德·雷和萨德侯爵恶劣的魔鬼一族，并暗示他们是若干世代里村民不断失踪的幕后真凶。

最遭嫉恨的无过历代艾克汉姆男爵及其直系继承人，绝大多数传闻与他们有关。根据谣言，大凡显出健康成长苗头的继承人都会神秘夭亡，为更具"家族本色"的子嗣让路，德拉普尔家族内部似乎存在一个由家主统领的小圈子组成的核心教团，其入围标准首重脾性而非血统，往往有姻亲加入。康沃尔郡的玛格丽特·特雷弗女士——五世男爵的次子戈佛雷的妻子——就是其中之一，她成了周边吓唬小孩的最佳武器，时至今日，威尔士边境地区还流传着一首以这女魔头为主角、非常瘆人的古老民谣；另一首侧重点不同的民谣讲述了丑恶的玛丽·德拉普尔小姐，她嫁给什鲁斯菲尔德伯爵没多久就被丈夫与婆婆联手杀害，但牧师听过两位凶手不可告人的忏悔之后，却赦免和祝福了他们。

毋庸置疑，传说与民谣饱含幼稚的迷信成分，我对此相当反感，最让人恼火的是它们能流传下来，又不约而同编排着我的祖宗八代。但无论那些耸人听闻的污蔑有多离谱，至少让我极不愉快地回忆起早些年近亲里一桩广为人知的丑闻：我年纪轻轻的堂哥、十字路口庄的伦道夫·德拉普雷参加墨西哥战争后与黑鬼们鬼混，摇身一变成了伏都教祭司。

相比之下，另一类语焉不详的故事我就不太重视了，比如石灰岩峭壁下狂风呼啸的荒凉山谷时而传来哭号和哀号啦，春雨后的空气飘荡着墓园般的腐臭啦，约翰·克拉弗爵士的坐骑某晚在偏僻田地里踩到尖叫挣扎的白色怪物啦，仆人大白天在修道院见到什么当场发疯啦……这些司空见惯的乡村怪谈那时并未引发困扰，唯有失踪记录值得注意。但中世纪毕竟不同于现代，在那个猎奇很可能付出生命代价的时代，不也有许多无知农夫的脑袋被高挂在艾克汉姆修道院周围今已坍塌的堡垒上示众吗？

少数格外生动的传说给我留下了深刻印象，乃至后悔年轻时没在比较神话学方面下功夫。某种看法认为，蝠翼魔鬼的军团每晚在修道院举办女巫安息日集会，为养活它们，周围的大片菜园才种下远超居民所需的劣等蔬菜。最有板有眼、气势宏大的是老鼠的故事——导致城堡被王室收回的惨案发生三个月后，这些污秽害虫组成的大军突然涌向周边,瘦削、肮脏、饥饿难耐的老鼠将所到之处一扫而空,吞吃了所有家禽、猫狗和猪羊,甚至有两个倒霉的人。围绕这支令人难忘的啮齿动物大军诞生了一系列独特的流言,据说它们后来分散到村里家家户户,给所有人带去诅咒和恐惧。

怀着老人特有的固执,我顶住传说的无形压力,稳步推进重建工程,从未让可怕的故事主宰心绪,当然,诺利斯上尉和赶来协助的考古学家们也一直在赞扬和鼓励我。两年的努力最终换来丰硕成果,看着气派的大房间、墙板装饰的墙面、拱顶天花板、直棂窗和宽敞的螺旋梯,我不由得心花怒放,感到惊人的花销总算是物有所值了。祖宅的每处中世纪特征均得到精妙再现,新建部分与原有的墙壁和地基完美融合,身为家族血脉的最后传人,我希望余生都定居于此,以此证明德拉普尔家的人(我换回了原本的家名)并非魔鬼,挽回其在本地的声誉。令我心安的是,虽然艾克汉姆修道院照中世纪风格原样重建,但内部焕然一新,哪怕过去真有什么害虫或幽灵,如今也无处落脚。

如前所述,我于1923年7月16日住进重建后的修道院,带上了七名仆人和九只猫——我特别喜欢猫这种动物,身边最老的是七岁的"尼哥",它随我从马萨诸塞州博尔顿镇漂洋过海而来,其余几只则是工程期间借宿诺利斯上尉家中陆续收养的。住进祖宅的头五天风平浪静,生活有条不紊,我把大部分时间花在整理家族的旧档案上——我已拿到沃尔特·德拉普尔一案的详细报告,包括其亡命海外的始末,十字路口庄的大火烧毁的祖传信函中想必就是这些内容。就档案记载来看，我那位直系祖先因某个重大发现而性情大变，两周后便伙同四名仆人谋害了熟睡中的一家老小。究竟是什么发现他语焉不详，或许只对参与杀人的仆人透露过，那些人事后都逃之夭夭了。

沃尔特的父亲、三个兄弟和两个姐妹都死于那场精心策划的谋杀，大部分村民却表示谅解，绵软无力的法律制裁使得作案者安然无恙、大大方方乃至有些光荣地流亡到弗吉尼亚。民间私下流传的说法是沃尔特为民除害，清除了古老的诅咒——如此想来，所谓"重大发现"到底有多可怕呢？沃尔特·德拉普尔对萦绕家族的险恶传说势必早有耳闻，断不致因此性情大变，或许他在修道院或修道院周边目睹了令人血液凝结的古老仪式，抑或撞见某些带来可怕揭示的符号？……据说他在英格兰是个和蔼腼腆的青年，来到弗吉尼亚虽变得有些苦闷和忧郁，但与心狠手辣的杀手形象仍相去甚远，有位绅士探险家——贝尔维尤的弗朗西斯·哈利——曾在日记中赞他温文尔雅、品行端庄，乃世间少见的正人君子。

7月22日，怪事首度出现，虽然我没往心里去，实际上那却是一系列变化的开端。事件本身的确微不足道，只是恰好被我注意到罢了。如前所述，整座祖宅除部分墙壁外完全翻新，我身边还有众多优秀的仆人伺候，没道理仅仅因为本地传说就疑神疑鬼。我注意到的不过是那只老黑猫变得紧张兮兮、充满警觉，由于对它知根知底，此等表现未免有些反常。它在各间屋子转来转去，烦躁不安地游荡，时而嗅闻中古的哥特式建筑遗留下的墙壁……没错，就像俗套的鬼故事桥段里，狗儿总会在主人见到妖怪前大声咆哮一样，但说真的，那天我就是没法制止它。

第二天，有名仆人跑来抱怨修道院内所有的猫都坐立难安。我当时待在二楼西翼通风的大书房，那里有穹棱拱顶、黑橡木墙板和三重哥特式玻璃窗，可俯瞰石灰岩峭壁和荒凉的山谷。仆人报告期间，我亲眼看见"尼哥"乌黑的身影在西墙上爬行，不断抓挠老石头外装设的墙板，便称古老的石墙一定散发出什么人类无法察觉、嗅觉灵敏的猫却能透过木板闻到的怪味——这是我的真实想法。当仆人提出鼠患的可能时，我提醒他这里足足三百年没有老鼠了，周边乡野的田鼠也很少进入这些高墙之内，更不会在此逗留。下午我拜访了诺利斯上尉，对方保证田鼠群不会无缘无故大举入侵修道院。

那晚，我照例不带仆人，独自返回挑作卧室的西塔房间——从书房过去只需登上一段石阶，再走过短短的走廊，前者部分是遗迹，后者全为重建产物。这间圆形卧室的天顶很高，四周没装墙板，而是挂着我从伦敦挑来的挂毯。"尼哥"跟了过来，我关上沉重的哥特式房门，又关上巧妙伪装成蜡烛、用于室内照明的电灯，深深躺进精雕细刻的遮罩四柱床，老猫则窝在我双脚上它习惯的位置。那晚我没拉罩帘，凝望着对面狭窄的北窗，天空似乎还有些光亮，令人愉悦地勾勒出精细的花饰窗格。

我肯定在不知不觉间睡去了，安静休息的老猫突然惊跳起来，似乎驱散了古怪的梦境。借助朦胧微光，我发现它的脑袋努力前伸，前脚摁住我的脚踝，后腿完全绷直，专注地瞪着窗户西侧的某处墙面。虽然乍看上去空无一物，但我也集中了全部注意力——我相信"尼哥"不是凭空做出反应的，我敢说，我指天发誓……那里的挂毯微微晃动了一下，后面传来了轻细而急促的独特脚步声，仿佛有老鼠匆匆跑过。老猫即刻纵身跃去，用体重将那条挂毯拖到地上，露出潮湿的古老石墙。石墙上到处是修补痕迹，全然不见啮齿动物的踪影，然而"尼哥"继续绕着它跑来跑去，抓挠掉落的挂毯，不时还试图把爪子伸进墙壁和橡木地板之间的缝隙。最终它一无所获，泄气地回到我脚边的习惯位置，而我虽躺着没动，那晚却再未入眠。

次日早上，我询问了所有仆人，无人留意到异状，唯独厨娘记得平素趴在窗台上的猫表现奇怪——它在夜里某段时间突然放声嘶吼，被吵醒的厨娘正好看见它像发现目标一样冲出敞开的房门，奔下楼梯。午间我打了个盹儿，下午再次拜访诺利斯上尉。他对我描述的琐碎怪事颇感兴趣，它们激发了他的联想，牵连出好些个当地流传得绘声绘色的鬼故事。从现实角度看，老鼠的出现的确费解，诺利斯借给我一些捕鼠器和巴黎绿，我返回后命仆人布置在家中各要害位置。

深感困倦的我早早躺下休息，却做了个最最恐怖的梦。我似乎站在高处俯瞰微光照亮的洞穴，洞内积有及膝深的污物，一名白胡子的魔鬼猪倌用手杖驱赶着许多貌似软绵绵的真菌、令人作呕的牲口。那猪倌停下来打了个盹儿，无数老鼠便从天而降，倾盆大雨般灌进恶臭的深渊，将所有活物全部吞噬。

照例趴在我脚上的"尼哥"突然惊跳起来，一如昨晚驱散了可怕的梦境。这回我对它为何嘶嘶低吼，乃至爪子为何在恐惧中不自觉地抠进我的脚踝再无疑虑，因为卧室的每面墙都回荡着可恶的脚步声，不知有多少贪婪的硕鼠在四下流窜。这晚没有光亮，看不清挂毯的情况——昨晚拽下的那条也重新挂好了——但我不至于惧怕到不敢开灯。

灯亮的刹那，我发现所有挂毯都在恐怖地抖动，似乎遵循邪恶的策划上演了一出诡异至极的死亡之舞。紧接着，噪声和抖动戛然而止，我跳下床，抄起旁边暖床器的长柄戳向挂毯，还挑起一角检查后面是否有东西躲藏，但只见到修补过的石墙，连老猫也放松下来，不再反常地紧张。我又检查室内的捕鼠器，它们全都弹上了，但没有动物被抓又挣脱的迹象。

继续睡觉显然是不可能了，我索性点起蜡烛，出门沿走廊和石阶走去书房。"尼哥"一开始紧跟着我，但在古老的石阶前抢先扑了下去。当我独自踏上阶梯时，蓦然察觉下面的大书房传来确凿无疑的动静——橡木墙板覆盖的石墙正被无数蹦跳游窜的老鼠带得震颤不已，"尼哥"则像个困惑又愤怒的猎人一样转来转去。我下完石阶立刻打开电灯，噪声却没像楼上卧室那样立刻停止，鼠群仍在骚动，脚步清晰有力，令我感知到它们明确地跑向同一方向——这支显然极为庞杂的鼠群似乎在进行大迁徙，从很高的地方奔向不可思议或者说无从想象的地下深渊。

走廊传来人类的脚步声，两个仆人随即推开沉重的房门，他们正四处寻找骚乱源头，因为所有猫都紧张得咆哮起来，飞速猛冲下阶梯，绷直身子朝下层地窖紧闭的大门怒吼。我问他们是否听到有老鼠，两人都说没有，而当我要他们留意墙板后的动静时，却发现噪声已然消失。我领他们下到地窖门前，但猫也都散了，我决定以后再仔细探究，当下只检查了一圈捕鼠器。与卧室的情况相似，外头的捕鼠器也纷纷弹上了，却没抓到猎物。我对只有自己和猫察觉到老鼠这件事颇感得意，在书房琢磨到天亮，细细回顾了这些年挖掘收集的与祖宅相关的每一桩离奇故事。

第二天上午，我靠着书房椅——尽管不在中世纪复古计划之内，但我无法放弃这份舒适——小憩了一会儿，随后打电话给诺利斯上尉，对方立刻赶来协助探索下层地窖。我俩没找到麻烦的源头，却激动地确证地窖属于罗马时代，低矮的拱顶和粗大的柱子无疑都出自罗马人之手，绝非撒克逊人拙劣的仿罗马式复制品，充分体现了帝国时代严谨和谐的古典风格。地窖墙上遍布"盖塔伊……神……牲……""指……对……祭……阿提斯……"之类的残留铭文，曾来此反复考察的考古学家们想必颇为眼熟。

铭文中最让人揪心的无过于"阿提斯"，我读过卡图卢斯的诗，对那位东方神祇丑恶的祭祀仪式有一定了解，相关崇拜常与西布莉崇拜混合。借着提灯，我和诺利斯研究了疑似祭坛的数块不规则矩形石头上几近磨灭的古怪图案，但收获不大，只透过某种形似发光太阳的图案——学术界普遍认为该图案不属于罗马——大致推导出这些"祭坛"乃罗马祭司对更古老的原始神庙的再利用。有块石头上的棕色污渍我有点在意，而位于地窖中央、最大的那块石块表面有火烧痕迹，或许举行过燔祭。

这便是惹得猫群咆哮抗议的地窖的全部情况，我和诺利斯决定尝试在里面过夜。仆人们搬来长沙发，我吩咐今晚不要干涉猫群可能的骚动，并留下了"尼哥"，既出于喜爱，亦想多个帮手。我俩锁上橡木大门——这是留有通风细缝的现代复制品——亮着提灯躺下，静观其变。

拱顶地窖位于修道院地基最深处，也就是俯瞰荒凉山谷的石灰岩悬崖深处。我确信那些来历不明、快步奔跑的老鼠想下到这个地窖，却想不通其目的何在。在忐忑的等待期间，全赖老猫在脚边钻来钻去，我才未陷入成形的梦境。那些梦与昨晚的梦一样可怕而不正常，我又看见微光照亮的洞穴，看见猪倌驱赶着难以形容、宛如真菌般在污物里打滚的牲口——那些牲口靠近后变得清晰了，几乎能看清长相，其中有张软绵绵的肥脸让我脱口尖叫起来，把"尼哥"吓得不轻，并无睡意的诺利斯上尉则捧腹大笑。他若知道我尖叫的真实原因，会笑得更厉害还是再也笑不出呢？所幸极致的恐怖往往会仁慈地麻痹记忆，我很快就暂时忘却了看到的面孔。

怪事终于发生时，诺利斯将我从类似的噩梦中轻轻摇醒，示意我倾听猫的动静，但我能听到远不止于此。的确，猫群在紧闭的大门外的石阶底部愤慨不已地嘶叫、抓挠，"尼哥"并未响应同类，而是沿裸露的地窖石墙激动地绕圈……只因墙内跟昨晚一样，又有大批丑恶的老鼠在快速奔跑。

我心中升起强烈的恐慌，目前的状况显然无法以常理度之。那些老鼠若非我和猫共同的妄想产物，势必正在被认为是坚实的罗马时代石灰砖墙内游走和打洞……难道一千七百年来的流水侵蚀造就了足够啮齿动物啃磨利用的蜿蜒隧道？……即便如此，很多东西也说不通，譬如诺利斯为何听不见跑来跑去的害虫制造的可恶声响？为何他光催促我注意"尼哥"的状况、倾听门外猫群的动静，却对引起它们骚动的原因毫无概念？

当我试图以尽可能合理的方式说出真相时，老鼠的脚步声完全消退了——它们往地下深处、远低于这间所谓最深的地窖的方向退去，仿佛悬崖内部已被掏空一样。我的话打动了诺利斯，他并未如我担心的那样满腹狐疑，反而提示我门外的猫群像追丢了老鼠似的不再吵闹，门内的"尼哥"却更加激动，用爪子疯狂抓挠地窖中央、靠近他占用的沙发的那块巨石祭坛。

我对未知的恐惧此刻已达极致，有什么了不得的事正在眼前发生，就连年轻、强壮且比我更倾向唯物主义的诺利斯上尉也出现了几分动摇，或许从小耳濡目染的本地传说开始起作用了吧。一时间，我俩不知所措地看着老黑猫越发气馁地挠着祭坛，偶尔抬头冲我"喵喵"两声——它只在有求于我时才那么叫唤。

诺利斯拿起提灯凑近观察祭坛，尤其是"尼哥"抓挠的地方，随即沉默地跪下，动手刮去那块前罗马时代的巨石与棋盘格地板之间若干世纪滋长的地衣。正当他准备放弃收效甚微的努力时，我注意到一个令人不寒而栗却恰好能证实猜想的小细节。我把想法告诉上尉,然后我俩全神贯注、如痴如醉地共同见证了几乎无法察觉的证据——在前所未有的微弱气流作用下,祭坛旁提灯内的火苗确凿无疑地轻轻摇曳着,气流显然来自地板和祭坛间诺利斯刮去地衣后露出的缝隙。

当晚余下的时间我俩待在灯火通明的书房,紧张地讨论下一步行动。很显然,这座被诅咒的废墟里、罗马人修筑的最深的石地窖下面,还存在不为人知的更深的地窖,三个世纪以来无数好奇的考古学家却没能发现它。就算没有离奇的背景,此事本身也够让人兴奋了,但考虑到各种不祥的传说,摆在我俩眼前有两条路:要么谨慎起见,听从迷信故事的警告,放弃搜索并永远离开修道院;要么满足冒险欲,勇敢面对未知深渊里可能等待的恐怖。我俩谈到黎明也没拿定主意,最终选择折中方案,就是去伦敦征集更适合解决此类问题的考古学家和科学家。必须说明的是,我俩离开前曾试图挪动下层地窖中央的祭坛——它现在被视为通往无可名状的恐怖深坑的大门——却不得其法,只好把难题留给聪明人。

我与诺利斯上尉在伦敦盘桓多日,先后对五位值得信赖、能慎重对待调查可能揭露的家族隐私的权威人士陈述了相关事实与猜想,包括广为流传的乡野逸闻。他们大多表现出强烈的兴趣和由衷的关切,并未一笑置之。我在此不便罗列名姓,只需强调当年因特洛特半岛的发掘成果而轰动世界的威廉·布林顿爵士亦在其列。一行人乘火车返回安彻斯特之际,我真切感受到自己正站在通往恐怖谜底的深坑边缘,世界另一端的美国人恰逢总统骤然长辞,想必也是这番哀愁心绪。

8月7日傍晚，我们抵达艾克汉姆修道院。仆人报称此前无异状，所有的猫——包括老猫"尼哥"——都很平静，也没有任何捕鼠器弹开。我为客人们精心安排好房间，约定次日展开搜索后回到塔楼卧室，"尼哥"也回到我腿上休息。睡意很快来临，却又迎来噩梦，我好像在参加特里马乔的罗马盛宴，眼前盖住的大盘子盛有恐怖的菜肴，接着又反复出现猪倌在微光照亮的洞穴里驱赶肮脏牲口的画面……一觉醒来天已大亮，楼下传来再普通不过的日常声响，老鼠——无论是实际存在，还是想象中的——并未现身打扰，"尼哥"睡得非常香甜。我下楼后见到宅子里里外外一派祥和，一位应邀而来的学者、灵媒专家桑顿相当荒谬地提示说，我此前的见闻恐是某种势力有意诱导所致。

准备就绪后，我们七个人打着强力探照灯，带好挖掘工具，于上午十一点来到下层地窖作业，并锁好了身后的大门。"尼哥"跟着我们，大家并不嫌弃它的敏感，若真有不明啮齿动物出现，它兴许还能帮上忙。队伍中有三名学者已见过这里的罗马铭文和祭坛上的古怪图案，熟悉相关特征，此次我们就没再分散精力，专注于挪动沉重的中央祭坛。不出一小时，威廉·布林顿爵士找到办法通过某种我不熟悉的配重装置撬动了它。

祭坛下方露出的景象教人汗毛倒竖，若非有所准备，大家恐怕都得吓晕过去。沿着铺砖地板中央这个接近方形的开口，有一段严重磨损、中央部分几成斜坡的石阶，上面阴森地堆积着大量人骨或类人动物的骨头。部分还算完整的骷髅呈现极度恐慌的姿势，啮齿动物的咬痕随处可见。根据头骨推断，这些人——或类人动物——个个弱智、呆小、原始，仿佛刚从猿类分化出来。堆满骸骨的地狱石阶乃是下行的拱道，似从山岩内部凿通，其中的气流清新凉爽，与起开墓穴突然涌出的刺鼻恶臭截然不同。威廉爵士检查过粗凿的墙壁，根据凿刻方向得出极为古怪的结论：通道一定是自下而上开凿的。

从这里开始，我务必字斟句酌，小心用词。

我们沿堆满啃咬过的骸骨的石阶下行不远，就发现前方有光，那并非捉摸不定的磷光，而是外界透进的天光。俯瞰荒凉山谷的悬崖上显然存在未知的裂缝，这倒也不足为奇，山谷本来无人居住，悬崖又太高太陡，恐怕只有乘热气球调查方能瞧出端倪。我们又下行了一小段，前方豁然开朗，眼前的场景夺去了所有人的呼吸，灵媒专家桑顿甚至晕死过去，瘫倒在身后目瞪口呆的同伴怀中。诺利斯软绵绵的肥脸毫无血色，他语无伦次地惊叫起来，我则是气喘吁吁出不了声，还伸手捂住眼睛。我身后那位专家——队伍中唯一比我年长的人——用我毕生听过最嘶哑的嗓音发出了老掉牙的感叹："我的上帝！"总之，七位有良好教养的绅士里，仅威廉·布林顿爵士沉得住气，考虑到他在前领路、本就首先目睹恐怖场景，其定力无疑令人万分钦佩。

展现在我们眼前的是微光照亮、高大无比、远远延伸到视野以外的巨型洞穴，一个充满无限神秘与恐怖的地下世界。这里有许多建筑物及其他人工造物的遗迹——我在惊恐的一瞥中见到了样式古怪的坟丘、原始的巨石圆阵、带有低矮拱顶的罗马废墟、平铺蔓生的撒克逊房子和英格兰早期风格的大木屋——但与地面令人血液凝固的奇景相比,全都不值一提。没错,从石阶底部几码之外开始,地面密密麻麻堆满了人骨——至少是石阶上那种类人动物的骨头——整个洞穴宛如泛着泡沫的骸骨汪洋。许多骨头已经散开,但有的还或多或少保持着骨架形状,且均定格在着魔般的疯狂姿势上,要么在与某种威胁做殊死搏斗,要么是紧抓着其他骨头,似欲同类相食。

人类学家特拉斯克博士弯腰辨认头骨,发觉了程度不一、教他深感困惑的退化现象。从生物演进角度判断,这些头骨大多比皮尔丹人更低端,但毫无疑问都属于人类,且在不同侧面展现出高等特征,乃至有少数感官发达、知觉敏锐的个体。骨头上均有咬痕,大部分是老鼠留下的,亦不乏同类所为。老鼠的细小骸骨散落其间,想必是当年那支害虫大军的遗落成员,也正是它们终结了这里的古老传奇。

经过那日的骇人发现,恐怕没人能理智健全地活下去,无论霍夫曼还是于斯曼都写不出比我们蹒局其间的微光洞穴更光怪陆离、更面目可憎、更彰显哥特式怪诞的场景。接踵而来的启示令我们心胆俱裂,只能努力不去想象三百年前、一千年前、两千年前抑或一万年前必然上演的往事。这里是地狱的前厅,当特拉斯克指出某些骷髅在最近二十代或稍多的世代已退化成四脚兽时,可怜的桑顿再度晕死过去。

考察建筑遗迹带来了更多恐怖。那些四脚的牲口——以及偶尔补充进来的双足亲族——被圈养在石圈内，最终因饥饿或对老鼠的恐惧而发狂，以致破坏圈栏逃了出去。牲口的总数极为庞大，平时显然靠劣等蔬菜喂养，比罗马时代更古早的大石槽底部尚可见到恶心的饲料残余。就我亲眼所见，祖先们辟出大片菜园的目的昭然若揭——上帝啊！真希望能忘掉这一切，不去思考前因后果！

威廉爵士用探照灯扫视罗马建筑的废墟，大声译出我闻所未闻的骇人祷词，并转述了被西布莉祭司找到并吸纳的远古教派的食谱；诺利斯是见识过堑壕战的老兵，但他走出那栋英格兰木屋时连站都站不稳。他料到那是屠场和厨房，却没想过能发现那么多习以为常的英式厨具，读到那么多见惯不怪的英式涂鸦，有些甚至是1610年留下的——我则根本不敢靠近那栋屋子，心知必是我的直系祖先沃尔特·德拉普尔用匕首终结了那里的罪恶行径。

我壮着胆子踏入低矮的撒克逊房子。橡木房门已告脱落，锈蚀的铁栅栏后是一排十间石牢，其中三间有犯人的遗骨，看样子个个出身高贵，某具骷髅的食指骨还戴着德拉普尔家的玺戒。威廉爵士在仿罗马式礼拜堂下找到一个地窖，地窖里的牢房远比地上古老，但都是空的。那地窖下还有一个低矮地穴，里面有几箱摆放整齐的骨头，箱子上用拉丁文、希腊文甚至弗里吉亚的语言铭刻着相似的恐怖铭文。特拉斯克博士掘开史前坟丘，取出一些仅比大猩猩进化程度稍高的头骨，头骨上有难以形容的表意雕刻。从头到尾，只有老黑猫对所有恐怖发现熟视无睹，我看它泰然自若地蹲在骸骨堆成的小山上，不禁怀疑那对黄色的猫眼后藏着什么秘密。

我们稍微领略微光洞穴的恐怖之后——这里活脱脱就是近来纠缠我的噩梦的原型——又转向悬崖透入的天光照不到的远处，那片漆黑如夜的深渊。但我们没走多远便停步不前，认定没有丝毫光线的冥界包藏的秘密不宜被人类知晓，周围的黑暗里已有太多难以消受的了。探照灯揭露的一个个可憎的深坑必是老鼠们过去享用盛宴之处，而当年突如其来的食物短缺，势必驱使贪婪的啮齿动物大军就近吞噬了同样饥肠辘辘的人牲，然后涌出修道院，引发了农民们记忆犹新的历史性灾祸。

上帝啊！腐烂的黑暗深坑中全是啃光舔净的头颅和骨头！不忍卒睹的缝隙塞满了难以计算的渎神世纪里丢弃的猿人、凯尔特人、罗马人和英格兰人的骸骨！有的坑被填满了——没人知道它们原本有多深——但有的坑探照灯也照不到底，留下无可名状的想象余地。肯定会有倒霉的老鼠在暗无天日的阴森地狱里探索时失足跌落下去，它们会变成什么样呢？

我在某个可怖深坑的坑口滑了一脚，顿时泛起翻江倒海般的恐慌。我此前肯定发呆过很长时间，这时回过神来，除开肥胖的诺利斯上尉已不见其他人。漆黑遥远的深渊深处传来熟悉的声音，老黑猫听到便像插翅的埃及神明一样越过我，径直扑向无远弗届的未知彼方，我也紧跟在后。毫无疑问，那是魔鬼诞下的老鼠的可怕脚步声，它们永远追寻着新的恐怖，一心一意把我领向地球中心狞笑着开裂的洞穴，无面疯神奈亚拉托提普正在那里，伴随两个不定型的痴愚笛手的吹奏肆意咆哮。

　　探照灯灭了，我仍在奔跑。我听见说话、号叫和回音，它们又都被邪恶不洁的脚步声盖过。脚步声越来越响、越来越响，渐渐盖过万事万物，好比僵硬肿胀的腐尸悄悄浮上油腻的河面，穿过无数黑玛瑙桥梁，漂向溃烂变质的黑海汪洋。什么东西和我撞个满怀，软绵绵胖乎乎的。定然是老鼠，那支无论死活一概吞吃，黏糊滑溜、贪得无厌的大军。德拉普尔家的人吞吃人牲，老鼠又为何不能吞吃德拉普尔家的人？……战争吞吃了我的孩子，他们都该死……扬基佬用烈火吞吃了十字路口庄，烧死了更名德拉普雷的祖父，还有秘密信函……不，不，我说过，我不是微光洞穴中的魔鬼猪倌！那只貌似真菌的软绵绵的牲口也没长着爱德华·诺利斯的肥脸！谁说我是德拉普尔家的后代？他活着，我儿子却死了！……诺利斯家凭什么占据德拉普尔家的地盘？……我说过，那是伏都巫术……斑点蛇……见鬼，桑顿，我会和盘托出我祖上的作为，教你再晕死过去！……之血，臭猪猡，看老子展示如何享……尊主可有意旨？……丰饶之母！丰饶之母！……阿提斯……天意昭昭，视汝分明……丧命亡身，断魄脱魂……秽气缠绕，永无安宁……乩……乩……蠕……嘞……

　　他们说三小时后在黑暗中寻到我时，我就蹲在诺利斯上尉被吞吃掉一半的肥胖尸体旁，嘀咕着这些胡话，而我养育多年的黑猫跳来跳去想撕开我的喉咙。现在他们炸掉了艾克汉姆修道院，带走了

"尼哥",把我关进汉韦尔收容院的禁闭房间,畏首畏尾地谈论着我的血脉和经历。桑顿被关在隔壁,但他们不许我跟他交流,还试图掩盖修道院的大部分事实。每当我提起可怜的诺利斯,他们就指责我是个冷血怪物,但他们肯定知道不是我干的,一切都是老鼠的错——那些敏捷滑溜、让我无法安眠的老鼠;那些在房间的衬垫后快步奔跑,引诱我前往地底见识前所未见的恐怖的老鼠;那些他们听不见的恶魔老鼠。

噢,那些老鼠,墙中的老鼠。

H.P. 洛夫克拉夫特 著

潜伏的邪祟

（一）
烟囱上的影子

我在雷雨之夜前往雷暴峰顶废弃的公馆，搜寻潜伏的邪祟。我并非独自行动，尽管热衷于怪奇骇人的事物，并因此以探索文学和现实中各类诡谲逸闻为职业，但我不是有勇无谋的莽夫。两名生冷不忌的可靠壮汉跟着我，他们在种种可怕的调查中与我合作已久，实属难能可贵。

我们是偷偷离开村子的。一个月前，当地发生离奇惨案，噩梦般悄然降临的死神引得记者逗留不去。事后反思，或许我该拉上他们一起前去调查，而非拒之千里，上帝啊，那样就不必长久地独自保密了。我之所以守口如瓶，一是担心被视为疯子，二来害怕残酷的暗示令全世界都跟着疯掉。然而思想负累终究令我不堪忍受，只好和盘托出，所有遮掩都成了无用功。我——只有我——知道那妖异的荒山上潜伏着何等可怕的邪祟。

我们开着小汽车，在原始森林与丘陵间行驶了数英里，直到被林木繁茂的山坡拦住。由于在夜间，又没有平日的大批记者，荒郊野地显得格外凶险，我们顾不上谨慎，频频打开乙炔车灯。毫无疑问,此地入夜后的景致格外诡异,就算对潜伏的邪祟一无所知,也不能不产生病态的异样感。野生动物无影无踪——死神在近处窥探时,它们可识相多了。被闪电打得伤痕累累的古树异常高大扭曲,其他植被也异常浓密茂盛,布满雷击石的草地间隆起一座座古怪的土墩与圆丘,既像无数巨蟒,又像一个个巨大的骷髅头。

邪祟已在雷暴峰潜伏一个多世纪,但近来的惨案才使它首度成为举世瞩目的焦点,也使得我马上从报纸上了解到相关情况。这片偏僻荒凉的高地属于曾被荷兰人短暂殖民的卡茨基尔山脉,但与世隔绝的山坡间只留下几个可怜的小村落和几栋残破的公馆,现由少数堕落的非法居民盘踞。州警设立前,正常人根本不会来访,至今也罕有警察过来巡逻。穷困潦倒的本地混血儿偶尔会离开山谷,用手编篮子换取无法通过打猎以及简单的养殖、制作获取的生活必需品,而在与外界的简单交流中,"邪祟"是他们经久不衰的话题。

由于雷暴频繁,当地最高峰得名雷暴峰,废弃的马腾斯公馆坐落于并不陡峭的峰顶,村民谈之色变的邪祟便潜伏其中。百余年来,围绕林木环抱、年代久远的石砌宅邸,许多疯狂得难以置信、丑恶到无以复加的传闻不胫而走,据说死神会悄无声息地伸出巨掌,每到夏天就出来兴风作浪。一些非法居民哭哭啼啼地强调,有个魔头会在天黑后抓走孤单的行路人,受害者要么人间蒸发,要么只剩下被抠烂嚼碎的可怖残渣。有时,他们还小声提及通往山顶公馆的血迹,或称雷电能将潜伏的邪祟唤出老巢,或称雷鸣即邪祟的咆哮。

这些混乱又矛盾的说法在偏远山区外便没人在意，它们语无伦次、荒诞不经地描绘了谁也没见过的妖魔鬼怪，可当地非法留居的村民与农夫深信马腾斯公馆闹鬼，由来已久的传统也由不得他们不信。个别过于生动的故事曾惊动外界前来公馆一探究竟，但从未发现魍魉存在的证据。与此同时，老奶奶们继续讲述着马腾斯家的诡异传说，关于其家族成员、世代遗传的异色瞳孔、有违人伦的漫长家世及那场让家族蒙受诅咒的谋杀。

吸引我来此的惨案事发突然，充满不祥气息，似乎印证了山民们最疯狂的传言。夏夜里规模空前的大雷雨过后，惊慌逃窜的非法居民震惊了四下乡野，单纯的妄想症绝不可能带来如此打击。可怜的当地人聚在一起，尖叫或哀号着控诉不可名状的邪祟引发灾祸。他们虽未亲眼看见，但确切听到某个村落传出哭喊，说明死神已悄然降临。

天亮后，州警和乡亲们跟随战战兢兢的山民，来到他们口中死神降临之地。那儿果真出了人命，昨晚一道闪电使得村子地面塌陷，几间恶臭的棚屋被毁，但与满地狼藉的肉块相比，财产损失根本无足轻重——灾难现场的七十五名非法居民竟无一生还，惨遭蹂躏的泥土间遍布血迹和人体碎片，仿佛有饿鬼曾在此张牙舞爪、大肆屠戮，却没留下离开的痕迹。众人很快认定神秘惨案乃山中凶兽所为，并非堕落社群里常见的卑鄙谋杀，直到经清点发现少了二十五具尸体，才有人旧话重提，但也很难解释那二十五名"凶手"杀死其他五十人的方法。总之，闪电在夏夜从天而降，不但村落遭难，满地尸体还被毫不留情地损毁、啃咬和撕烂了。

激动的周边乡亲立刻将惨案与闹鬼的马腾斯公馆联系起来，哪怕后者位于三英里开外。对此深表怀疑的州警应付了事地进行过调查，发现公馆完全荒废就不再过问。乡亲们联合当地山民又仔细找了一遍，不但将公馆翻个底朝天，还检查了池塘和水沟、夷平了灌木丛、搜寻了附近森林，最终一无所获。除了杀戮，死神没留下半点痕迹。

记者们在调查展开的第二天便涌上雷暴峰，连篇累牍的文章随之见诸报端。他们做了许多采访，挖掘出大量细节，把当地老奶奶流传的邪祟故事原原本本地传扬开去。身为此类逸闻的专家，我起初只随意关注了一下，一周后却觉察到一丝古怪氛围，便于1921年8月5日与蜂拥而至的记者一起入住莱弗茨村旅店——作为离雷暴峰最近的村庄，这里俨然成为调查人员的大本营。我在接下来三个星期忙于细致的问询与勘察，直等记者们渐渐散去，才觅得机会大干一场。

那个夏日的夜晚，伴着远方的滚滚雷声，我熄火下车，带着两名全副武装的同伴，大步登上雷暴峰最后一段遍布土丘的山坡。手电筒光束穿透了前方高大的橡树林，隐隐照亮了邪魅的灰墙。病态的夜色中，孤独而单薄的光束照射下，盒子般方正的大宅散发出白天隐而不现的恐怖气息，但我没有犹豫，一心只想验证自己的理论：将死神唤出可怖藏身处的正是雷鸣。不管那死神是实实在在的妖魔，还是虚无缥缈的癔症，我都要会上一会。

我细致勘察过废墟，对计划了然于胸——我决定在扬·马腾斯过去的卧室守夜,不但因此人被杀一事在当地传说中相当有名,更想微妙地利用这位古早受害者的房间地形。该房间位于公馆二楼的东南角,约二十英尺见方,与其他房间一样堆满朽烂的家具。它有一扇朝东的大窗和一扇朝南的窄窗,但都没了窗格或窗叶,大窗对面是巨大的荷兰式壁炉,贴着"浪子回头"的圣经瓷砖画,窄窗对面则是一张嵌进墙里的宽床。

森林里的雷声越来越响,我开始布置行动细节。首先把带来的三架绳梯并排绑在大窗窗台上,根据先前的测量,恰好能够到公馆外草丛的合适位置;接着我们三人合力从另一间房拖来一张宽大的四柱床横置于大窗边,铺满冷杉枝条后拔出自动手枪上去待着,两人休息一人放哨。如此不管妖魔从何方来袭均有退路,若它自公馆内钻出,我们就用绳梯;若它从公馆外进入,我们就走房门和楼梯。而根据既往先例判断,哪怕遇上最糟的情况,它也不会追赶太远。

我从午夜守到凌晨一点,尽管置身凶宅之内,窗户毫无防护,电闪雷鸣又越来越近,却居然困得不行。两名同伴在我两旁,乔治·班尼特冲着窗,威廉·托比冲着壁炉。反常的睡意不但在骚扰我,还彻底征服了班尼特,让他睡死过去,所以虽然托比也困得直点头,我也只能叫他值下一班。说来奇怪,我那时便死盯着壁炉不放。

越来越响的雷声定然滋扰了梦境,我在浅眠中看到可怕的幻象。在此期间,靠窗的家伙可能睡不安稳,曾把一条胳膊搭上我的胸口,半梦半醒的我不清楚托比是否仍在守夜,内心十分焦虑,邪恶的存在带来了前所未有的压迫。之后我一定是睡着了,直至超越所有经验和认知的惨叫声陡然传来，将意识拽出混沌之海，扔回格外可憎的夜晚。

那声惨叫源自人类灵魂深处的恐惧与痛苦，发声者仿佛在绝望而癫狂地抓挠湮灭之境的漆黑大门。赤色的疯狂与魔鬼的嘲笑将惊醒后的我卷入不可思议的风景，怪诞而清晰的痛苦在其中来回激荡。屋内无光，但空荡荡的右边说明托比不见了，天知道去了哪里，睡在左边的家伙依然将沉重的胳膊压在我胸口。

就在此时，一道惊天动地的闪电震撼了整座山峰，照亮了古老森林里最幽暗的墓穴，劈碎了年岁最长的虬曲大树。巨大的火球绽放出妖冶的光华，沉睡的家伙兀地一跃而起，窗外的强光将其形影生动地映在我死盯着不放的壁炉烟囱上。可以说，我至今还活着并理智健全，堪称奇迹中的奇迹，因为烟囱上的影子不属于乔治·班尼特或任何人类，那是自地狱底层的火山口爬出的渎神怪物，那是头脑无法完整把握、言语无法准确描述的不可名状的丑恶妖魔。下一秒，被咒诅的公馆里只剩下浑身战栗、张口结舌的我，乔治·班尼特和威廉·托比凭空蒸发，连挣扎痕迹都没留下，从此音信全无。

（二）

风雨间的过客

我在林间公馆受到强烈刺激，之后在莱弗茨村旅店筋疲力尽、提心吊胆地躺了好几天。我完全不记得是怎么找到小汽车、发动后又是怎样不为人知地溜回村庄的,除了张牙舞爪的巨树、鬼哭神嚎的雷声以及幽冥暗影笼罩下星罗棋布的低矮土丘,其余都没有清晰印象。

我打着哆嗦、头痛欲裂地思索投下影子的怪物,心知自己终于触及了世上的终极恐怖之一——来自外域虚空的无名灾殃,我们偶尔会听到它们在时空边缘不怀好意地抓挠,但多亏视野的局限,平日才能免受骚扰。我不敢鉴别或分析那道影子,那天夜里它就躺在我和窗户中间,每当我忍不住去琢磨它,便会吓得浑身发抖。其实,哪怕它吠叫两声、咆哮几下或吃吃窃笑,都不至于这么恐怖,可它竟如此安静,还把一条沉重的胳膊或前肢搭在我胸口……很明显它是活物,至少曾经是……扬·马腾斯,那间卧房过去的主人,埋在公馆旁的墓地里……我必须找到班尼特和托比,只要他们还活着……它为何先抓走他俩,把我留到最后?……睡意令我窒息,梦境如此骇人……

不久,我意识到必须找人谈谈,不然就会彻底崩溃;我也不想就此放弃搜寻,鲁莽也罢,危险也罢,但与其担惊受怕,不如放手一搏。于是我在心里构思最稳妥的方案,考虑能信任谁,又该如何追踪拖走我两名助手并投下噩梦般阴影的存在。

在莱弗茨村,我只熟悉数位亲切友善的记者,其中还留在当地报道惨案余波的人或能成为同伴,而我越考虑便越中意亚瑟·门罗。这人肤色黝黑,身材精瘦,年约三十五岁,看他的学识、品位、智慧和性情,应该不会被传统观念和生活经历束缚住手脚。

9月初的一个下午,我向亚瑟·门罗打开话匣。他立刻表现出兴趣盎然又深感同情的态度，等我说完后，他的分析头头是道，见解极富洞察力，给出的建议也切实可行。他劝我暂缓去公馆冒险，先进一步搜集史地材料来武装自己，随后主动请缨与我一道走遍乡间，梳理马腾斯家族的恐怖传闻。我俩找到一个村民，那人的祖传日记极具启发性；我俩还详细询问了尚未被恐惧和混乱赶往更偏远山区的混血山民。我俩的最终目标是根据详细的历史记录，一劳永逸地彻查马腾斯公馆，而在此之前，针对本地传闻里各种惨事发生的地点，也要进行一劳永逸的彻查。

调查结果起初并不明朗，直至列出表格才揭示出一条重大线索：简言之，有案可查的恐怖事件发生地要么靠近那所不祥的公馆，要么能通过繁茂到反常的森林与之相连。当然亦有少数例外，比如令此间成为瞩目焦点的惨案便发生在开阔区域，与马腾斯公馆及其周边森林并不相似。

至于潜伏的邪祟的性质与外观，惊恐而无知的非法居民说不出个所以然。根据他们七嘴八舌的描述，那东西像蛇又像巨人，既是雷电恶魔又是蝙蝠，可为秃鹫亦可为行走的大树……从中只能断定其为活物，且对闪电雷暴高度敏感，而传闻虽提到翅膀，但从其大多时候乐于避开开阔区域这点来看更可能是陆行生物。如此一来，难以解释的便是移动问题，邪祟必须高速转移，才能犯下归到它名下的众多罪行。

随着与非法居民的接触增多，他们不为人知的优点也慢慢呈现出来。其实这些人天性淳朴，只因不幸的血统和与世隔绝的乏味环境才出现小幅退化,尽管惧怕外人,但也能慢慢习惯我俩的存在。我俩在搜寻邪祟的过程中仔细清除了公馆周围的灌木丛和隔断,主要便仰赖他们出力,而对帮忙寻找班尼特和托比的请求,他们竟流露出真诚的哀伤——虽然想帮忙,但心里明白两位受害者正如自己失踪的同胞一样永远离开了这个世界。没错,他们有太多同胞遇害或被掳走,本地野生动物更是早已灭绝,大家提心吊胆地等待着新一轮悲剧发生。

但到10月中旬,调查陷入僵局。夜间持续晴朗,邪祟从未出现,对公馆和乡野的搜索亦徒劳无功,几乎令人相信元凶是没有实体的幽灵了。众所周知,邪祟会在冬天蛰伏下来,由于担心天气转凉阻碍工作,我俩赶在夏令时的最后一天前往惨案发生的村落调查时,难免有些急躁和无奈。

满心恐惧的非法居民抛弃了那个悲惨的无名村落,但此前它存在过很长时间,位置恰好夹在两山之间——一座叫锥峰,一座叫枫岭——虽无树木荫庇,却有山体遮掩。从地形上看,村落离枫岭更近,有些粗陋居所实为山坡上的窑洞,而其东南方两英里便是雷暴峰山脚,距橡树环绕的公馆则有三英里。从村落出发到公馆,最初二又四分之一英里地形极为开阔,除开某些蛇形隆起的低矮土丘,四下十分平整,植被也以青草和零散的杂草为主。综合判断,我俩最终认定邪祟是从锥峰那边过来的,此峰林木繁茂,向南一直延伸到距雷暴峰最西边的山嘴不远的地方。循着地面隆起,我俩又走到枫岭的山体滑坡形成的土墩上,见到一棵侧面遭受雷击的孤独大树,那道闪电势必召来了邪祟。

我和亚瑟·门罗总计在被毁的村落排查过二十多遍,真可谓掘地三尺,但越到后来越气馁,且夹杂着一丝隐约而诡异的恐惧——纵然见惯了不可思议之事,可这等惨案现场全无线索,还是太不可思议了。那日,铅灰色天空阴霾不展,我俩空怀着一腔可怜的热情来回奔走,明知徒劳却勉强为之,关注点也越发琐碎——不厌其烦地走进各间棚屋,翻来覆去地在各个窑洞寻找尸体,又前往附近荆棘丛生的山脚搜索兽穴和地洞,全都一无所获。同时,正如我提到的那样,一丝隐约而诡异的恐惧徘徊不散,就仿佛无数长有蝙蝠翅膀的狮鹫巨兽隐去身形蹲踞在山顶,用见识过宇宙深渊的恶魔之眼冷冷打量着我俩。

下午悄然过去,光线越来越暗,乌云在雷暴峰顶酝酿成团,雷声隐隐作响。在这种地方听到雷声自让人心惊肉跳,还好没到晚上——话虽如此,从调查的角度出发,我俩倒满心希望风暴能持续入夜。怀着这种期望,我俩决定停止没头苍蝇似的在山坡上乱转,赶往最近的非法居民村落,召集人手来协助调查。那些山民固然胆小,但少数年轻人曾被我俩呵护备至的领导方法所鼓舞,应该愿意加入。

不料才刚动身,浇得人眼难睁的滂沱大雨便从天而降,逼得我俩先找地方躲避。黑漆漆的天空跟夜里没两样,借助频频闪现的电光及对荒村细致入微的了解,我俩磕磕绊绊但还算及时地躲进了状况最好的棚屋——其实那也不过是一大堆原木和木板胡乱钉装的产物，勉强成形的屋门和孤零零的小窗都面朝枫岭。我俩顶着狂啸的风雨闩好屋门，并在此前多次调查中发现简陋遮窗板的地方顺利找到板子，堵住破窗。屋内伸手不见五指，我和门罗狼狈地坐在快散架的箱子上，叼起烟斗，偶尔用手电筒照射四周。透过墙缝，闪电不时在外头炸裂，在那个天色黑得不可思议的下午，每道电光都格外醒目。

风雨间的守候让我战战兢兢地想起雷暴峰顶毛骨悚然的一夜，古怪的疑问又接连浮现。自打经历那场噩梦，我就反复追问自己：无论邪祟从窗户还是房门接近三只猎物，在被巨大的火球吓跑前，为何先对付两边，却把中间的人留到最后？无论它从哪边过来我都排第二，为何不按自然顺序下手？什么样的触手能隔着我够那么远？莫非它知道我是领队，故意留下我面对更凄惨的命运？

我正胡思乱想，老天好像有意恐吓，突然在不远处劈下一道可怕的炸雷，紧接着便传来山体滑坡声。与此同时，风声遽长，宛如鬼哭狼嚎。枫岭上那棵孤独的大树多半又被闪电击中了，门罗从箱子上起身，走到小窗前想看看那棵树受了多大损伤。他摘下遮窗板，狂风骤雨立时呼啸而入，我俩完全无法交谈。在他探出脑袋、探查万魔殿般喧嚣的天地期间，我只能耐心等待。

风声渐止，反常的黑暗随之消散，暴风雨即将过去。我本希望它能持续入夜，以利调查，但一束阳光偷偷渗入身后的节孔，打消了这种可能。我建议不妨放点光亮进来，就算漏雨也没什么，说着便起身抽出门闩，打开简陋的屋门。外面一片狼藉，满地烂泥水坑，轻度滑坡还堆积起几个新土堆。我的同伴始终一言不发地看向窗外，不知什么东西如此诱人。我走到旁边，拍拍他的肩膀，可他仍旧靠着窗户，一动不动。最后，在我半开玩笑地摇晃他、扳过他身子的刹那——恐惧如癌变的藤蔓扼住了我的咽喉，它的根深扎在超越时光的遥远过去和暗无天日的黑夜渊薮之中。

亚瑟·门罗死了。他血肉模糊的脸已被抠烂嚼碎。

（三）
火光里的含义

1921年11月8日，又是个雷声滚滚的夜晚，我独自一人借着一盏孤单的提灯投下的阴森光影，白痴似的刨挖着扬·马腾斯的坟墓。风暴从下午开始酝酿，我也从那时开始动手，眼下天已黑了，雷暴在过于繁茂的林木上方炸响，我却十分痛快。

8月5日以来的种种经历严重影响了精神状态……公馆的鬼影……饱受煎熬的搜索与碰壁……10月风雨间的荒村迷案。亚瑟·门罗出事后，我私埋了尸体，怎么也参不透死因，恐怕没人能理解，就让外界以为他是迷路失踪吧——他们四处找过，理所当然毫无发现，而我不敢进一步惊吓非法居民，哪怕对方能理解因由。我本人则变得异常麻木，在公馆受到的刺激定然影响了大脑，以致我现在唯一考虑的就是咬住邪祟不放，以免其成长为巨大灾祸。不过门罗的下场让我暗自发誓严格保密、单独行动，以免再让人受牵连。

单论我的挖坟场面，就足以把正常人吓得魂飞魄散。尺寸、年岁和样貌都令神明厌弃的原始林木不怀好意地俯视着我，宛若凶恶的德鲁伊神庙的顶梁柱。它们遮掩了雷鸣，压低了风啸，只允许少量雨点洒落下来。伤痕累累的树干之外，不时划过的昏暗闪电照亮了废弃公馆爬满藤蔓的潮湿石墙，无人打理的荷兰式庭园离得不远，某种恶臭的白色真菌状植物彻底玷污了步道和花圃，从未充分沐浴阳光的它们却显得营养过剩。我身边自然就是墓地，畸形的大树肆意伸展病态的枝丫，根系顶开不洁的石棺，从底下吸吮毒汁。古老的黑暗森林还覆着一层由腐败溃烂的褐色落叶结成的厚实棺罩，下面不时露出低矮土丘的不祥轮廓，这是饱受闪电侵袭的典型地貌。

历史引领我来到这片古老的墓地。没错，我追寻的一切已在撒旦的嘲笑中化为泡影，剩下的只有历史。现在我确信，所谓邪祟并无实体，而是长有獠牙、驾着午夜的闪电降临的鬼魂。基于我和亚瑟·门罗一起发掘的大量本地传说，我认定鬼魂就是1762年离世的扬·马腾斯，所以才白痴似的刨挖着他的坟墓。

马腾斯公馆建于1670年。新阿姆斯特丹富商赫里特·马腾斯不满殖民地在英国治下的秩序变更，觅到偏僻林地间的峰顶修建豪华家宅。此地杳无人烟的宁静和别具一格的风光正合他意，唯一美中不足的是夏天有风暴雷雨——马腾斯先生选中此处修建大宅时，以为只是那年频发的自然现象，后来才意识到周边地势容易招惹雷电。由于频繁的雷暴对健康不利，他又增建了地窖，好在风雨最狂暴时入内躲藏。

赫里特·马腾斯的后代远不如他本人出名，他们都在仇视英语文明、极端封闭的环境下长大，不愿接纳新来的殖民者。有人说，与世隔绝的生活方式损害了他们的表达和理解能力，其外貌还继承了一种罕见的遗传特征：双眼瞳孔分别为蓝色和褐色。随着社会关系减少，马腾斯家族最后只能与公馆内下等的奴仆阶层通婚。由此诞生的许多堕落成员选择离开人满为患的家族，越过山谷融入那边的混血儿当中，日后演变成可悲的非法居民；另一些人顽固地困守在祖宅内，越发守旧排外、沉默寡言，还对频繁的雷暴形成神经质的反应。

外界对内情的了解主要来自年轻人扬·马腾斯。当奥尔巴尼会议的消息传到雷暴峰，他一时冲动加入殖民地军队，在赫里特的子孙中成了首位出去见世面的人。六年军旅生涯结束后，他于1760年返乡，却被父亲、叔伯和兄弟们视为可恨的外人，即便长着马腾斯家独有的异色瞳孔。他业已克服家中流传的怪癖和偏见，山间雷暴无法再像从前那样毒害他，周遭环境让他感到无比压抑，于是他经常给身在奥尔巴尼的朋友乔纳森·吉福德写信，谈及离开祖宅的打算。

1763年春，吉福德对扬·马腾斯的长期沉默担心起来，尤其考虑到马腾斯公馆的氛围与发生的争吵，遂决定骑马进山探望好友。吉福德的日记显示，他于9月20日抵达雷暴峰，来到极为破败的公馆，生有怪异瞳孔、面色阴沉、好似肮脏野兽般的马腾斯一家令他深感震惊，这家人扯着刺耳的喉音宣布扬已经死了，并一再强调是去年秋天被雷劈死的，如今埋在疏于照料的低洼庭园后面。他们带访客看了坟墓，然而那里光秃秃的，连块墓碑都没有，这种态度让吉福德深感厌恶又疑虑重重，于是一周后带着铁锹和锄头回来翻刨。不出所料，尸体的头盖骨被残忍地砸碎，吉福德返回奥尔巴尼后，公开指控马腾斯家族谋害血亲。

尽管缺少合法证据，消息却在乡间迅速传开。从那以后，马腾斯家族便被彻底孤立，没人再跟他们打交道，偏僻的公馆更被视为应当回避的诅咒之地。但不知怎的，他们居然靠领地的出产苟延残喘了下来，远处山间不时闪烁的灯光证明他们还活着——迟至1810年，灯光依然会亮，虽然那时已很少见了。

与此同时，以公馆及其所在山峰为主题的妖怪故事日益成形，人们越是不敢靠近，私下就越是添油加醋。直至1816年，附近的非法居民才决定打破封锁，查明山顶数年没亮灯的原因。他们组队前去调查，发现公馆业已人去楼空，甚至部分沦为废墟。

宅院内没有骸骨，由此推断马腾斯家族应是离开而非死在了这里，且已搬走数年——那些临时搭建的阁楼显示出迁徙时的众多人口，只是其文化水准过于低下，朽烂的家具和散落的银器早已无人问津。

尽管可怕的马腾斯家族不复存在，堕落的山民仍旧惧怕这栋鬼屋，各色逸闻时而传出，恐怖氛围不减反增。时光荏苒，扬·马腾斯的冤魂始终萦绕着令人胆寒的废弃公馆，在我刨挖他坟墓的夜晚，阴森的宅子矗立如故。

我形容自己白痴似的刨挖着坟墓，事实的确如此，这场冗长的挖掘不论目的还是手段都很白痴。我很快就挖到扬·马腾斯的棺材，但棺内只有尘埃和硝石，大动肝火的我丧失了理智，笨手笨脚地继续往下挖，誓要掘出他的鬼魂。天晓得我想干吗——我挖穿某人的坟墓，只为寻找夜里游荡的鬼魂！

不知挖到多么惊人的深度，铁锹突然戳破脚下土层，紧接着我的双脚也陷了下去。这是个耸人听闻的重大发现，地下空间的存在证实了此前最疯狂的猜想。轻轻的一跌弄熄了提灯，但我立刻掏出手电筒，发现自己坠入了低矮的水平隧道，两边均望不到头。虽然隧道足够成年人爬行，但此时此刻，哪个头脑健全的人会这么干呢？恐怕只有铁了心要揪出潜伏的邪祟，将安危、卫生和理智全都抛诸脑后的我。我选中朝着公馆的方向，不顾一切地钻进狭窄的地洞，迅速而盲目地扭身爬行，手电筒虽举在面前，但很少用它照明。

一个成年男人迷失在深不可测的地底，手足并用、竭力蠕动、气喘吁吁、癫狂失措地爬过亘古黑暗笼罩下迂回中空的地洞，全然忘却时间、安全、方位和原本的打算，何种语言能描述这样的场面？太难看了，没错，我的所作所为就是如此。我爬行了太久，久到人生褪色成遥远的记忆，仿佛化身为暗夜深沟里的一只鼹鼠或一条蛆虫。事实上，经过漫长的蠕动，我才偶然想起打开被遗忘的手电筒，让阴郁的光芒映出沉积结块的洞壁黏土，照亮前方曲折延伸的隧道。

经过长久到快要耗尽电池的爬行，地洞突然向上爬升，前进方式只能随之改变。我抬起视线，就着行将熄灭的手电筒，冷不防看到远处闪着两点妖异的反光，好似两团不容置疑、熊熊燃烧的毒火，这顿时激活了令我发狂的模糊回忆。我本能地停下，却一时想不起后退，只见那双眼睛逐渐逼近，虽然看不清承载它们的躯体，但能隐约辨出一只爪子。一只爪子！头顶远方传来熟悉的闷响，正是山中怒气满满的狂野雷鸣——我定然不知不觉朝上爬了很长一段，离地表相当近。闷雷轰鸣不休，那双眼睛依然空洞而恶毒地瞪着我。

谢天谢地，当时我不清楚那是什么，不然准会当场吓死。唤出它的雷霆最终救了我的命，短暂的致命对峙之后，看不见的天空骤然劈下一道凶猛的闪电——山间常有的那种闪电，犁开的地缝和大大小小的雷击石均为其杰作——仿如狂怒的巨人撕裂了这该死的地洞上方的泥土，震得我两眼发黑、双耳嗡鸣，幸好没昏死过去。

我在地动山摇、土崩瓦解中无助地乱抓乱扒，直至雨水浇头才冷静下来，发现自己已然挣出地表，出现在山峰陡峭的西南坡一个没有树木的熟悉地点。不时划过的闪电照亮了塌方的地表，以及从林木繁茂的坡上延伸下来的低矮怪异的土丘。由于之前的混乱，土丘已残缺不全，我从坟墓一路爬来的出口也不见踪影，而我的脑子恐怕比地表更乱。南方远处燃起赤色火光时，我对此前经历的恐怖事件几乎没什么实感。

然而两天后，当地居民告诉我火光的由来，带来了比地洞、爪子和那双眼睛更深刻的恐怖，个中暗示实在明显：紧随着将我刨出地面的闪电，二十英里外有个村落发生了可怕的骚乱。一只难以言说的怪物跳下高高的大树，穿过脆弱的屋顶进入某间村舍，而狂乱的非法居民赶在肆虐的它逃跑前点燃了屋子。此事发生时，正值我这边泥土塌陷，掩埋了长有爪子和恶毒眼睛的东西。

（四）
瞳孔中的恐怖

若有谁同我一样体验过雷暴峰的诸般恐怖，仍想单枪匹马揪出潜伏的邪祟，其心智一定不太正常。截至此时，至少已有两只"邪祟"被消灭，但些许成果在这妖魔横行的鬼蜮之地不足以带来身心保障。事态越发诡异，真相呼之欲出，我继续探索的热忱也高涨起来。

那日我惊惶地爬过地洞，迎面撞见一只爪子和一双恶毒的眼睛，两天后得知同时另有一只怪物不怀好意地盘踞在二十英里外的树上。这些事令我不寒而栗，惊恐中却也伴有几丝奇妙的刺激和怪异的好奇，甚至可称为快感。就像在噩梦里，无形的力量有时会将你卷到半空，掠过陌生的死城，飞向狞笑的匿斯深谷，此时你若能放声尖叫，自愿融入梦中丑恶的毁灭旋涡，纵身跃下张开巨口的无底深渊，倒也不失痛快和解脱。我对雷暴峰这场苏醒的噩梦深有同感，两只怪物同时出没的事实引发了疯狂的渴望，我恨不得一头扎进饱受诅咒的大地，翻开每一寸有毒的土壤，徒手挖出其中恶意窥视的死神。

我第一时间返回扬·马腾斯的坟墓，在挖过的位置徒劳地重新挖掘。无奈大范围坍方抹掉了地洞的所有痕迹,尽管当初我挖得很深,坑道却已被豪雨冲回的大量泥土彻底填埋。我又不辞辛苦造访远处烧死怪物的村落,可惜回报远不及付出。那间倒霉的村舍已成灰烬,从中我只拣出几块显然不属于怪物的骨头。村民说怪物仅害死一人,此话多半有误,因为除开一颗完整的人类头骨,还有些骨骼残片明显属于另一颗人类头骨。怪物跃下得太快,没人看清它长什么样,目击者只道那是个魔鬼。我在它潜伏的巨树上没发现可疑痕迹,而我本想走进幽暗的森林搜寻脚印,可实在受不了那些粗大到病态的树干及巨蟒般盘缠扭曲、恶毒地探进泥土的树根,最后只能作罢。

接下来我赶回废弃的荒村,细致入微地重新排查——死神曾在那里大肆收割,亚瑟·门罗必定看到了什么,可惜没能活着讲述。之前的搜索已十分仔细,但这次我有全新方向:经历过危险的地洞爬行,我确信邪祟至少在某段时期为地底生物。11月14日的排查重点放在能俯瞰不幸的荒村的地方,也就是锥峰与枫岭的山坡,尤其是后者山体滑坡区域形成的浮土。

下午的排查没什么收获。傍晚时分,我站在枫岭看向下方的荒村,又顺着山谷遥望雷暴峰。璀璨的落日之后,近乎完满的圆月升起,万丈银辉漫溢过平原、远处的山坡和随处可见的怪异土丘,好一个世外桃源。可我知道这背后潜伏着什么,所以满怀憎恨——我憎恨嘲讽的月亮、伪善的平原、生疮流脓的山峰和险恶不祥的土丘,我觉得这里的一切都感染了恶心的疫病,并与见不得光的邪恶势力结成扭曲的同盟。

我正心不在焉地打量月下景致，突然被某种独特的地貌特征和分布规律吸引了。我对地质学所知不多，原本只注意到古怪的土墩与圆丘广泛分布于雷暴峰周围，越往山顶越多，下到平原便渐渐稀少，想来是史前冰川运动鬼斧神工地改造地形时遇到阻力不同的缘故。然而此刻，低垂的银月将土丘投出长长的怪影，我猛然发现土丘的点线排布竟与雷暴峰顶有着密不可分的联系。以峰顶为中心，众多土丘连成线或排成行，朝周围辐射开去，看似杂乱无章，实则有迹可循，宛如衰朽的马腾斯公馆伸出无数触目惊心的恐怖触手——这念头令我没来由地发起抖来，立刻停下来分析此前把土丘当成冰川现象的原因。

我越想越不对劲，思路打开后，地表景观和地洞里的经历形成各种离奇恐怖的印证，使得我狂乱而颠三倒四地自言自语起来："上帝啊！……鼹鼠洞……这该死的地方就像个蜂巢……到底有多少……那晚在公馆……它们先抓走班尼特和托比……从左右两边……"我扑向最近的土丘拼命挖掘，不顾一切、浑身痉挛但又欢欣鼓舞，最后只能用放声尖叫来释放无处安置的情绪——我挖到一条隧道或地洞，同那个可怕的夜晚爬过的一模一样。

接下来，我记得自己手提铁锹、面目狰狞地跑过月光照耀下遍布土丘的草甸，穿越陡峭山坡间病态邪魅的鬼影森林，连蹦带跳、大呼小叫、气喘吁吁地奔向可怕的马腾斯公馆；我记得自己冲进公馆长满荆棘的地窖，失智般挖遍每个角落，寻找恶意满满的土丘网络的核心；我记得自己偶然发现那条地道后纵声长笑——借助碰巧带上的那根蜡烛的烛光，只见洞口就开在老烟囱的底部，周围丛生的杂草投下诡异的阴影。潜伏在地狱蜂巢里、等待雷霆唤醒的是怎样的怪物呢？它们死了两只，也许总共只有两只，但无论如何都不会改变我熊熊燃烧、誓要揭露邪祟真相的决心——如今我又回到最初的想法，确信那是种有血有肉的活物了。

就在我为立刻掏出手电筒独自探索地道，还是回头召集非法居民前来帮忙犹豫不决时，外面突然刮来的劲风吹灭了蜡烛，周围顿时陷入漆黑。头顶的裂缝和孔洞没有月光渗入，凶险莫名、意味深长的雷声隐隐逼近，让我有种大难临头的紧迫感。纷呈迭至的联想霎时占据了脑海，我摸索着退向地窖深处的角落，但视线从没离开烟囱底部恐怖的洞口。紧接着，微弱的电光刺穿外面森林的遮掩，照出了墙壁上方的缝隙，我又能瞥见碎裂的石砖和病态的杂草了。恐惧与好奇交织在一起，每秒钟都让我备受煎熬。雷暴会带来什么？还有怪物供它召唤吗？我在电光指引下躲到一丛浓密的杂草后面，既能看到洞口又不至于被发现。

倘若老天开眼，迟早会抹掉此后的见闻，让我能安度晚年。如今我夜不能寐，每逢打雷就得服用鸦片，只因那晚事发突然又毫无征兆。难以想象的深坑中突然传来魔鬼的异动，好似大群老鼠匆匆跑过，伴随着凶恶的喘息和压低的咕哝，随后烟囱底部的洞口便涌出无数好似患有麻风病的活物——令人作呕的暗夜子嗣汇成腐烂的肉海，凡人最疯狂变态的妄想也不及其丑恶程度的万分之一。它们宛如蛇群分泌的沸腾冒泡的黏液，气势汹汹、滔滔不绝地自敞开的洞口席卷上来，又如戳破脓疮后的毒血漫溢开去，争相挤出地窖的每个出口，分头奔向被诅咒的午夜森林，散播恐惧、疯狂和死亡。

天知道它们有多少，最起码几千只。就着明明灭灭的昏暗电光，我无比震撼地见证了怪物的滚滚洪流，直待其渐渐稀疏才终于看清个体。原来它们都是矮小、畸形的多毛妖怪或人猿——更确切地说是猴子丑陋而拙劣的仿制品。它们沉默得令人发指，在我的注视下，有只掉队的怪物居然习以为常地转过身，扑倒一只较弱小的同类，当作家常便饭般啃食起来，全程没响起半声尖叫。其他怪物也围过来分抢剩下的尸体，并口舌流涎、津津有味地吃掉。虽然害怕和反胃令我头晕目眩，但病态的好奇心最终占到上风，当最后一只怪物独自爬出孕育未知噩梦的地下世界时，我掏出自动手枪，以雷声作掩护朝它射击。

紫色闪电照耀的夜空下，无数爬行的暗影汇成黏稠的赤色狂潮，争先恐后涌过血染的无尽通道……记忆中毛骨悚然的画面仿若不定形的幻梦幽影，又好比反复无常的万花魔筒：营养过剩、粗壮魁伟的橡树森林伸出巨蟒般盘缠扭曲的根系，扎进万千食人魔潜伏的土壤，贪婪地吸吮不可言说的汁液；腐烂水蛭状的地下魔窟伸出无数触手、形成土丘……狂野的闪电照亮了爬满藤蔓的邪恶墙体及被真菌植物堵塞的地狱拱廊……感谢上帝让失去意识的我仅凭本能逃回人间，也就是清澈天空和静谧群星下沉睡的平和村庄。

我足足休养了一星期才给奥尔巴尼去信，请人来用炸药夷平马腾斯公馆和整个雷暴峰顶，堵死所有能发现的土丘地洞，砍倒过于繁茂的大树，光看到它们就对精神有害。做完这些事，我总算能稍稍睡着了，但只要心中还记得潜伏的邪祟背后无以名状的恐怖秘密，就永不可能高枕无忧。此事会一直纠缠着我，谁敢保证怪物被彻底铲除了呢？谁能断言世界各地不存在类似现象呢？有过这种经历，再想到地球上无数的未知洞穴，又有谁不会因未来的种种可能而噩梦连连、担惊受怕呢？如今我看到水井和地铁入口都浑身发抖……为什么医生就开不出能让我安然入睡，或在打雷时麻痹大脑的猛药呢？

射杀那只难以描述的落单怪物后，我借着手电筒，发现了一个简单的事实——真相如此简单明了，以致我花了差不多一分钟才回味过来，随即陷入精神错乱。那只令人作呕的怪物就像肮脏的白毛猩猩，生有满嘴尖利的黄板牙和一身乱蓬蓬的杂毛。它是哺乳动物退化的终极形态，是在与世隔绝的地表和地下近亲繁衍、同类相食而诞生的可怕结晶，是潜伏在生命背后所有嚣张的混沌与狞笑的恐怖的具象化身。它断气时定睛看着我，那双奇特的眼睛与当初地洞里盯着我的眼睛一模一样，激活了模糊的回忆：蓝色和褐色，正是古老传说中马腾斯家族特有的异色瞳。

无法形容的恐慌犹如泛滥的洪水，我顿时明白了消失的家族的命运……因雷声而发狂的可怕的马腾斯家族……

H.P. 洛夫克拉夫特 著

阿朗佐·哈斯布鲁克·泰普尔的日记

编者按：纽约州金斯顿人士阿朗佐·哈斯布鲁克·泰普尔，最后被目击的时间是1908年4月17日中午，地点在巴达维亚的里士满酒店。作为阿尔斯特县某古老世家的唯一传人，其失踪时年龄五十三岁。

泰普尔先生早年接受私人教育，后于哥伦比亚大学和海德堡大学求学，终生研究诸多边缘知识。他涉猎的那些暧昧不清的领域备受大众畏惧，他写下的论文以吸血鬼、食尸鬼和各种灵异现象为主题，由于出版商们拒绝出版，最终只得自费印刷。1902年，他与所在的通灵研究社发生一系列激烈争执后声明退出。

泰普尔先生进行过多次长途旅行，有时干脆在公众视野中彻底消失，已知其旅行目的地包括尼泊尔、印度、中国的西藏、中南半岛等，但具体地点不详，1899年更于神秘的复活节岛度过大半年。他失踪后的大规模搜索毫无成果，财产已在纽约城的远亲间进行分割。

据报道，这本日记是在纽约阿提卡镇附近某栋诡异地背负着数代恶名、早已成为废墟的乡间大宅中发现的。那栋古宅始建于白人广泛定居之前，业主是怪异且神秘的范德海尔家族。该家族因从事巫术的嫌疑于1746年从奥尔巴尼迁徙至此，1760年前后兴建宅邸。

外界对范德海尔家族的历史知之甚少，他们与周围的正派邻居关系疏远，一应仆役均由直接从非洲买来、几乎不说英语的黑人承担，家中孩童亦只接受私人教育，然后送往欧洲求学。该家族的成员并不会长久现世，却每每留下与黑弥撒团体或某些更黑暗的邪教组织相关联的险恶名声。

那栋可怕的宅邸周围渐渐发展出一个杂乱无章的小村落，并被可疑地命名为哥拉汛村，村民起初多为印第安人，后来附近数县的流浪汉也迁居于此，相互混血的结果是出现独特的遗传特征，人种学者就此写过好几本专著。村子后方有座陡峭山丘，从范德海尔宅邸就能看见，山顶古老的立石组成奇怪的圆阵，易洛魁人总投以恐惧厌恶的目光。根据考古线索和风化痕迹判断，立石圆阵极为古老，但来源和性质仍是不解之谜。

约从1795年开始，新来的拓荒者和早期移民的后代便流传在特定时节，怪异的尖叫和唱诵会从哥拉汛村、宏伟的范德海尔宅邸及石阵矗立的山丘传出。这些声音似乎在1872年戛然而止，整个范德海尔家族——连同大批仆人——突然齐齐消失了。

宅邸就此荒废，新业主和好奇的访客只要敢住进去就会遭遇不测，总计发生了三起不明原因的死亡、五起失踪案和四起突然发疯。范德海尔家族没有可追溯的继承人，宅邸、村落和周边大片乡野最终都被收归国有进行拍卖。1890年前后的业主（先是水牛城人士、已故的查尔斯·A.希尔兹，接着是他儿子奥斯卡·S.希尔兹）将整片产业废弃，并警告好事者避而远之。

但根据记录,此后四十年间仍有不少神秘学学者、警员、报纸记者和海外的怪客拜访范德海尔宅邸。最后这类人中有个神秘的欧亚混血儿,可能来自交趾支那,他访问过宅子后身心都受到极大摧残,此事在1903年曾引起媒体广泛关注。

1935年11月16日,一名州警被派去核实荒废已久的范德海尔宅邸的倒塌传闻,他从堕落退化的哥拉汛村民手中得到泰普尔先生的日记,日记开本长6英寸、宽3.5英寸,坚韧的纸张用轻薄但异常结实的金属封面装订。宅子确实塌了,原因不外乎年久失修,11月12日的大风将它完全吹散了架,调查全部废墟可能需要几周时间。捡到东西的村民叫约翰·伊格尔,皮肤黝黑的他有印第安血统,面相堪比猿猴,据说日记得自废墟表层,经勘察是宅邸地上建筑的某间前屋。

宅邸内部面目全非,唯独格外宽敞坚固的砖砌拱顶地窖完好保存了下来(警方甚至不得不炸开古老的铁门,因刻有独特符号的锁头结实得不合常理)。地窖内不乏令人困惑之处,譬如砖墙上粗糙地刻有至今无法破译的象形文字,地窖远端还有个大圆洞,但显然因房屋倒塌被彻底堵死了。

更奇怪的是石板地上新近沉积的某种恶臭、黏稠、黑如沥青的物质,组成宽达一码的不规则线条,消失在被堵死的圆洞处。此外,最早进去的人们异口同声地形容,地窖闻起来活像动物园的蛇屋。

显而易见,此日记乃失踪的泰普尔先生调查可怕的范德海尔宅邸时作的记录,笔迹专家确认了这点。越发潦草乃至难以辨认的笔迹证明作者在调查期间神经极度紧张,不过哥拉汛村民——他们的愚昧和沉默无疑妨碍了对该地区及其中秘辛的深入调查——并不能从轻率造访那栋可怕宅邸的访客之中区分出谁是泰普尔先生。

下文将不带偏见地忠实公布日记,怎样理解其中内容,除了作者的疯狂还能推断出什么,均由读者自行判断。相信有朝一日,它在解决世纪谜题中的价值将得以彰显。需要补充的是,系谱学家后来证实了泰普尔先生关于阿德里安·斯雷特的记忆。

日记

1908年4月17日

约下午6点抵达此处。租不到马和大车,又不会开汽车的我,只能赶在暴风雨来临前一路从阿提卡走来。此处比预想的更潦倒破败,教我既担心未来处境,又对揭露其中秘密抱有期待。那一夜就快到了——自威尔士的经历之后,我一直在追寻恐怖的五朔节集会之夜,当然不会就此退缩。出于难以阐释的内心需求,我把探索邪恶的神秘事件当作毕生事业,责无旁贷也无怨无悔。

我抵达时天黑漆漆的,太阳虽未落坡,但暴风云之浓密前所未见,只能靠不时划破天际的闪电来指引行程。村子是个可憎的死水潭,零零星星的村民都很痴呆,还有人像认得我一样怪异地行礼。在这样的恶劣气候下,我看不清周边景色,只见到狭小、泥泞的山谷中长满古怪的棕色草秆,死去的菌类环绕着枝丫光秃、树干扭曲、坑洼不平的恶心树木。村后有个阴森的山丘，丘顶的巨石阵围绕着中央的高大立石，无疑就是维某在"那次"集会上吐露的邪恶原始法阵。

大宅坐落于庭院中央，被粗放生长、怪模怪样的荆棘包围。艰难地穿过荆棘丛后，宅子的古旧和衰朽让我望而却步。如此污浊病态、浑如感染了麻风病的房屋为何没倒掉？作为木制建筑，其原初轮廓已被不同时期随意增添的各式厢房所破坏，我猜它一开始是新英格兰殖民地风格的方正造型——迪尔克·范德海尔的妻子来自塞勒姆，是不可言说的"魔鬼"科里的女儿——那比荷兰人传统的石房子更好搭建。宅邸有个小柱廊，我刚钻进去暴风雨就来了，场面实在可怕：黑如午夜，大雨倾盆，电闪雷鸣好似末日降临，狂风也朝我伸出凶暴的爪子。大门没锁，我掏出手电筒推门而入，里面的家具和地板积灰厚达数英寸，弥漫着爬满霉菌的坟墓的味道。四通八达的大厅右边有条螺旋梯，我顺着它上楼后选中这间前屋为据点。这里家具虽然大都朽坏不堪，但还算齐全，我吃过带来的冷餐后于晚8点写下上述内容。往后饮食将由村民送来，虽然他们坚决不肯穿过破败的庭院大门，直到（用他们的话说）"合适的时节"。这地方有种令我不适的熟络感，但愿能顺利克服。

补记

房子里有别的存在，其中一个明显抱有敌意——那邪恶的意志试图摧毁我、压倒我，而我必须时刻尽全力反抗，因它极为歹毒，断然不属于人类。我认为其力量来自外域，也就是超越时间和宇宙的空间。正如某些邪灵语文本描述的孽物那样，它巍峨如巨像，庞大的身躯——但我看不见！——本应塞不进这些房间。它的年岁亦无法形容，难以估算地悠远。

4月18日

昨晚没怎么睡着。凌晨3点，当地刮起瘆人的怪风，且越刮越大，直到像台风一样把整栋宅子吹得摇摇晃晃。当我走下螺旋梯去查看哗啦作响的前门时，黑暗中仿佛出现了若隐若现的形体，刚要走到底层，身后便被狠推一把——那应该是风，但我发誓迅速转身时看到了一只转瞬即逝的巨大黑爪子。幸好我没被推倒，平安走到门口，给那扇摇摇欲坠的大门闩上沉重的门闩。

我本不打算在天亮前探索宅子，可现在睡意全无，心中既畏惧又好奇，遂勉强决定走走看看。凭借大功率手电筒，我蹚过积灰，走向陈放画像的宽阔南厅——维某谈论过那里，我自己似乎也经由某种莫名的渠道略知一二。许多画像业已变黑、发霉、沾满灰尘，难窥真容。但从能辨认的画中，我识别出范德海尔家族的可憎血脉。有些人我似乎认得，却想不起是谁。

状况最好的画像描绘了1773年老迪尔克的小女儿生下的可怕混血儿约里斯，他的绿眼睛和毒蛇一样的相貌栩栩如生，即便关上手电筒，那张脸似乎也会在黑暗中闪烁，我甚至幻想它微微泛着绿光。我越看越憎恶，只好别过身，以此赶走约里斯表情变化的错觉。

然而别过身看到的画像更可怕：阴沉的长脸，靠得很近的小眼睛，正如维某悄声提及的那样，尽管画师竭力把鼻子画得像人，整体仍是猪的相貌。我畏畏缩缩地盯着那幅画像，感觉其双眼闪着红光，刹那间甚至画面背景也变成毫不相关的违和场景——屎黄色天空下孤寂阴冷、长满干枯的黑刺李灌木丛的沼泽。为心理健康考虑，我只能逃离被诅咒的画廊，跑回楼上清理干净充当据点的角落。

补记

我决定趁白天探索宅邸内迷宫般的厢房。似乎不必担心迷路，齐踝深的灰尘会留下清晰脚印，若有必要还能使用更明显的标记。奇特的是，我轻而易举就走通了错综复杂的回廊。我沿朝北延伸的长厢房走到底，强行破开锁住的门，来到一个家具摆得满满当当的小屋。这里的墙板蛀蚀得厉害，腐烂的木制外墙后有个黑洞，经检查发现是狭窄的下行密道，通往未知的黑暗深处。这条倾斜的密道相当陡峭，且无阶梯和扶手，我对它很好奇。

小屋的壁炉上方挂着发霉的画像，近看是一位身穿18世纪末期礼服的年轻女子。她的脸庞颇具古典美，表情却邪恶无匹，精致的五官不仅显得冷漠、贪婪和残忍，还有种超出人类理性的丑恶。不知是画家故意为之，还是由于缓慢的霉烂，她那白皙的皮肤竟泛起恶心的惨绿阴影，以及若隐若现、难以察觉的鳞状纹理。稍后我上到阁楼，找到几只装满怪书的箱子，许多书的装订样式和书写文字都是彻头彻尾的另类，其中一本记载着此前从未发现的多种邪灵语咒式变体。至于楼下图书室灰尘仆仆的书架上的作品，我还没来得及检查。

4月19日

此处确有若干肉眼不可见的存在，尽管灰尘间仅留下我自己的脚印。昨天，我辟开荆棘丛，前往庭院大门收取补给，奇怪的是，那条路今天清晨又被早已失去生机的灌木盖住了。我再次感到某种根本塞不进房间的庞然巨物就在左近，还不止一个，昨天从阁楼里的书中看到的邪灵语第三咒式应能让它们现形，至于我敢不敢冒险、有没有胆量操作就是另一回事了。

从昨晚开始，我在大厅和房间的阴暗角落频繁瞥见影影绰绰的面孔与形体，它们是如此恐怖和可憎，我根本不敢形容。说到底，这些幽影似乎跟昨晚试图在最后一刻将我推下楼梯的巨大黑爪子属于同类——胡思乱想产生的幻觉。我追寻的不是它们，所以尽管此后又看到了爪子，有时孤零零一只，有时成双成对，但决定予以无视。

下午早些时候，我首度探索地下室，由于木楼梯早烂穿了，只能从仓库找把梯子下去。地下室结满硝石，各种不规则隆起大概是散架的用具器物，室内远端有条狭窄甬道，大致与地面上连通上锁小屋的长厢房平行，甬道尽头则被厚重的砖墙和上锁的铁门封住。显然，门后有个拱顶地窖，砖墙和铁门均体现出独立战争前的18世纪工艺风格，说明是宅邸最早的扩建部分。那把锁头比铁门本身更古旧,深深镌刻着不明所以的符号。

维某从未提及拱顶地窖,它比之前的所有遭遇更令我不安,靠近它就会难以抗拒地产生聆听的冲动,好歹迄今为止,我并未在这邪恶的地点听到什么异常声音。离开地下室时,我无比希望原本的楼梯还在,因为爬梯子慢得让人发疯。我再也不想下去了,尽管不洁的幽灵怂恿说,只要晚上再去一趟,就能找到应该找到的东西。

4月20日

试探恐怖的深渊,发现更深的恐怖。昨晚,实在禁不住诱惑的我于漆黑的后半夜拿起手电筒,再次走下布满硝石、阴森诡谲的地下室,踮着脚尖穿过那些不规则隆起,一直来到可怖的砖墙和上锁的铁门前。我没发出半点声音,也忍住了低声念叨咒语的想法,只是专心聆听——疯狂而紧张地聆听。

终于,我从紧锁的铁门后听到阴险的脚步声和嘀咕声,类似宅邸内夜间出没的巨物可能制造的响动。紧接着传来恶心的滑行声,仿佛有条巨蛇或海兽在铺砖地上拖动布满褶皱的身躯。一时间,我吓得难以动弹,不由得瞥向生锈的巨锁及锁上深深镌刻的陌生而神秘的象形文字——那些符号我完全认不出,它们暧昧地流露出亚洲人的手艺风格,蕴藏着亵渎和难以形容的古老,不时还隐隐闪着绿光。

我抽身逃跑,却迎头撞见巨爪。那些硕大的爪子在我注视下膨胀成形、化作实体,一直延伸到地下室诡谲的黑暗之外,似乎连接着多鳞的腕部,并在逐渐增长的恶意指使下肆意摸索。身后——可憎的地窖内——也传来新的声音，那种沉闷的回响似乎反射着遥远地平线的雷鸣，带给我巨大恐慌。我只能倚仗手电筒的强光迎着那些阴森的爪子走去，好歹它们都在照射下消失不见了。于是我叼起手电筒爬梯子，一口气逃回楼上的据点。

这样下去后果不堪设想。我为追寻秘辛而来，却反倒被某些东西缠上，只怕想走也走不掉。早上我去大门收取补给，发现小径已被紧紧纠缠的荆棘阻塞——宅邸的四面八方都这样，带刺的棕色藤蔓在有的地方甚至直直地向上疯长，如铁篱笆一样堵住去路。村民们肯定与此有关，因为我回到宅子后发现补给就放在宽敞的前厅，却不知怎么送来的。我不由得后悔清理过灰尘，否则就能看见脚印。

下午，我跑到宅邸底层后方阴森的大图书室埋头苦读，产生了一些不敢声张的疑惑。我从未见过《奈克特断章》和埃尔特顿陶片，倘若知道其中内容，便绝不会来这里。可惜一切都迟了，距可怕的五朔节只剩下十天，它们想把我留到那个恐怖的夜晚。

4月21日

重新研究画像。有些画像标有姓名，其中一个面容邪恶、叫作特琳特·范德海尔·斯雷特的女人——绘于两个世纪前——令我疑窦丛生。我有种强烈印象，自己不但见过斯雷特这姓氏，且与之有重大关联，只是当初并未察觉其中的恐怖，如今冥思苦想也徒劳无功。

画像的眼睛一直追踪着我，被灰尘、腐物和霉菌盖住的它们，是不是越来越有神了？发黑的画框里，蛇脸巫师和猪脸巫师投来可怕的视线，其他混血脸孔也从暗影重重的背景中往外窥视——他们的样貌带有同一血脉的可怕特征，类人的部分比非人的部分更教我心惊，因为前者能让我联想起另一些面孔，见过的面孔。这无疑是深受诅咒的一族，最恶劣的则是莱顿的科内利斯，正是他最终打破藩篱（当然也有赖于他父亲找到的重要线索）。维某对险恶真相的了解只有一鳞半爪，故而我此行缺乏准备和防范。老克莱斯之前的谱系是怎样的呢？若非世世代代的邪恶传承，或早已与外域存在联系，他在1591年做的事根本无法成功。此外，这个可怕的家族有多少分支？他们是否曾大肆开枝散叶，以致留下许多恐怖遗产？我一定要回忆起为何对斯雷特这姓氏印象深刻。

画像是一直待在画框里的吗？要是能确定就好了。数小时以来，我和此前几天一样，总能看到影影绰绰但一闪而过的爪子、面孔和形体，它们与某些古老画像的画中人太过相似。不知为何，我无法同时目睹闪现的存在和肖似的画像——要么光线只照到一边，要么两者不在同一房间。

或许一切如我所愿只是幻觉，但我可不敢把注押在这上头。有些形体为女性，和上锁小屋里画像上那位一样，个个都是蛇蝎美人；有些形体我没见过画中的对应人物，却直觉地感到它们出自被霉菌和煤灰污染得看不清的画布；个别形体开始凝聚成实体或半实体，并透出无法解释、令人作呕的熟悉感，让我深感畏惧。

有位女子艳冠群芳，但那种笑里藏刀的妩媚，好比开在地狱边缘的馥郁毒花。每当我凝神细看，她就会骤然消失，片刻后才再次出现，那张光滑、泛绿的脸庞时而隐约透出鳞片纹理。她究竟是谁？她就是画像被锁在小屋里一个多世纪的女人吗？

今天的补给照例放在前厅，而我提前洒下灰尘以期捕捉脚印的企图失败了——早上不知是谁把大厅打扫得特别干净。

4月22日

今天有许多可怕发现。我又去了爬满蛛网的阁楼，找到一只显然来自荷兰的快散架的雕花箱子，里面装满亵渎的书籍和文件，比此前发现的更古老，包括希腊语译本《死灵之书》、诺曼法语译本《埃波恩之书》和老路德维希·普瑞恩所著《蠕虫的奥秘》的初版。最可怕的是用中古拉丁语书写的老式装订手稿，1560年至1580年，克莱斯·范德海尔用怪异且潦草的字迹留下这本日记，或可称为笔记。我解开发黑的银书扣，翻动泛黄的纸页，一幅彩图掉落出来，图中是酷似乌贼的畸形怪物。

怪物生有鸟嘴和触手，眼睛又大又黄，其轮廓有几分人类特征，我从未见过如此可憎的梦魇形象。它的手爪、脚掌和头顶触手的末尾均长有奇怪的钳子——我不由得联想起此前阻住去路、恶毒地摸索的巨大阴影——而它端坐于王座般的巨大石台上，台子刻有类似汉字的不明象形文字。总之，文字和画面都笼罩着无孔不入、异常浓重的邪气，难以想象画中怪物出自怎样的世界和年代，仿佛汇聚了过去未来无穷纪元与永恒空间的全部邪恶，那些诡异可怕、满怀敌意的符号则被赋予了荒诞的生命，迫不及待想要挣脱羊皮纸手稿，为其读者带来毁灭。虽然我对怪物的本质和象形文字的含义毫无头绪，但显而易见，有人为不可告人的目的将它们极其精准地描摹了下来，而我越是研究那些仿佛发出嘲笑的文字，它们与不祥的地窖锁头上的符号的相似性就越明显。最后，我把彩图留在阁楼，带着它绝对无法入睡。

整个下午和晚上我都在研究老克莱斯·范德海尔的手稿，从中了解的内容足以让余生在困惑与恐惧中度过。手稿呈现了今日世界及之前数个世界的起源，并声称利莫利亚人五千万年前建造的香巴拉城仍矗立在东方沙漠之中，于心灵力量的围墙保护后安然无恙。我了解到《冥想书》的存在，此书前六章先于地球而诞生，后来太古时期的金星之主们乘飞船穿越太空，文明教化了我们这颗星球。我还在手稿中首度见到某个地名的真实写法——某个人们刻意回避、只敢悄悄提起的恐怖地名——"鄢祸"。

有些地方读不通顺，缺少关键文字。考察多重暗示，我最终意识到老克莱斯没敢将毕生所知全写进一本笔记，势必留下了第二本，要想融会贯通，两者缺一不可。我开始在被诅咒的宅邸里大肆搜寻——尽管已沦为这里的囚徒，我并未丧失追寻的热忱，决心在厄运降临前尽可能探求宇宙的奥秘。

4月23日

经过一上午搜寻，中午终于在上锁小屋的桌上找到第二本笔记，它同样由克莱斯·范德海尔用粗犷的拉丁语写就，许多脱文恰与第一本笔记吻合。我浏览时立刻注意到那个可恶的地名——埋藏着万古之谜的失落和隐秘之城鄢祸，其中驻留的晦暗记忆，比压抑在人类心底的暗影更古老。该地名在笔记里频繁出现，周围总是布满粗略勾画的象形文字，与此前那张可憎画作中王座上的符号同出一脉。这显然是解读触手魔怪及相关的禁忌信息的关键，我立刻踩着吱嘎作响的楼梯，登上布满蛛网的恐怖阁楼。

然而阁楼门一反常态卡住了，怎么都打不开，直到巨大的无形存在似乎突然松了手——飞走的东西没有实体，却能听见拍翅声，而阁楼里那张可憎画作虽然没有消失，但已挪动了位置。我用第二本笔记的内容进行解读，很快发现事情没那么简单，我手中的线索关联的秘密过于黑暗，因此被重重守护着。若要寻得恐怖的真意，可能需要数小时乃至数天。

时间还够吗？影影绰绰的黑色臂膀和爪子出现得越来越频繁、越来越巨大，还有那些塞不进房间、虽然朦胧但绝非善类的庞然巨物，那些转瞬即逝的怪诞脸孔和形体、带着嘲弄笑容的画中人。它们令我应接不暇，眼花缭乱。

说实话，地球上太古老的奥秘还是永远埋藏、不被知晓的好，恐怖的秘辛与人类本无干系，窥探的代价必是丧失平和与理智。神秘的真相只会让知晓者成为异类中的异类，在世间孑然独行。更何况，早该死去的怪物远比人类古老和强大，它们违反天理活过诸多纪元，来到这个根本不属于它们的时代，在巨大的墓穴或偏僻的洞窟中陷入超脱因果戒律和理性法则的永眠，等待知晓隐秘禁语和黑暗仪式的胆大妄为者予以唤醒。

4月24日

整天在阁楼研究画像和线索。傍晚听到怪声，跟之前听过的不一样，仿佛从远处传来。确切地说，声音来自村子后方、宅邸北面，古怪而陡峭的山丘上的石阵。据说宅邸和远古石阵有通道相连，范德海尔一家可能在某些时节为特定理由使用它，但这总归只是猜测罢了。此时此刻，我听到的刺耳笛声混合着独特且丑恶的嘶鸣或哨音，形成离奇怪诞的歌曲，人类的语言难以形容。模模糊糊的歌曲很快消散了，但我因此陷入沉思：北侧设有密道的长厢房正好对着山丘，下方为锁住的砖砌地窖，可有此前忽略的联系？

4月25日

对于困住我的囚牢的性质，有奇特而令人心悸的新发现。我禁不住难言的诱惑前往山丘，途中荆棘纷纷让路，但只在那个方向如此。那里有扇荒废的大门，灌木丛下昔日道路的痕迹历历可见，荆棘向上延伸并围住整座山，然而石阵矗立的丘顶只有稀疏的苔藓和发育不良的小草。我爬上去待了几个钟头，阴风总是绕着禁忌的巨石打转，有时风中似乎异常清晰地传来晦暗神秘的低语。

丘顶巨石的颜色和纹理自成一格。它们非灰非棕，却是屎黄与惨绿的融合，似乎还会像变色龙那样变化；它们的纹理怪异酷似蛇鳞，摸上去说不出的恶心，跟癞蛤蟆之类爬虫一样又湿又冷。中央立石旁有个古怪的石圈洞口，作用不明，可能是被封堵的井或甬道入口。当我试图从别的方向下山时，荆棘像之前那样阻住去路，强迫我返回宅邸。

4月26日

傍晚再次上山。风中的低语更清晰了，烦乱的嗡嗡声变得真切起来，似乎真有谁带着嘶声吐词发音，让我想起从远处听到的混有嘶鸣的笛声颂歌。日落后，北方地平线竟闪起初夏的闪电，灰暗的高空几乎同时传来怪异的巨响，如此异状让我心惊胆战，无法摆脱这样一种印象：非人的嘶声话语结束在笼罩四野的粗嘎嘲笑之中。难道我终于疯了？还是说没有节制的探究唤醒了晦暗空间里的未知魔物？五朔节近在眼前，结局会怎样呢？

4月27日

梦想成真！就算付出生命、灵魂或肉体，我也要踏入门扉！破译彩图中关键的象形文字一度进展缓慢，但下午我找到最后的线索，晚上已弄懂其含义，这意味着宅邸内的种种遭遇仅有一种解释——宅子底下的不明位置有座坟墓，某个被遗忘的古圣就埋在里面，它会为我指明门扉，并提供必需的失落符印和咒语。无从推测它埋在这里有多久，除开在山丘上树立石阵的人和后来找到此处修建宅邸的人，世界早已将它忘却。毫无疑问，1638年亨德里克·范德海尔正是为寻找它才漂洋过海来到新尼德兰。它是地球人类无法理解的存在,只有极个别找到或继承了关键线索的人才会瑟瑟发抖地低声提及,但没人目睹乃至瞥见过它——除非……或许……宅邸里消失的那群巫师的探究比我以为的更深入。

弄懂文字的含义后,我在潜移默化中业已通晓七大失落的恐怖符印——丑恶而无法言说的恐惧真言——接下来只需咏唱颂歌,赞美被遗忘的古老门扉的守卫者。这首颂歌令我惊诧莫名,其中不但有大量古怪且令人反感的喉音,还有许多人类的语言难以发出、连《埃波恩之书》最黑暗的章节也失载的丑恶嘶声。日落时分我上山高声咏唱,但回应我的只有遥远地平线上不祥的模糊雷鸣,以及一股歹毒的、如活物般扭曲蠕动的沙尘薄云。也许我未能准确把握陌生的音节,又或者要等到五朔节——宅子里的力量无疑想把我留到那个地狱的节日——巨变才会发生。

补记

早上突然惊恐莫名。有那么一刻,我想起自己曾在何处见过斯雷特这令我苦恼的姓氏,记忆呼之欲出的感觉带来无法言喻的恐慌。

4月28日

今天,不祥的黑云时而徘徊在丘顶石阵上空。我之前也几次见过黑云,但它们现下的造型与组合有全新含义——黑云宛若蟒蛇,竟跟宅内的邪恶形影颇为相似,它们在远古石阵上空盘旋往来,仿佛拥有邪恶的生命与目的。我敢发誓，云团在暴躁地低语，约一刻钟后才像掉队的士兵一样慢慢往东飘走。这是不是古时所罗门所知的可怕魔神——那些组成大军的巨大黑暗存在，脚步震撼大地？

我又在排演赞美不可名状之物的颂歌，低声吟唱那些音节时，怪异的恐惧突然袭上心头。拼凑起所有线索后，我发现想接近它就得进入上锁的拱顶地窖，此地窖的兴建必有险恶用心，因其遮盖了通往远古巢穴的秘密通道。疯子才敢猜想有怎样的守卫驻守其中，靠未知的养分活过无数世纪。关于宅邸的骇人传闻及宅邸中的画像说明，居住在这里的巫师对它们的习性了如指掌，并从地下深处唤来了它们。

最让我不安的是颂歌的能力有限，虽能唤醒不可名状之物，却无法控制被唤醒的东西。我当然知道一些通用符咒和法印，但对那个存在有无作用实属未知。尽管如此，丰厚的奖赏也足以抵消任何危险，况且我没有退路，未知的力量正迫使我继续下去。

另一大障碍是地窖的锁头。要想进去必须找到钥匙，那锁头太结实，没法暴力破坏。钥匙肯定就在附近，但五朔节前的时间已所剩无几，我必须尽全力彻查一番。打开铁门需要鼓起莫大勇气，天晓得其中囚禁着何等的魔物？

补记

过去一两天我尽量避开地窖，但今日下午稍晚时候再次下到那片禁区。起初一切平静，然而没过五分钟，阴险的脚步声和嘀咕声又从门后传来,且比从前更响亮和可怕。还有某种大型海兽的滑行声,那东西滑得更快也更急了,似乎想从我面前破门而出。

随着门内的脚步越发响亮、焦躁和凶狠,我第二次来地下室时听到的沉闷回响开始混入其中,不明所以但毛骨悚然的响声似乎反射着遥远地平线的雷鸣,只是这次音量放大了一百倍,音色更增添了全新的恐怖内涵。若要打比方,我只能想到消逝的爬行动物时代那些大蜥蜴的吼叫,彼时远古的恐怖存在还统治着地球,伐鲁希亚的蛇人刚打下邪恶法术的根基。然而门内的响声虽与怪兽的吼叫相似,但任何已知生物的发声器官都不可能达到这般震耳欲聋的音量高度。说到底,我真敢打开那扇门,直面门后魔物的袭击吗?

4月29日

地窖钥匙找到了。今天中午在上锁小屋找到的,埋在古董写字台某个抽屉的杂物里,就像被谁后知后觉藏起来一样。包裹钥匙的是1872年10月31日的破报纸,里面还垫着干皮革——显然是未知爬行动物的皮——皮革上用跟笔记本相同的潦草字迹写着中古拉丁语。如我所想,钥匙和锁头的年岁远早于地窖本身,老克莱斯·范德海尔为自己及后代提前准备好这套东西目的何在,它们又比他古老多少,我都想象不出。解读那些拉丁语时,我清楚地感受到强烈的恐惧和难言的敬畏,并因此颤抖不已。

潦草的拉丁语写的是:"伟大古族用神秘语言书写秘密,记述早于人类的隐匿存在,地球居民若是得知将永无宁日,诚如吾之遭遇。在所有生灵之中，唯吾曾以肉身造访失落的禁忌之城鄢祸，其方位本已湮灭在无尽纪元之中，不复得见。经由在城内得到并带走的、宁可忘却的知识，吾明白了如何跨越不该跨越的鸿沟，进而必须去唤醒不该唤醒或打扰的存在。派来纠缠吾之物将不眠不休，直至吾或吾之后裔找到必须找到的东西、办到必须办到的事情。

"据《隐物之书》所言，吾无法摆脱得到和带走之物，其已将吾可怖地网罗在内，势将主宰吾的未来。倘吾生前未能实现其愿望，其还会纠缠吾已出世和未出世的后裔，直至达成使命。他们与其的联系或许十分古怪，他们在此过程中或需可怕的助力，总之，必须去未知的神秘远方探索，为外域的守护者们盖一所房子。

"此钥匙能打开吾从古老可怖的禁忌之城鄢祸得到的锁，吾或吾之后裔要将那锁挂在不可名状的存在栖身的门前。不管安放锁头者是谁，谁又会拧动钥匙，愿亚狄斯的君王们保佑他们。"

上述内容我是破天荒头一遭读到，却有似曾相识之感。当我写下这篇日记时，钥匙就摆在面前，我的视线离不开它，心中满怀恐惧又跃跃欲试。它的外形难以形容，跟地窖锁头一样由磨砂表面微微泛绿的未知金属铸成，有点像锈蚀黯淡的黄铜制品；它独特的设计充满异域风情，颇为笨重的插入部分像口棺材，明显用于开锁，手持部分则大致呈现出奇怪的非人生物形象，但难以辨识具体样貌和身份。只消多握一会儿，我就能感到冰冷的金属里似乎寄宿着陌生而异常的生命，时而传来不易察觉的震颤或脉动。非人形象下方有一行年代久远的模糊雕刻，那也是此前多次见到的类似于汉字、亵渎神明的象形文字，我只能看清开头是"吾之仇寇潜伏……"，后面全看不清。明晚就是地狱的五朔节，此时找到钥匙绝非偶然，奇怪的是，在一切可怖的期待中，我却越来越在意斯雷特这姓氏。为何如此害怕发掘它与范德海尔家族的联系呢？

4月30日　五朔节前夕

这一天终于到了。昨晚半夜醒来，天空闪着妖冶的绿光，这种病态的绿色也曾出现在宅邸内某些画像的眼睛和皮肤上，出现在难以置信的锁头和钥匙上，出现在丘顶的巨石圆阵以及我潜意识深处的一千个地方。空中飘荡着刺耳的低吟，跟可怕的石阵周围的阴风中，那混有嘶鸣的笛声颂歌一模一样。什么东西从冰冻的以太空间对我喊道："时辰到了。"这无疑是个噩兆，但我旋即嘲笑起自己的胆小——我不是已经弄懂那些可怕的文字，通晓七大失落的恐怖符印了吗？不必犹豫，它们的力量不但可以支配这个宇宙中的存在，也能制服未知黑暗空间里的东西。

黑暗的天空预示着狂风暴雨，这场风暴势必比我近两周前抵达的晚上更猛烈。不到一英里外的村庄一反常态传来怪异而含混的说话声，正如我所料，那帮可悲的退化愚民也是秘密的一部分，至今还会在丘顶举行恐怖集会。宅邸内的阴影越发浓重，伸手不见五指的黑暗中，面前的钥匙似乎散发着绿光。我还没去地下室，最好再等等，以免那些脚步声、嘀咕声、滑动声和沉闷回响让我心力交瘁，失去打开宿命之门的勇气。

对于将遭遇什么、届时又该怎么做，我只有大致想法。我会在地窖里达成使命吗？还是必须向这颗星球的漆黑地心继续挖掘？对于险恶的宅邸，我有种难以形容、不断加剧、大难临头般的熟悉感，但有些东西仍无法理解，或至少不愿去理解——比如上锁小屋中那条向下的斜坡密道。至少，我明白与之相连的厢房及下面的地窖为何要朝向山丘了。

下午6点

眺望北窗，村民聚在山顶。他们似乎毫不在意阴沉的天空，专心致志地在石阵的中央立石旁刨挖。我认为他们想扒开古怪的石圈洞口，那或许是早被封堵的甬道入口。接下来会发生什么？那帮家伙保留了多少古代的五朔节仪式传统？钥匙闪着可怕的光，绝非幻影，到头来我真敢使用它吗？还有件事令我深感困扰——此前在图书室坐立不安地浏览书籍时看到了某人姓名的完整注解，某个一直骚扰着我的姓名：特琳特，阿德里安·斯雷特之妻。"阿德里安"这个名字把我领到了记忆之海的边缘。

午夜

恐怖已然降临，但我不能示弱。风暴以排山倒海之势袭来，闪电三次击中山丘，可那些丑陋的混血村民仍聚在石阵中，我能借助接连劈下的闪电看见他们。巍然耸立的巨石此刻显得格外骇人，即便没有闪电，自身也发出幽暗的绿光。雷鸣此起彼伏、震耳欲聋，每一声似乎都是从无法辨明的方向传来的可怕回应。当我写下这些文字时，山顶那帮猿猴般的退化人类开始举行堕落的古老仪式，唱诵、吼叫、哭号……大雨倾盆而下，他们却陷入魔鬼般的狂喜，忘我地蹦跳、叫唤着：

"噫！莎布·尼古拉丝！子孙繁茂的山羊！"

最可怕的是宅邸里发生的事，我在楼上也能听到地下的声音。*地窖内的脚步声、嘀咕声、滑动声和沉闷回响……*

记忆来回搅动，阿德里安·斯雷特的名字在脑海中诡异地翻滚。他是迪尔克·范德海尔的女婿——他的女儿也就是老迪尔克的外孙女，"魔鬼"科里的曾外孙女……

补记

仁慈的上帝啊！我终于想起在哪儿见过这姓氏。太可怕了，一切都完了……

在我紧握的左手中，钥匙正变得温暖起来，隐约的震颤或脉动时而格外清晰，就像这片金属活过来了一样。为达成恐怖使命，它离开鄹祸来到我手，而我竟到现在才意识到，透过斯雷特这姓氏，我的血管中也注入了稀薄的范德海尔血统，丑陋的使命因之传递下来，必须由我继承……

男气和好奇都在迅速衰竭，我知道铁门后的可怕事物是什么了。假如克莱斯·范德海尔真是我的祖先，我必须偿还他无以言表的罪孽吗？我不——我发誓我不要！……

【字迹越发难以辨认】

太晚了——无法自救——黑爪子化为实体——把我拖向地下室……

H.P. 洛夫克拉夫特与威廉·拉姆利 合著

墓穴

至少让我在死后得到一个安息之所吧。

——维吉尔

显然，关在精神病院里的我说什么都不可信，哪怕要讲述正是导致自己落得如此下场的原因。一个不幸的事实是，普罗大众与少数精神敏感者不同，心灵视野的局限和生活经验的束缚，使得他们无法耐心而睿智地考察违反常理的独特现象。大凡有慧根之人，皆知真实与虚幻不存在明显界限，万事万物的呈现取决于个体精妙的肉体与心灵感受，那些转瞬即逝、揭开日常生活庸俗面纱的火花，每每被平凡而占据主流的唯物论者斥为癫狂。

我叫杰瓦斯·达德利，自幼酷爱幻想，好做白日梦，由于家境殷实、生活优越，古怪的性情又与正规学业和社交娱乐格格不入，便长期游离于现实世界之外。青春年少时我沉迷于不为人知的古籍，浪荡在祖宅周边的田野与林间，觉得自己在书中、田野和林间看得到许多孩子视而不见的东西——不过这些我还是少提为妙，讲得越细恐怕越只能给周围鬼鬼祟祟的诽谤增添话柄，加深对我心智的恶意中伤。说到底，我得抓住重点，没必要解释更多原委。

如前所述，我长期游离于现实世界之外。但我并不孤单，没人能孤独地活着，倘若缺少活人陪伴，便会不可避免地转向其他东西——哪怕是没有或不再拥有生命的东西。祖宅附近有片林木丛生、幽深奇妙的山谷，我长期在那里阅读、思考和做梦。苔藓覆盖的山坡上，我迈出儿时的第一步；丑怪多瘤的橡树下，我编织起童年的第一缕梦想。我熟识每一位掌管林木的树精，时常欣赏她们在残月的微光下纵情狂舞——这些我同样少提为妙。我要说的是山坡灌木丛最阴暗处那座孤独的墓穴，它属于古老而高贵的海德家族，早在我出生的几十年前，他们家的最后一代直系后裔便躺进了那个漆黑的安息之所。

墓穴由古老的花岗岩砌成，墓室挖进山腹，仅露出入口，石料被长年累月的雾水与潮气侵蚀，已然风化褪色。墓门是生锈铰链挂住的一面令人望而生畏的厚重石板，尽管它挂着沉甸甸的铁链和阴森森的挂锁，却依照半世纪前的可怕风俗开了道缝。将子孙埋葬于此的家族原在山上有所大宅，但阴郁的宅邸很久以前被巨大的闪电劈中，不幸付之一炬。附近的老住户偶然谈及那场午夜风暴总会不安地压低嗓音，字里行间暗示那是"天谴"，但久而久之却平添了我对林荫深处的墓穴的浓厚兴趣。其实大火只烧死了一个人，宅邸焚毁后海德家族便迁居远方，直到最后的后裔被装进凄凉的骨灰缸，带回阴暗而宁静的家族居所。此后没人到花岗岩墓门前摆放鲜花，也很少有人敢于面对水滴侵蚀的石墓间，那些徘徊不散的忧郁阴影。

我永远忘不了偶然发现那个半遮半掩的死亡之所的下午。时值仲夏，大自然的魔术将整片树林幻化成鲜艳而近乎均匀的绿色，郁郁葱葱的潮湿树海翻起迷人波浪，泥土与植被溢出妙不可言的清香。我在美景环绕下失去了应有的戒备，时空观念变得缥缈虚幻，被遗忘的远古的袅袅回音不停敲打着沉醉的心灵，于是在神秘的林间谷地游荡了一整天，所思所想和谈话对象均不足为外人道也——可以说，仅为十岁孩童的我见闻过许多不为人知的奇迹，某些方面出奇地成熟。当我在两丛野蛮生长的荆棘间开路时，突然发现墓穴的入口，漆黑的花岗岩砖、虚掩的诡异墓门和拱顶上的葬礼浮雕我一无所知，不曾产生恐惧或悲恸的联想。坟墓与墓穴的含义我自是有所了解，至少是有所想象的，但由于性情古怪，从未被带入教堂墓园或公共坟场，林间山坡上那个古怪的石室无疑激发了我的兴趣与期待。我无知地瞥进撩人的门缝，并未将冰冷、潮湿的墓室跟死亡与腐坏关联起来，正是那个好奇的瞬间让盲目而无理性的欲望在心中生根发芽，最终将我送进这间该死的病房。森林里的幽魂肯定蛊惑着我，用恶毒的声音唆使我越过沉重的铁链、闯进充满诱惑的暗处。昏暗天光下，我把生锈的铁链扯得哗哗响，试图让石门开大一些，又仗着身材瘦小试图挤进门缝，但均未成功。好奇渐渐变为狂热，无奈低垂的暮色敦促着回家，我临行前向林中上百神灵发誓，有朝一日将不惜一切代价打开通道，进入发出召唤的黑暗阴冷的深渊。每日例行查房的灰胡子医师曾对访客言道，我做出的决定意味着我成了可悲的偏执狂，但各位还是看完本文再作评判吧。

接下来数月，我反复而徒劳地尝试用暴力解开虚掩的墓门上的复杂挂锁，同时小心翼翼调查墓穴的状况与来历。凭借小男孩的顺风耳，我打听到不少消息，并习惯性地把掌握的消息和做出的决定都深埋于心。也许有必要说明，坟墓的性质不曾令我惊诧或恐惧，我原本就淡泊生死，这能让我公平地看待冰冷的肉身与鲜活的人体之间隐晦的联系。我甚至觉得，被焚毁的古宅里居住过的阴险的大家族，仍以某种方式留在我立志探索的石墓之中。含糊的故事提到他们过去会在古老的厅堂里举行诡异的仪式与渎神的狂欢，这让我对墓穴燃起了全新而浓厚的兴趣，每天都在墓门前坐上几个钟头。我曾把蜡烛伸进门缝，但除了一段湿乎乎的下行石阶，什么都没看见。墓穴的味道让人既厌恶又着迷，我似乎在比任何记忆都更遥远的过去就知道这里，那时我的灵魂尚未寄宿于如今这副躯体。

发现墓穴的第二年，我在堆满书籍的阁楼上偶遇普鲁塔克《希腊罗马名人传》的译本，并从那本饱受虫蛀的书中读到忒修斯的生平。据说那位少年英雄必须长到足够年龄，方能举起千钧巨石，获得命运的宝物。这故事令我感同身受，也化解了急于闯进墓穴的焦躁之情，明白时机尚未成熟。我暗下决心提升力量和智慧，以便有朝一日能轻松解开石门上沉重铁链的封锁，而在那之前必须遵从命运的安排。

我不再执拗地坚守在阴冷的墓门外，更多投身于同样古怪的其他嗜好。有时我会半夜悄悄起身，溜进教堂墓园或父母禁止我去的其他坟场，至于做什么在此不便透露，有些事连我自己都难分真伪，总之每次夜游后的白天，我都能语惊四座地说起被遗忘数代之久的逸闻。譬如,我对享誉盛名的富翁,亦是本地缔造者之一的乡绅布鲁斯特的葬礼发表过惊人见解,引爆整个社区,须知此人于1711年下葬,迄今那块雕刻着海盗骷髅头的板岩墓碑都风化得差不多了。出于一时的孩子气,我赌咒发誓说正直的殡葬师辛普森在葬礼前偷了死者的银扣鞋、长筒丝袜和缎面紧身裤,而乡绅当时并未彻底咽气,入土后第二天甚至在泥土下的棺材里翻了两次身!

然而进入墓穴的念头从未离开脑海,事实上,研究绝嗣的海德家族的族谱时的意外发现令这个念头更强烈了——我发现自己的母系与他们有微弱联系,故此作为父母的唯一后代,我也是那个古老而神秘的血脉的最后传人。我开始相信林间墓穴注定属于我,热切期盼着穿过石门、走下湿滑台阶、进入黑暗墓室的那一天。我渐渐养成了在最钟爱的沉寂午夜进行古怪守候的习惯,每每凑在门缝前心无旁骛地聆听。成年后,我又在灌木丛中清出一小片空地,正对山坡间缀满霉菌的墓门,任由周围植物环绕并垂拢过来,活像是林间凉亭的墙壁与遮顶。"凉亭"是我的圣殿,锁住的墓门是我的祭坛,我经常摊开四肢躺在苔藓地上,脑中闪过陌生的想法,心里做起离奇的怪梦。

第一道启示出现在某个闷热的夜晚。那天我肯定累得睡着了,很明显是被说话声吵醒的。那些说话者的口音、腔调和语气我不想细谈,只需知道他们彼此的词汇、吐词方式和语法结构有着显著区别,虚幻的说话声涵盖了几乎每种新英格兰方言——从清教徒殖民者粗俗的短语到五十年前的严谨修辞都有。不过我也是后来才意识到这点的，当时完全被一桩转瞬即逝、甚至无法断定真假的奇迹夺去了注意力——我刚醒来，便难以置信地看到光芒匆匆消失于墓穴深处，对此我没有震惊和惶恐，心知今晚就是脱胎换骨之时。回到家，我径直爬上阁楼，找到一只行将朽坏的箱子，从中取出一把钥匙，次日用它轻而易举打开了长久以来不得而入的屏障。

就着黄昏的柔光，我首度踏进荒山上的墓穴，身体被魔咒控制，心房跳得像打鼓，狂喜之情难以言表。我关上身后的墓门，全赖蜡烛的微光迈下湿答答的台阶，浑似知晓路线一样。发霉的空气如停尸间那般污浊，烛火仿佛也因恶臭而摇曳不定，我却有种回家的错觉。环顾四周，许多大理石板摆放着棺椁或棺椁的残骸，某些依然密封完好，另一些则几乎朽烂殆尽，只剩下银把手与铭牌混在古怪的白色废渣堆里。我在一块铭牌上看到杰弗里·海德爵士的名字，他于1640年从英格兰萨塞克斯郡移民此地，几年后亡故。显眼的凹室内摆着一口保存极为完好的空棺材，看到棺上刻的名字，我不由得微笑着打了个冷战，并在古怪冲动的驱使下爬上宽阔的石板，熄灭蜡烛，躺进棺材。

直到灰暗的曙光亮起，我才蹒跚着走出墓穴，重新锁好墓门的铁链。只经历过二十一次寒暑的我，从此不再是年轻人了。回家路上，早起的村民纷纷投来奇怪的视线，诧异于素来离群索居、古板稳重的我洋溢着彻夜寻欢的余兴，而我到家后先是美美地大睡一觉，方敢出现在父母面前。

此后每个夜晚，我在墓穴流连时的见闻和活动不必多提。我的说话方式本易受环境影响，因此最先改变，接着渐趋古典的辞藻也被人注意到了。我的行为多了几分勇敢与鲁莽，纵然长期孤僻避世，却似在不知不觉间历经沧桑。从前的我沉默寡言，如今则能言善辩，既有切斯特菲尔德伯爵从容不迫的优雅，又有罗切斯特伯爵目无神明的尖刻。我年少时钻研的尽是偏颇古怪的刻板学问，如今却展现出卓尔不群的渊博才情，还在书籍的空白页写满轻快而即兴的讽刺短诗，文风明显受到盖伊、蒲莱尔及英国新古典主义文学时代其他智者与幽默诗人的影响。有天早餐时我险些露馅，竟用醉醺醺的腔调念了一首18世纪酒神节狂欢风格的歌谣，那首带有乔治王朝时期典型的嬉闹，却未曾见诸书本的歌谣大致如下：

> 兄弟们，这边走，杯中盛满麦芽酒。
> 齐欢饮，敬今日，因为时光不长久。
> 觥筹交错，盘中牛肉如山，
> 玉液珍馐，吾辈尽展笑颜。
> 酒斟满，人生短，逍遥得意须尽欢。
> 敬国王，敬佳丽，莫待明朝堕地狱！
>
> 大诗人，擅诗酒，才情洋溢红鼻头。
> 红鼻头，莫害羞，形骸放浪乐无忧！
> 红光满面，共享喧闹欢愉，
> 强如横死，徒留花花白骨。

好贝蒂，吻吻我，店家千金甜似火。
美佳人，记心头，冥府绝无此娇容！

小哈利，醉眼迷，风吹斜柳站不直。
脚下滑，栽倒地，假发甩出半英里。
酒过三巡，斟满仍能畅饮，
桌底酣眠，胜似入土盖棺。
且狂放，且高歌，美酒入喉润干渴。
六尺土，埋我身，再无欢笑可销愁！

酒上头，心烦忧，骨软筋酥难行走。
腿不稳，腰不直，疯言醉语尽胡诌。
店家何在？搬把靠椅坐下，
迟些回家，娇妻不在床榻。
搭把手，扶我走，脚底无根路太陡。
身健在，乐悠游，莫等白了少年头！

也是在那段时期，我开始畏惧火焰与雷霆。过去我对此无动于衷，现下却莫名地怕得要命，每次老天耀武扬威作势要投下闪电，我都会躲进家中最隐秘的隔间。与之相对，我白天频频溜进被焚毁的古宅里的荒废地窖，并在脑海中勾勒出它原先的模样。有回我把一个村民轻车熟路地领进低矮的下层地窖，令他大吃一惊——与我的了如指掌相比，村民们已有几代人没见过甚至没听过那地方了。

然而好景不长，我的担忧最终化为现实。父母终于注意到我这个独子在外貌和举止上的巨大变化，并出于善意派人盯梢，而这很可能坏我的好事。我从未吐露对墓穴的拜访，且从小就以宗教般的热忱守护着心中不可告人的企图。现在，我必须加倍小心地穿越山谷林地的迷宫，甩掉可能的尾巴。墓门钥匙被我用细绳穿起，挂在脖子上，外人不知道它的存在，墓穴里的每样东西我则从不带出门外。

一日清晨，当我走出阴湿的墓穴、抬起略微颤抖的手拴紧入口的铁链时，突见邻近的灌木丛闪过一张惊惶的人脸。完蛋，"凉亭"被发现，夜游之处曝光。那人没敢跟我搭话，于是我匆忙赶回家，想偷听他如何向我忧心忡忡的父亲报告。居然在上锁的墓穴内过夜，会不会闹得满城风雨？结果盯梢的只是凑到家父耳边，谨小慎微地说明我在墓穴外的林荫地待了一晚，睡眼惺忪地盯着上锁的墓穴裂开的门缝！可以想象听到这些我有多惊讶！何等奇迹才让那人看走了眼？我不由得相信自己得到超自然力量的保护，上天的恩赐让我越发大胆，乃至肆无忌惮地拜访墓穴，反正没人能看到我进出。接下来整整一周，我尽情品尝胜利的喜悦，享受藏尸所内不可描述的欢乐，直到那件事导致我被关进该死的精神病院，与懊悔和平庸为伍。

那晚我真不该冒险外出。乌云间隐隐滚动着雷声，谷底恶臭的泥潭泛起地狱般的磷光，就连亡者的呼唤都与往日不同——那些魔鬼不是从荒山墓穴,而是自山上烧焦的地窖里伸出无形的手指发出邀请。借着迷蒙月光,穿过废墟前的树林,我看到了内心深处一直期盼的奇景,垮塌一个世纪之久的大宅庄严地映入我狂喜的眼帘,每扇窗都闪耀着烛火的光辉。宅子前方的平地有长长的车道,波士顿各路名门的马车辘辘驶过,附近宅院的邻居们则是涂脂抹粉、衣着光鲜,款款步行云集而来。我走进涌动的人群,却自知并非宾客,而是东道主。大厅内乐声洋溢、笑语欢歌,人人纵情举杯。我认出好些个面孔,若非死亡与衰败令他们形容枯槁、干瘪萎缩,我还能认出更多。轻狂放荡的人群中,我成了最轻狂放荡的一个。我口沫横飞,连珠炮般喷出无拘无束的渎神之语;我舌灿莲花,将上帝、凡人与自然法则抛诸九霄云外。突然,一道炸雷劈开屋顶,滚滚回音掩盖了荒淫宴乐的喧嚣,嬉闹的众人立时安静下来。鲜红的火舌与烧灼的热浪随即席卷而至,灾祸似乎摆脱了自然法则的约束,没头没脑地从天而降。酒徒们发出恐惧的尖叫,急急忙忙逃进夜色,独留我一人瘫倒在座位上,被前所未有的惊惶吓得动弹不能。一个更恐怖的念头迅速攫住了我的灵魂:被活活烧死后,热风势必将骨灰撒向四面八方,再也没法躺进海德家族的墓穴!不,难道那口棺材不是为我准备的吗?难道我不配在杰弗里·海德爵士的子孙后代间永享安息吗?这是我与生俱来的权利,我的灵魂穿过漫长岁月才找到合适的躯体,死后能躺进墓穴凹室里的空棺材。杰瓦斯·海德绝不会落得帕里努洛斯的悲惨下场!

古宅燃烧的幻象渐渐消退,我发现自己被两个男人架着——

其中包括先前跟踪我到墓穴的家伙——正在奋力尖叫挣扎。大雨倾盆，但之前头顶飞舞的闪电已移师南方地平线。我大声嚷嚷要"躺进墓穴"，父亲一脸哀伤地站在旁边，一再叮嘱那两人尽量温和些。地窖废墟的地板上多了一个焦黑的圆圈，无言地诉说着天堂的伟力，圆圈旁聚了帮好奇的村民，他们打起灯笼查看一只工艺古旧的小箱子——据说是闪电让它重见天日的。我停下徒劳无益的挣扎，看着人们检查宝箱，随后他们也与我分享。闪电把箱子刨出土时一并劈坏了锁扣，里面装着不少珍贵的文书与物品，但我只定睛于其中一件：小巧的彩瓷画像中的年轻人戴着潇洒卷曲的丝袋假发，名字缩写为"杰.海."。

我端详着那张脸，仿佛看到镜中的自己。

隔天我就被关进这间铁窗病房，幸得头脑简单的老仆每每通风报信。我自幼亲近他，他同我一样对教堂墓园情有独钟。至于墓穴里的经历，我敢说出的部分只换来怜悯的微笑。父亲常来探望，可他宣称我从未进入紧锁的墓门，还赌咒发誓说生锈的挂锁经检查已有整整五十年无人问津了。他甚至告诉我，全村人都知道我常去墓穴，时常见我睡在阴冷墓门外的林荫地里，睡眼惺忪地盯着门缝而不得入。我拿不出确凿证据反驳，挂锁钥匙在那个恐怖夜晚的挣扎中弄丢了，而夜间与亡者相会时得知的种种离奇过往，父亲归结为我长期泡在家族藏书室博览古籍的结果。若没有老仆海勒姆，恐怕我真以为自己疯了。

海勒姆始终忠心耿耿，他相信我，而他帮我做成的事促使我写下本文，将部分经历公之于世。一周前，他砸开锁住墓门、让它只能虚掩的挂锁，提着灯笼钻进幽暗的墓穴深处，在凹室石板上发现一口老旧的空棺材，失去光泽的铭牌刻着"杰瓦斯"。

他们答应过，我将睡入那口棺材，躺进那个墓穴。

H.P.洛夫克拉夫特 著

门槛上的东西

（一）

　　我的确冲挚友的脑袋开了六枪，但我希望以下陈述能洗清谋杀嫌疑。一开始，诸君可能把我当成疯子——比我在阿卡姆精神病院的病房里射杀的对象更癫狂——但有识之士想必会通盘考量，串联已知事实，进而明白自家门槛上的恐怖证据使我别无选择。

　　想当初，我也认为那些疯狂的故事全是胡扯，直至现在仍怀疑自己受过误导——抑或真的疯了。无论如何，其他人同样在谈论爱德华·德比和亚西纳·德比的诸般怪事，而最冷静的警察也无法解释那场恐怖的临终来访。他们曾徒劳地将一切归为被辞退的仆人炮制的恶作剧或警告，但心知肚明真相远为怪诞和可怕。

　　如我所说，我没有谋杀爱德华·德比，反而是替他复仇、替地球除害。倘若任由那恐怖之物存活下来，全人类都将陷入难言的恐惧。阴影笼罩的黑色地带与我们的日常生活近在咫尺，邪恶的灵魂偶尔能打破藩篱、乘虚而入，知情者则必须当机立断，以免造成严重后果。

　　我与小我八岁的爱德华·皮克曼·德比是毕生挚友。过分早熟的他是我见过的最优秀的小学究，七岁时便以一首忧郁阴暗又异想天开、乃至有些病态气息的诗篇技惊四座,八岁时已与十六岁的我有诸多共同话题。这份早熟与家庭教师的单独教育及娇生惯养的闭塞生活不无关系,溺爱的父母过分关心体质羸弱的独子,总把他寸步不离地拴在身边,没有保姆陪伴他不能出门,也很少能与其他孩子无拘无束地玩耍。上述因素共同促成了他古怪的内向性格,进而诱使他将幻想视为获取自由的唯一通途。

爱德华小小年纪就掌握了千奇百怪的杂学知识,信手挥洒的文字让年长的我目眩神迷。当时我偏好怪诞离奇的艺术风格,并稀罕地发现这个男孩与我志趣相投。毫无疑问,我俩对暗影和奇异之事的偏爱,源自古老、衰败乃至隐隐让人畏惧的家乡阿卡姆——这个逸闻缠身、女巫诅咒、挤满下陷的复折式屋顶和破败的乔治王朝时期扶栏的镇子,数个世纪来都在默默倾听密斯卡托尼克河的阴暗低语。

随着年月渐长,我的兴趣逐渐转向建筑学,便搁置了为爱德华创作的魔鬼诗篇绘制插图书的计划,幸而我俩的友谊并未因此受损。小德比的鬼才继续突飞猛进,十八岁时将那些梦魇般的诗篇结集成册,名曰《阿撒托斯等诸魔》,引起很大轰动。他与臭名昭著的波德莱尔派诗人贾斯廷·杰弗里有过密切的书信往来,后者曾写出《巨石的子民》,却在拜访匈牙利某座谣言纷飞的邪恶村庄后,于1926年尖叫着死在疯人院里。

不过在自力更生和应付庶务方面,一直娇生惯养的爱德华进步甚微。他的健康状况有所改善,但父母的溺爱使他保留了孩子气的依赖。他从未独自出游，亦无力决断或承担责任，打一开始就适应不了商界和职场的复杂斗争，幸有万贯家产托底，才不致沦为悲剧。成年后的他仍保留着小时候的面孔，金发蓝眼，皮肤光嫩，特意蓄起的小胡子要睁大眼睛方能分辨出来，教人很容易搞错年龄；他的声音极为轻柔，养尊处优、缺乏锻炼的生活让他显出几分少年的丰腴，却不似中年人大腹便便；他长得很高，若非腼腆带来的孤僻和书生气，单凭英俊相貌就能成为一位风流绅士。

爱德华的父母每年夏天都带他出国，而他总能迅速把握欧洲人表层的思维与表达方式，那堪比爱伦·坡的天赋越来越多地转向颓废主义，其他的艺术敏感与憧憬也逐渐萌发。那段岁月我俩总会促膝长谈，我已从哈佛大学毕业，并曾于波士顿某家建筑事务所深造，婚后回到阿卡姆一展所长。父亲出于健康原因搬去佛罗里达，我便住进索顿斯托尔大街的祖宅。爱德华一度夜夜造访，我几乎把他当成家庭成员。他拉门铃或敲门环遵循独特的规律，乃至演变成名副其实的暗号，晚饭过后我总在期待熟悉的声音：先是轻快的三下，停顿半响又两下。我有时也造访他家，每每嫉羡地发现他收藏的神秘典籍越发庞杂。

由于父母不许他离家太远，爱德华只能在阿卡姆的密斯卡托尼克大学完成学业。他十六岁入学、十九岁毕业，主攻英法文学，除数学和科学外的所有科目都很优秀。他很少与同学往来，却十分羡慕某些"胆大妄为"或"放荡不羁"的家伙，不但试图效法他们"抖机灵"的说话方式和浅薄的讽刺姿态，乃至渴望把自己的整个人设都朝那可疑的方向转换。

但他真正做到的是几乎把自己变成了秘密魔法学识的狂热信徒。过去，他在幻想和逸闻方面不过浅尝即止，现在他开始利用密斯卡托尼克大学素来享誉盛名的图书馆，深入探究远古历史为子孙后代遗留的真实符文和费解谜团。他读了可怕的《埃波恩之书》、冯·容兹的《不可言说的教派》及阿拉伯狂人阿卜杜勒·阿尔哈札德的禁书《死灵之书》——当然，这些事他从未禀告父母。我的独子在爱德华二十岁时出世，我用他的名字将新生儿起名为爱德华·德比·厄普顿，很得他的欢心。

爱德华·德比二十五岁时已然学富五车，并成为名声在外的诗人与幻想家，然而不擅交际和责任感匮乏的缺陷令其作品的书生气太浓、模仿痕迹过重，阻碍了创作进步。身为亲密挚友，我发现他在一应重大哲理问题上思潮泉涌，但其他事务要么由父母做主、要么就向我讨取意见。内向、惰性及父母的过度保护致使他一直单身，社交活动也极为有限和敷衍。大战期间，他出于体质原因和根深蒂固的怯懦性格被留在家中，我则在普拉茨堡服役，好歹没去大洋彼岸。

时光飞逝，爱德华三十四岁时丧母，也因此患上古怪的心病，如废人般过了几个月。后来父亲带他去欧洲散心，他便不可思议地摆脱了烦扰，心间涌起的怪诞愉悦仿佛令他部分挣脱了无形的束缚。他不顾年近不惑，开始与某些"前卫"的大学生厮混，做出许多极端行为，有回甚至为了把某桩丑闻瞒过父亲，向我借了一大笔钱来应付敲诈。那段时间,诡异的密斯卡托尼克大学生群体的相关谣言甚嚣尘上,传闻甚至提到黑魔法和难以置信的怪事。

(二)

爱德华三十八岁时结识亚西纳·韦特,此女年约二十三岁,正在密斯卡托尼克大学进修中古玄学的特别课程。我有位朋友的女儿曾在国王港的霍尔中学与她同校,但因其古怪名声结交不深。她皮肤黝黑、身材小巧,除双眼有些鼓凸之外容貌姣好,然而表情中流露的某些东西会让精神敏感者退避三舍,普通人嫌弃的则是她的出身背景与说话方式。她来自印斯茅斯的韦特家族,在几代人时间里,破败凋敝、近乎废弃的印斯茅斯及其镇民始终缠绕着黑暗的流言。据说那个荒凉渔港在1850年前后达成了可怕的交易,怪诞的"非人"血统就此混入各大古老世家——当然,只有守旧的扬基佬才能绘声绘色地发明和传扬此类无稽之谈。

雪上加霜的是,亚西纳是以法莲·韦特的女儿,是其晚年与始终戴着面纱的无名妻子所生。以法莲衰败的宅邸位于印斯茅斯的华盛顿街,去过的人(阿卡姆人总是刻意避开印斯茅斯)说那儿的阁楼窗户都用木板钉死,傍晚还时而传出怪声。老以法莲年轻时是名噪一时的魔法学徒,谣传他能随心所欲地操控海洋风暴。我幼年时代有一两次撞见他来阿卡姆的大学图书馆查阅禁书典籍,当时就很讨厌他蓬乱的铁灰色胡须和阴沉贪婪的脸孔。后来他非常蹊跷地发狂而死，恰好赶在女儿进入霍尔中学之前。校长按遗嘱成为亚西纳名义上的监护人，但亚西纳向来是病态地效仿父亲，有时甚至显得一样邪恶。

爱德华结识亚西纳的消息传开后，我那位朋友从曾跟她同校的女儿那里了解并转述了诸多奇事。据说亚西纳在学校总摆出魔法师的架势，似乎还真能达成一些令人瞠目的事迹：她自称可召唤雷暴，不过其成就被人们归因于特别的预测技巧；她不受动物待见，右手的某种比画能让狗儿狂吠不已；她有时使用的语言和展现的知识对少女来说过于稀罕、令人诧异；她还会用怪异的眼神目送秋波——摸不着头脑的同学都被吓坏了——并对自己当前的境遇报以猥琐而轻佻的讽刺。

她最特别的一点是能影响他人，这方面事例很多。毫无疑问，她是天生的催眠师，通过独有的凝视，可让同学感受到某种人格置换——两人仿佛暂时交换身体，能从房间对面看到自己瞪圆了眼睛，脸上挂着异样的表情。根据亚西纳对意识的本质时常发表的怪论，意识能独立于肉体存在——至少不仰赖肉体的生命活动——而她完全无法接受自己身为女人。她愤懑不平地宣称只有男性的大脑才能接触超凡的宇宙能量，倘若拥有男性的大脑，她对神秘魔力的掌控不但能媲美甚至能超越父亲。

爱德华和亚西纳是在学生宿舍的"知识分子"聚会上认识的，第二天他便跟我喋喋不休地谈论她。他不但痴迷于她的爱好和学识，还为她的姿色而倾倒。虽然我没见过那女孩，对外界的议论不免有所耳闻，爱德华如此抬举她让我有点遗憾，却未出言干涉——我知道，反对只会加剧他的迷恋。当然，他没跟父亲提起她。

接下来几周，爱德华开口闭口几乎全是亚西纳。其他人也注意到他的中年风流韵事，并一致认为他看起来还很年轻，与那位古怪的女神算得上般配。尽管他懒惰又放纵，但身材只是微胖，脸上全无皱纹，反倒是性格强悍的亚西纳早早长出了鱼尾纹。

爱德华带那女孩来见过我，而我一眼看出他并非单相思——女孩总是目不转睛、几乎怀着占有欲般盯着他，两人想必是如胶似漆。我颇为敬重的老德比先生很快也找到我，他听到儿子的新伴侣的各种传闻，最终从儿子嘴里套出实情……原来他的"乖孩子"打算迎娶亚西纳，乃至着手在郊外物色住所了。老先生知道儿子一向很听我的话，寄望于我来拆散这段孽缘，但我只能表示爱莫能助。问题不在于爱德华意志薄弱，而在于女孩的意志太强，永远长不大的少年把对父母的依赖转移到更强大的新对象身上，我又有什么办法呢？

一个月后，他们便成婚了。婚礼应新娘要求由一位太平绅士主持，老德比先生在我的建议下没有反对，甚至还与我及我的妻儿一起出席了简短的仪式——其他客人全是放荡的大学生。亚西纳买下高街尽头、位于乡间的克劳宁希尔德老宅，又趁去印斯茅斯度短暂蜜月时带回二名仆人、许多书籍及用品。德比父子恐怕都没料到，亚西纳之所以选择定居阿卡姆而非返回故乡，只是想接近大学、图书馆和那群"知识分子"。

爱德华度完蜜月来访时，我察觉到些许变化。他不但在亚西纳的要求下刮掉了留不长的胡子，人也变得稳重严肃，毫不做作的忧郁神色取代了孩子噘嘴似的反叛姿态。我不确定是否该为他高兴，但他看起来的确比任何时候都更成熟了，兴许婚姻是件好事，依赖对象的改变作为独立的起点，最终能让他负起生活的责任？他是只身来访的，因为亚西纳太忙，不仅要安置从印斯茅斯（爱德华提起那地名时忍不住打了个寒战）带回的书籍和器物，还要操心克劳宁希尔德老宅及周围庭院的修缮。

亚西纳在印斯茅斯——爱德华不禁又打了个寒战——的家宅固然令人局促不安，好歹其中有些令人惊叹的东西，而在亚西纳的指导下，他对某些艰涩知识的掌握取得了长足进步。她策划的实验诚然是胆大妄为、过于激进——具体内容他不好详说——但他相信她的实力和意愿。此外，她带来的三名仆人颇为古怪，其中包括一对年纪大得离谱的夫妻，他们伺候过老以法莲，偶尔会神秘兮兮地谈起他或亚西纳的亡母；另一个是皮肤黝黑、容貌畸形的少妇，浑身散发着鱼腥味。

（三）

接下来两年间，我与爱德华的见面越来越少，往往一连半月听不见前门响起熟悉的先三后二式门铃声。即便他偶尔来访——更多时候是我去找他——我俩也很少聊正经事。从前他总会巨细无遗地分享玄学研究心得，如今却遮遮掩掩，更不愿提起自己的妻子。说来也怪，亚西纳婚后便迅速衰老下去，现在看起来竟比爱德华年长。她脸上凝聚了我从未见过的专注与坚决，整个人笼罩着模模糊糊、难以形容的可憎氛围，就连我的妻儿都注意到了，于是我们渐渐断了跟她的来往，而爱德华有次孩童般口无遮拦地吐露，她对此万分感激。德比夫妇偶尔会作长途旅行，口头说去欧洲，但爱德华常常暗示一些隐秘地点。

爱德华·德比的改变从他结婚翌年开始一直是人们的谈资。那种改变纯粹是精神层面的，大家也是随口调侃，却带出一些有趣的事实——天性散漫的爱德华似乎会露出与以前截然不同的表情、做出截然不同的行为。比如他以前从不开车，近来却偶尔会熟练地驾驶亚西纳那辆马力十足的帕卡德，进出克劳宁希尔德老宅的车道，遇上交通状况也能以前所未有的技巧和信心一一化解。他似乎总是开车出发长途旅行，或长途旅行乘车归来，具体行程不得而知，但走得最多的是通往印斯茅斯的那条公路。

改变并非都值得赞赏，人们说他的表情和行为太像妻子乃至老以法莲·韦特——可能是他改变的场合不多，以致显得突兀反常。他有时开车出门，归来却无精打采地瘫在后座，任由雇来的司机或技工驾驶，而在越发减少的社交活动中（很遗憾，也包括拜访我），他给人的压倒性印象仍是优柔寡断、不负责任的孩子气甚至犹有过之。随着亚西纳的容颜日渐老去，爱德华除少数高光时刻外显得更加幼稚，还流露出一丝前所未有的悲怆和哀伤，实在令人困惑不已。德比夫妇与大学里那些浪荡子也几乎断了联系——听说并非有意为之，而是他们目前的研究令最铁杆的颓废派人士也震惊不已。

婚后第三年，爱德华开始向我隐晦地表达恐惧与不满。他会有意无意地评论某些东西"做过头了"，还阴沉地谈起"拯救人格"的必要性。一开始我没当回事，直到想起朋友的女儿说亚西纳能催眠学校的女同学——被催眠者似乎能从屋子对面亚西纳的身体里看到自己的身体——才试探着询问。我的询问让他相当紧张又感激涕零，含混地答应往后找我详谈。

老德比先生在这期间过世——现在看来实属万幸——爱德华固然伤心，但并未因此方寸大乱。婚后他就极少探望父亲，把亲情都倾注在亚西纳身上。有人指责他冷酷无情，尤其父亲刚去世便多次兴致勃勃、得意扬扬地开车出行。不过他想搬回老家的打算被否决了，亚西纳坚持不肯离开她精心改造的克劳宁希尔德老宅。

不久，我妻子从朋友那里听到一桩奇闻。那位朋友是与德比夫妇尚有往来的数人之一，她去高街尽头拜访时正好撞见爱德华神采奕奕、几乎面带嘲讽地开车飞驰而去。拉响门铃后，容貌畸形的少妇告诉她亚西纳也出门了，但她离开前往屋里瞥了一眼，透过爱德华的书房窗户见到一张匆忙隐去的脸，脸上写满了痛苦、心酸和绝望——那是亚西纳的脸，但与往日的盛气凌人判若云泥，那位朋友更赌咒发誓说，从那张脸上往外窥视的双眼茫然而哀怨，仿佛属于可怜的爱德华。

爱德华的来访稍微变多了，偶尔也会做出露骨的暗示。但他那些话即便在这历史悠久、流言纷飞的阿卡姆也难以令人信服,而他道出黑暗传说时的真挚口吻教我不由得担心他的心智是否正常。他提到隐秘地点的恐怖集会,提到缅因州森林中央地带的巨大遗迹下有宽敞阶梯通向藏有黑暗秘密的深渊,提到复杂的角度能让人穿透隐形墙壁进入其他时空领域,提到丑恶的人格互换能让人探索遥远或禁忌的地点、迥异的世界或时空连续体。

他不时出示让我困惑至极的物品来佐证疯狂的论断,那些物品难以捉摸的颜色和玄奥至极的纹理是我闻所未闻的,诡谲的曲线和表面并不遵循已知的几何规律,透出不可告人的用意。他说它们"来自外域",而他的妻子知道获取方法,偶尔他还战战兢兢、模棱两可地低声提及老以法莲·韦特——他们过去在大学图书馆见过几面。虽然他不曾挑明,但久而久之我总结出一个特别可怕的疑问:老巫师真的死了吗?不光肉体层面,还有精神层面。

爱德华有时说到一半会突然打住,我甚至怀疑远方的亚西纳预见到相关发言,通过神秘的心灵催眠打断他——她在学校展现过类似能力。她显然起了疑心,接下来几周一直用莫名威慑的言辞和眼神阻止他来访,他想见我因此变得困难重重,即便伪装去别的地方,也会被某种无形力量妨碍或暂时忘记目的地,往往只能等亚西纳离开方能成行——有次他古怪地澄清,是等她"出窍"。无论如何,她让仆人们监视着他的一举一动,事后总能得知真相,好歹并未因此做出过激举动。

（四）

当年8月，我收到缅因州的电报，此时距德比夫妇结婚已三年有余，而我也有两个月没见过爱德华，只听说他"出差"去了。据说亚西纳与之同行，但好事者言之凿凿地宣称，克劳宁希尔德老宅楼上拉着双层窗帘的窗户里有人影，仆人也频频出来采买。电报是奇桑库克的治安官发给我的，说有一名衣衫褴褛的疯子跌跌撞撞走出森林，嘴里胡言乱语，一直尖叫着要我去保护他——那人正是爱德华，他只记得自己的名字和我的姓名住址。

奇桑库克紧邻缅因州最蛮荒、幽僻、杳无人烟的森林地带，我开车颠簸了一整天，穿过许多壮观但偏僻的风景才抵达村子。爱德华被关在村农场的单间里，情绪于狂躁和茫然间摇摆不定，但他一下子就认出我，冲我喊出一连串逻辑混乱、难以理解的话语：

"丹——看在上帝的分儿上！修格斯的深坑！六千级阶梯底下……孽物中的孽物……我不该让她控制我，不该出现在那里……噫！*莎布·尼古拉丝！*……孽物从祭坛升起，五百个声音号叫着……戴兜帽的哭喊道'卡莫！卡莫！'——那是老以法莲在集会中的化名……我就在那里，她明明答应不让我去……一分钟前我还被锁在书房，突然就来到她用我的身体来到的……亵渎神明的万恶之坑，黑暗国度由此开始，看守者守护着大门……我看到一只修格斯——它在变化……我难以承受……我无法承受……她要再让我过去，我一定会杀了她……我一定会杀了那东西……她、他或者它……我一定会杀了它！我要亲手杀了它！"

我花了足足一小时安抚才让他平静下来，次日我在村里给他买了身体面衣服，带他回阿卡姆。无名之火发泄干净后，他不再吭声，只是车子途经奥古斯塔时阴恻恻地嘀咕了几句，似乎这座城市勾起了不愉快的回忆。他显然不想回家，考虑到他对妻子产生了古怪的妄想——这些妄想无疑源自他被实际催眠的糟糕体验——我也认为他不回家更好。无论亚西纳怎么想，我决定要暂时照顾他，之后还会协助他离婚。现在基本可以断定，这场婚姻中的某些精神因素大大加剧了他的自毁倾向。回到开阔的乡野后，爱德华渐渐停止了嘀咕，我继续驾车前进，任他在副驾驶位打盹儿。

我俩于日落时分驰入波特兰，爱德华又开始嘀咕，且比之前更清晰。我听出一长串关于亚西纳的彻头彻尾的疯话——他竟围绕那女人编出全套幻想，所受的精神侵蚀可见一斑。根据他含含混混的嘀咕，折磨才刚开始，她想彻底控制他，而他深知将来她不会再放手。即便现在，她也只是迫于时间关系，直至难以为继才放他一马。她经常利用他的身体前往不可告人的地点参与不可告人的仪式，而将他留在她的身体里、锁在楼上，若她难以为继，他就会突然返回自己的身体，置身于某个遥远、可怕乃至无人知晓的地点。她有时能恢复控制，有时不能，而事后往往像此次这般把他扔在远方……他每回都只能先找到汽车，然后拜托他人开车带他回去。

最糟糕的是她控制他的时间越来越长，因为她想变成男人，想变成纯种人类，所以缠着他不放。她看中了他活络的大脑与孱弱的意志，有朝一日会把他彻底挤开，带着他的身体一走了之，成为像她父亲一样伟大的魔法师，任他被困在甚至难以称作人类的女性躯壳中徒唤奈何。印斯茅斯血统的含义已然明确，那儿的家伙跟海里的东西有染——太可怕了……老以法莲当然也知道秘密，年迈时便做了件骇人的事以延续生命……他想要永生……亚西纳会成功的——已经有先例可循了。

我趁爱德华嘀咕时扭头仔细观察，更加确信了此前关于他外貌变化的看法：婚后，他的身材颇为讽刺地得到改善，变得更结实、硬朗，一扫惰性带来的病态与懒散，娇生惯养的他仿佛破天荒地有了活力，并开始积极锻炼。我推断是亚西纳的强势触动了他，激发出体内的潜能，可他的精神状态却一塌糊涂，没完没了地念叨关于妻子、黑魔法和老以法莲的胡话，某些见解甚至说得头头是道。他重复着我过去浏览的禁书中出现的名讳，它们之间的神秘关联——让人信服的连贯性——教我不寒而栗，而他不时停顿片刻，好似要鼓足勇气，才能讲出可怕的终极秘密。

"丹，丹，你不记得他了吗？——疯狂的眼神和不曾变白的蓬乱胡须？他瞪过我一次，我终身难忘。现在她也那么凶神恶煞地瞪着我，*我知道原因*！他在《死灵之书》中找到了……咒文。我还不敢告诉你页码，但等我说了，你一读马上就能明白是什么在吞噬我。转换，转换，转换，转换——从一具肉体到另一具肉体再到下一具肉体——他想长生不死。生命之光——他知道如何打破连接……即便肉体不复存在，他也能存续下去。听着，我会再给些暗示方便你推测，丹——我老婆为何要大费周章地反手写字？你见过老以法莲的手稿吗？你知道亚西纳有时匆忙留下的笔迹会让我浑身发抖吗？

"亚西纳……*真有这个人吗*？为何很多人认为老以法莲曾被下毒？为何吉尔曼家的人悄声议论，当亚西纳把发疯的父亲锁进平素藏匿见不得人的家属、墙壁带有衬垫的阁楼房间时，他发出了孩童般的惊恐尖叫？*被锁住的真的是老以法莲的灵魂吗？谁锁住了谁？*他为何花费数月寻找具有活络大脑与孱弱意志的人？为何抱怨女儿不如儿子？告诉我，丹尼尔·厄普顿——那栋恐怖的宅子里到底发生了怎样邪恶的置换？那个渎神的怪物对他意志薄弱、任凭摆布的半人孩子做了什么？那是永久性的吗？就像她试图对我做的一样？告诉我，为何自称亚西纳的东西人前人后两套笔迹？*这当然是为掩饰……*"

话没说完爱德华就出事了，胡言乱语突然化作尖细高亢的叫喊，紧接着他像被按下开关一般不再开口。他在我家说事往往也会突然中断——我当时就怀疑亚西纳通过某种不可思议的心灵感应，以精神力来强迫他闭嘴——但这次要恐怖得多，我面前的面孔一时扭曲得难以辨认，他的整个身体也颤抖不已，仿佛所有骨头、器官、肌肉、神经及腺体都在重新调整成截然不同的状态，以表现截然不同的气场与个性。

或许我这辈子都描述不出那一幕的极度恐怖，恶心与嫌恶席卷全身，彻底的反常与异样让我僵硬麻木，连握方向盘的手也差点松脱。坐在身边的与其说是我的毕生挚友，不如说是外域闯入的怪物——某种可恨又可憎、汇集了邪恶未知的宇宙力量的怪物。

我愣了一刹那，这家伙当即抢过方向盘，强行与我换位。暮色四合，波特兰的灯光已被远远甩在后方，我看不清他的脸，只见他眼中神采飞扬——我知道他肯定处于人们提及的诡异的亢奋状态，与平时截然不同。为人懒散、从不强出风头也没学过驾驶的爱德华·德比，竟然颐指气使地夺走方向盘，何等怪异又难以置信呢？可这事实实在在地发生了。他驾车后半天没说话，惴惴不安的我对此颇感庆幸。

经过比迪福德和萨柯时，我借着路灯观察他紧抿的嘴唇，并为他锐利的目光再次发起抖来。人们说得对，处于那种状态的他像极了妻子乃至老以法莲，不受待见的原因也显而易见——他的情绪流露出极不自然、歹毒残忍的成分，此前的疯癫胡话更增添了险恶感。与我交往一辈子的爱德华·皮克曼·德比现在成了个陌生人，成了来自黑暗深渊的入侵者。

他一直保持沉默，待车开到漆黑的路段才开口，声音完全变了，远比记忆中低沉、坚定、果断，吐词与腔调也跟着大变样——我却隐约察觉到某种说不清道不明的熟络。他说话时带着一丝意味深长但自然流露的嘲讽，那并非爱德华习惯用来装腔的阴阳怪气的"老炮"口吻，而是渗出深重、冷酷、无所不在、蠢蠢欲动的邪气，更让我震惊的是，此前颠三倒四的嘀咕也已变作条理清晰的说明。

他对我说:"厄普顿,希望你忘掉我的鲁莽。你知道我的精神状态,想必可以谅解。当然,我对你赶来带我回家万分感激。

"同样,也请你忘掉关于我太太及其他事的蠢话。我在研究领域用功过度,认知中不免充斥着奇怪的概念,心力交瘁时容易弄混,以致分不清真假虚实。从现在起,我打算闭门休养,可能暂时不会见面,你可别为此责怪亚西纳。

"这趟旅程看起来有点怪,实际非常单纯。北方森林里有一些印第安遗迹——大立石什么的——在民间传说中颇有分量,亚西纳和我一直在追寻它们。追寻颇有难度,我似乎做得过头了,回家后会请人去把车开走。不必担心,放松一个月,我又能全力以赴。"

我不记得自己如何回应的,邻座的家伙是那样陌生和异样,难以捉摸,仿佛不属于尘世的恐怖每分每秒都在膨胀,以致我歇斯底里地渴望尽快到家。爱德华从未交还方向盘,而我对车子驰过朴次茅斯和纽柏里港的速度相当满意。

当车子顺着内陆的主公路,抵达通往印斯茅斯的海岸公路的交叉口时,我竟有些害怕他拐向那个诅咒之地。幸好他没有,而是继续飞掠过罗利和伊普斯威奇,直奔目的地阿卡姆。我俩赶在午夜前回到克劳宁希尔德老宅,那里还亮着灯,爱德华敷衍地道谢后就下了车,我则带着古怪的如释重负感独自驱车回家。这无疑是一趟可怕的旅程,最可怕的是我说不清恐惧的真正来由,所以对爱德华宣称暂时不会见面并不觉得遗憾。

（五）

接下来两个月流言四起，人们经常看到亢奋的爱德华，亚西纳却几乎闭门谢客。这期间爱德华只开着亚西纳的车——之前落在缅因州又取回来的那辆——简短拜访过我一次，拿走一些借出的书。他仿佛变了个人，只会说无关痛痒的客套话，显然在那种状态下不想跟我讨论任何事，甚至不愿劳神使用由来已久的先三后二式门铃暗号。与那晚在车上一样，我心中升起微妙难言却无比深沉的恐慌，他的匆匆离去于我竟是极大解脱。

9月中旬，爱德华外出了一星期，有些颓废的大学生意有所指地议论着，暗示他去见恶名昭著的邪教首领，对方刚被英国驱逐，旋即又在纽约建立总部。我对诡异的缅因之旅仍然耿耿于怀，亲眼见到的变化对我触动很大，于是再三反复推敲，思索恐惧的来由。

最古怪的谣言是克劳宁希尔德老宅传出的啜泣。啜泣声听着是个女人，有些小年轻说像亚西纳，但听到的机会并不多，且每每似被强行中断。人们商量过要去调查，但某日亚西纳突然在街上现身，精神抖擞地跟许多熟人打招呼，为最近的失联致歉，顺带提及家里来了位情绪不稳、歇斯底里的波士顿客人。谣言就这样不攻自破了，虽然没人见过那位客人，但亚西纳亲自现身堵住了悠悠众口。随后又有谣言说啜泣有一两次是男声，让整件事更加扑朔迷离。

10月中旬的某个晚上，我听见前门响起熟悉的先三后二式门铃声，便亲自应门。爱德华站在台阶上，我一眼认出这是从前的他，自奇桑库克的可怕旅程和那堆胡言乱语之后，我再没见过这个爱德华。他脸上表情纠结，既有恐惧亦有胜利的自豪，我在他身后关门时他还疑神疑鬼地回头张望。

他步履蹒跚地随我走进书房，要了些威士忌平复神经，而我耐住性子等他自己开口。终于，他哽咽着吐露道：

"亚西纳走了，丹。昨晚我俩趁仆人不在做了番长谈，我让她保证不再侵占我。要知道我有些神奇的抵御手段，甚至都没告诉你。她勉强认栽，却大发雷霆，今天便收拾前往纽约——说走就走，搭8点20分去波士顿的车。人们大概会说闲话，但我顾不得了，你也无须替我解释，只说她去远方考察就成。

"她有许多可怕的信徒，这次应是投奔其中的一个。我希望她往西去，并跟我离婚，无论如何，我已让她保证离得远远的，别来烦我。太可怕了，丹，她想偷走我的身体，把我挤出去再关起来，而我一直按兵不动、假意顺从，实则留了一手。只要谨慎、周密地布置……毕竟她没法直接读懂或看透我的心思，只能大致感知酝酿中的反抗情绪——但谁叫她素来认为我是个废物，拿她一点办法也没有呢？……偏偏我还使了一两个管用的咒语。"

爱德华回头望了一眼，又喝了几口威士忌。

"今天早上那帮可恶的仆人一进门，我就让他们结账走人。他们脸色不善，还问东问西，最后还是走了。那帮印斯茅斯贱种跟她狼狈为奸、秤不离砣，但愿滚远一些——我一点也不喜欢他们临走前的假笑。现在，我得尽可能请回父亲的老仆人，日后还要住回老家。

"这会儿你一定觉得我疯了，丹，但阿卡姆的历史中不乏能支持我的线索，你听我解释！你目睹过一次转变，就在从缅因州开回的车里，我谈论亚西纳时被她逮住并逐出身体。关于那趟旅程，我的最后印象是自己费尽口舌、正待揭穿女魔鬼真实嘴脸的关头横遭侵占，瞬间回到家里那帮可恶的仆人锁住的书房，回到那具该千刀万剐……甚至不配称为人的恶魔之躯……你知道，跟你一路驱车回家的是她……侵占我身体的饿狼……你肯定能看出差别！"

爱德华停顿时，我打了个激灵。没错，我的确能看出差别——但我能接受如此疯狂的解释吗？没等我厘清思路，心烦意乱的访客便说出更疯狂的话：

"我得自救——得救救自己啊，丹！她打算在万圣节永久侵占我——他们将在奇桑库克附近举行邪恶的集会，献上祭品以确保这些事。她打算永久侵占我、成为我，而我将成为她……永远……到万圣节就晚了……我的身体将永远属于她……她将成为男人，成为纯种人类，得偿所愿……最后把我一脚踢开——连同她曾经的身躯一起斩草除根。该死，这是她的老办法——她、他或者它的老办法……"

爱德华贴近的脸无比狰狞，声音也压低成令我六神无主的窃窃私语：

"你肯定明白我在车里的暗示：她根本不是亚西纳，而是老以法莲本人。我一年半前就有所怀疑，但现在才真正确定。她放松警惕时的笔迹是最好证据——有时她草草写下便条，一笔一画都与她父亲雷同——她还会谈论以法莲那样的老头才会谈论的事。他预感死期将至所以变成了她——当时能找到的人里，只有她兼具活络的大脑与孱弱的意志——他像现在几乎对我做到的那样永久侵占了她的身体，然后毒死了关押她的衰老身躯。你难道没注意到吗？老以法莲的灵魂无数次透过女魔鬼的双眼……还有我被控制时的双眼朝外瞪视。"

他的声音越来越低，只剩呼哧呼哧的喘息，而我无言以对，只等他调整气息后再次开口。他应该被送进精神病院，但我不忍这么做，或许时间和摆脱亚西纳后的自由生活能有帮助。显而易见，他这辈子都不会再涉足病态的神秘主义了。

"我想先休个长假，再把剩下的告诉你。我会告诉你她让我接触到的那些可怕禁忌——古老的恐怖之物在少数邪恶祭司的看护下，依旧在不为人知的角落腐烂滋生。有人知晓人类本不该知晓的宇宙奥秘，有人做得到人类本无法做到的事。我曾深陷其中，现在一切都结束了，若我是密斯卡托尼克大学图书馆的馆长，就会立刻烧掉该死的《死灵之书》及相关书籍。

"好歹她得不到我了，我要尽快搬出那栋天杀的宅子，住回老家。你肯定会帮我，我知道的，如果我需要帮助的话。不只是那几个该死的仆人……其他人也可能对亚西纳的去向刨根问底，我又无法给出地址……到头来某些团体……某些邪教团体，你知道……会展开搜索，误会我们分手的原因……他们有许多肮脏又诡异的念头和手段。不管发生什么，你肯定会站在我这边，我知道的——即便我必须说出一大堆足以吓坏你的……"

那晚，我让爱德华留宿客房，次日早上他冷静了一些。我俩就他搬回德比家的可行安排展开探讨，我鼓励他抓紧时间做出改变。此后那个晚上他没有来，但接下来数星期我俩频频会面。怪异和令人不快的事我俩都尽量少提，重点放在如何翻修德比家的老房子，爱德华还承诺来年夏天与我和我儿子结伴出游。

我俩几乎绝口不谈亚西纳，我明白这是个相当棘手的话题。流言四起，但关于克劳宁希尔德老宅的古怪夫妇的闲话原本就多，我耿耿于怀的反而是在密斯卡托尼克俱乐部碰到爱德华的银行经理时，无意间得知他定期给印斯茅斯的摩西·萨金特、阿比盖尔·萨金特和尤妮丝·巴布森寄去支票——那些恶仆还在敲诈他，他却不曾对我提起。

我期待夏天及在哈佛念书的儿子的假期快快到来，这样就能跟爱德华一起去欧洲。我很快发现，他并未如我希望的那样迅速恢复正常，放心开怀的时刻少之又少且带有点歇斯底里，其他时候则饱受惊恐与抑郁的侵袭。德比家的老房子在12月间修好了，爱德华却将搬家日期一推再推，虽然他厌恶乃至有些害怕克劳宁希尔德老宅，却又被它古怪地拴住了，不愿着手拆卸，总能找出五花八门的拖延借口。当我指出这点时，他表现出费解的惶恐。他父亲的老管家——管家和一些过去的家仆都被雇了回去——告诉我，爱德华偶尔会怪异而凶恶地在房子里徘徊,尤其在地下室走来走去。我担心亚西纳寄来骚扰书信,但管家对此矢口否认。

(六)

圣诞节前夕,爱德华来我家夜访,却在突然之间精神崩溃。我正将话题引向来年夏天的旅行计划,他毫无征兆地尖叫着从椅子上一跃而起,脸上写满震惊和无法遏制的恐惧——只有噩梦里的地狱深渊才能让正常人如此惊恐与厌憎。

"我的脑子!我的脑子!上帝啊,丹——它在拉扯——从另一边——敲打——抓挠——那个女魔鬼——即使现在——以法莲——卡莫!卡莫!——修格斯的深坑!嚯!*莎布·尼古拉丝!滋生万千幼体的山羊!*……

"火焰——火焰……超越肉体,超越生命……在泥土里……噢,上帝啊!……"

我把他拽回椅子上,往他嗓子里灌了些酒,直到他狂躁的挣扎渐渐消退,变得茫然若失。他没反抗,只是继续翕动嘴唇,仿佛自言自语——但很快,我意识到他是想跟我说话,于是俯身把耳朵凑近他的嘴,捕捉气若游丝的话语。

"……又来了,又来了……她一直在尝试……我早该知道……什么都不能阻拦那股力量,距离、魔法和死亡都不能……它阴魂不散,总在夜里……我不能走……太可怕了……噢,上帝啊,丹,要是你知道它有多恐怖……"

他说着便昏厥过去，我连忙垫了个枕头，让他好生休息，但没叫医生，反正医生也只会说他疯了——可能的话，我想尽量顺其自然。他在午夜时醒来，被我安置到楼上的床铺就寝，但第二天一大早就不辞而别。我给他的管家打电话，得知他在自家书房烦躁地辗转踱步。

此后爱德华每况愈下，他没再来访，反倒我天天去见他，而他总是目光空虚地坐在书房，摆出一副侧耳倾听的古怪神态。有时他也能正常交流，但说的都是无关紧要的琐事，一旦提及个人烦恼、未来的打算或亚西纳就发飙。管家说他晚上会出现严重的癫痫症状，恐怕总有一天会伤到自己。

我找他的私人医生、银行经理和律师长谈商议，最终决定请内科医师带上两名同仁与我联袂去见他，结果刚开始问诊他就剧烈又可怕地抽搐起来，当晚仍在不断挣扎的他被封闭式救护车送进了阿卡姆精神病院。我就此成为他的监护人，一周探望两次，每每泫然欲泣地倾听他狂乱地尖叫、畏缩地低语或是满怀恐惧、没完没了地重复诸如"我必须这么做——我必须这么做……它会抓住我……它会抓住我……在底下……在底下的黑暗里……妈妈，妈妈！丹！救我……救救我……"

谁也说不清他有多少复原的可能，但我尽量保持乐观。爱德华出院后得有个家，于是我让仆人们先搬进德比家——他神志正常时肯定也会这么做——至于克劳宁希尔德老宅，其内部陈设考究，还有许多外人完全摸不着头脑的收藏，我无法处置，只能暂时维持原状。我要爱德华的女仆每周去给那里的主要房间打扫一次，并让炉工记得在打扫的日子生火。

没到圣烛节，最终的噩梦降临了，残酷的是预示它的竟是一线虚假希望。1月底的某天早上，精神病院来电话说爱德华突然恢复了理智，其连续性记忆固然严重受损，神志却无大碍。当然，他还需留院观察，但前景十分乐观，顺利的话一周之内就能出院。

大喜过望的我赶到医院，被护士领入爱德华的病房后却似劈头浇下一盆冷水。病人起身迎接，挂着礼貌的微笑伸手致意，但我立刻就发现，他正处于那种与本性格格不入、极为古怪的亢奋状态，表现出的干练让我心头莫名地畏惧。爱德华曾信誓旦旦地指控妻子的灵魂侵占他的身体，而此刻他锐利的目光、紧抿的嘴唇都实在太像亚西纳和老以法莲，音色中也弥漫着同样冷酷的嘲讽——意味深长的讽刺透出深重的邪气。这就是五个月前开着我的车穿过夜色的家伙，后来还做过一次简短回访，却忘了由来已久的门铃暗号，引起我微妙的恐慌。现在他再次出现，仍旧隐隐带有亵渎神明的疏离感和仿佛来自宇宙洪荒、难以名状的丑恶。

纵然近期记忆有明显缺失，他却大谈特谈出院的安排，而我只能表示赞同。我觉得整件事出了什么难以解释的大岔子，所有一切都不对劲。眼前这家伙有我无法把握的恐怖特质，他看起来的确像个正常人——但还是我认识的爱德华·德比吗？倘非如此，又是谁或什么东西呢？*真正的爱德华去哪儿了？* 能自由行动还是被囚禁着……抑或已从地球上抹消？眼前这家伙的一言一语都透出深刻的讽刺，尤其说出"以格外严格的看管提前赢得自由"这句话时，那双神似亚西纳的眼睛竟闪烁着几分变幻莫测、得寸进尺的嘲笑。我当时肯定很尴尬，告退后真是长舒一口气。

当天和次日，我绞尽脑汁地思索：到底发生了什么？怎样的心智透过爱德华脸上那双陌生的眼睛朝外窥视？可怕而晦涩的谜题占据了全部思绪，我什么也干不了。第三日清晨，医院来电话说病人康复状况稳定，惶惶不可终日的我到傍晚已不堪重负——有人斩钉截铁地把其后发生的事归结为我的幻觉，但他们只知其一不知其二，即便我得了疯病，亦无法解释所有证据。

（七）

真正的恐怖在那日夜里降临，彻底压垮了我的灵魂，令我沦入暗无天日、无法摆脱的惊怖之中。事情始自午夜前无人接听的电话，家里唯一醒着的我下楼来到书房，睡眼惺忪地拿起听筒。对面没声音，我刚想挂断回去睡觉，却捕捉到听筒彼端一丝非常微弱的响动。难道有人极其费力地想说话？我竖耳倾听，听筒里的杂音像液体冒泡——"咕噜……咕噜……咕噜"——我由此古怪地联想到口齿不清、难以分辨的词语或音节，于是问道："谁？"答复仍是"咕噜－咕噜……咕噜－咕噜。"我只能猜测对方在呆板地重复，但又怕是电话坏了传不了声，便补了一句："我听不清。你要不挂了打给查号台试试。"对方立刻挂断电话。

如前所述,此事发生在午夜前,后来经过追查,电话是从克劳宁希尔德老宅打来,但那天距仆人前去打扫还足有半周。我可以稍微透露事后宅子里的发现:偏僻的地下储藏室挖得乱七八糟,足迹,泥土,匆忙翻找的衣柜,电话上奇怪的痕迹,仓促使用的文具……而所有这些东西都残留有可憎的恶臭。愚蠢可笑的警察凭着故步自封的逻辑,执着于追查被开除的恶仆,尽管那些人早就趁乱销声匿迹了。警方说这是积怨引起的恶意报复,身为爱德华的挚友及顾问的我也被卷了进来。

白痴!——他们真以为那帮粗鄙的乡巴佬能伪造笔迹?能扮演后来的访客?他们真的看不见爱德华的变化?就个人而言,*我现在确信爱德华·德比告诉我的都是实话*。生命的边界之外,确实存在无从想象的恐怖力量,人类邪恶的窥探有时会将它们召来我们的世界。以法莲——亚西纳——那个魔鬼召来了它们,它们吞噬了爱德华,还要再吞噬我。

我能自救吗?那些力量能在生命消失后继续存在。目睹门槛上的恐怖证据后,我直至第二天下午才从虚脱中恢复走路和说话的能力。为了爱德华,也为了这个世界,我即刻赶去精神病院射杀了他,但在他火化之前,我能安心吗?他们竟留着尸体让不同的医生进行愚蠢的尸检——*我说过他必须火化,必须火化!我开枪打死的不是爱德华·德比!*如果不火化他,我非发疯不可,因为我将是下一个。好在我的意志并不孱弱,不会轻易被蠢蠢欲动的邪恶力量动摇。它曾叫作以法莲、亚西纳和爱德华，接下来呢？*我不允许自己被赶出身体……我不要和精神病院里那个挨了枪子儿的巫妖交换灵魂！*

我还是尽量把最后的恐怖事件交代清楚吧，警方坚持不予理会的细节先略过不表——比如凌晨两点以前，至少三名路人在高街上见过一个既丑又臭的矮子，又如某些地方留下的独特脚印——我要说的是自己刚到两点时被门铃和敲门声吵醒，两种声音交替响起，犹豫中似乎带着一丝绝望，最奇特的是，*对方完全遵循爱德华由来已久的先三后二式暗号。*

熟睡中惊醒的我脑子迷迷糊糊。爱德华就在门外——原本的他才记得暗号！那个新人格不知道……难道爱德华突然恢复正常？可又为何如此焦急和紧张？他被提前释放还是私自脱逃？我边想边匆忙披上袍子跑下楼，或许他恢复正常后又开始胡言乱语、剧烈抽搐，以致院方撤销出院许可，而他绝望之余开溜了。不管发生什么，既然他变回从前那个善良的爱德华，我就必须伸出援手！

我打开房门时，差点被榆木掩映的黑暗中一股无法忍受的恶臭熏倒在地。由于极度恶心，一开始我几乎没注意到台阶上有个佝偻的矮子。叫门的是爱德华，臭烘烘的龌龊矮子又是谁？爱德华哪来得及离开？我开门前他不是刚按过门铃吗？

矮子身穿爱德华的大衣——下摆几乎拖地，袖子挽起来依然盖住了双手——头戴压低的宽边软帽，还用黑丝巾遮脸。我踉跄着迎向前，矮子发出电话里那种液体冒泡声"咕噜……咕噜……"，并用一根长铅笔挑起一大张写得密密麻麻的纸给我。我强忍着难言的恶臭接过那张纸，借助门内的微光看去。

的确是爱德华的笔迹，可他既然按了门铃，干吗要留言——而且笔迹如此歪歪扭扭、潦草粗犷？我在微光下根本看不清，只得退进客厅，矮子机械而笨拙地跟着走了几步，停在内门门槛处。这位奇特的信使实在太臭，我祈祷妻子不要醒来查看。（谢天谢地，我的祈祷并非徒劳！）

我刚看清纸上的文字，便眼前发黑，两腿发软……不知过了多久，我醒转过来，发现自己倒在地上，因恐惧而僵硬的手中依然紧攥着那张该死的纸。上面写道：

丹——去精神病院杀掉它。消灭它。它不再是爱德华·德比了。她——亚西纳——侵占了我，尽管她死在三个半月前。我说她离家出走是骗人的，我杀了她。我必须这么做，机不可失，当时只有我们两人，我又正好在自己的身体里。我抄起烛台敲破了她的脑袋，以免万圣节时被她偷走身体。

我把她埋在偏僻的地下储藏室，压在很多旧箱子下面，再清理掉所有痕迹。那些仆人第二天早上确实起了疑心，然而他们自己也有害怕警察知晓的秘密。我把他们打发走了，但天知道他们——以及其他邪教徒——会做出什么。

我一度以为高枕无忧，后来却感到有东西在拉扯大脑。我知道那是谁——我本该时刻保持警惕，她或以法莲那样的灵魂是不会松手的，只要尸体尚存就不会灰飞烟灭。她正在侵占

我——逼迫我交换身体——并把我送进那具埋在地下室的尸体。

我很清楚状况,所以才会崩溃并被关进精神病院。但随后该来的还是来了,我发现自己身处地下令人窒息的黑暗之中,在亚西纳逐渐腐朽的尸体里面,上头是我亲手堆的箱子——她则肯定侵占了精神病院里我的身体。这次是不可逆的变化,万圣节已过,即便她没有亲自到场,献祭也能生效。想到她将被安然无恙地放归世间,重新成为祸害,我深感绝望,不顾一切地把自己挖了出来。

我已没办法说话——没办法打电话——但还能写字。我会尽量拾掇好自己,再把这封遗书和警告带给你。为世界的和平与安宁,杀掉那魔鬼,再把它火化!否则它会一次又一次地活过来,从一个身体到另一个身体。它的伎俩我不能言明,远离黑魔法吧,丹,那是魔鬼的领域。永别了,挚友,警察愿意信什么你就说什么,我为所有的事致歉。时间不多了,尸体已维持不了太久,但愿你读到后能杀掉那东西——务必。

你的爱德

我读到第三段末尾就晕倒了,醒转后才读完全文,而看到门槛上那堆暖风吹拂的东西,闻到那股恶臭,我再度晕死过去。信使早已没了动静,丧失了意识。

管家比我坚强,第二天早上,他见到客厅门槛上的东西并未像我一样当场昏厥,而是打电话报警。警察抵达现场时,我已被安顿到楼上卧床休息，而那……那堆东西……还在昨晚瘫倒的地方，所有人都用手帕捂着鼻子。

他们从那身七拼八凑的爱德华衣物中找到几乎液化的可怕残骸，其中有些骨头，包括一颗被砸凹的头骨——经牙齿鉴定，那是亚西纳的脑袋。

H.P.洛夫克拉夫特 著

图书在版编目（CIP）数据

克苏鲁神话 . 3，印斯茅斯的阴霾 /（美）H.P. 洛夫克拉夫特著；屈畅，邹运旗译 . -- 北京：中国友谊出版公司，2024.9
ISBN 978-7-5057-5842-1

Ⅰ . ①克… Ⅱ . ①H… ②屈… ③邹… Ⅲ . ①神话－作品集－美国－现代 Ⅳ . ① I712.73

中国国家版本馆 CIP 数据核字（2024）第 067592 号

书名	克苏鲁神话 .3，印斯茅斯的阴霾
作者	〔美〕H.P. 洛夫克拉夫特
译者	屈　畅　邹运旗
出版	中国友谊出版公司
发行	中国友谊出版公司
经销	新华书店
印刷	嘉业印刷（天津）有限公司
规格	880 毫米 ×1230 毫米　32 开 8.5 印张　174 千字
版次	2024 年 9 月第 1 版
印次	2024 年 9 月第 1 次印刷
书号	ISBN 978-7-5057-5842-1
定价	58.00 元
地址	北京市朝阳区西坝河南里 17 号楼
邮编	100028
电话	（010）64678009

如发现图书质量问题，可联系调换。质量投诉电话：010-82069336

大凡有慧根之人，皆知真实与虚幻不存在明显界限，万事万物的呈现取决于个体精妙的肉体与心灵感受，那些转瞬即逝、揭开日常生活庸俗面纱的火花，每每被平凡而占据主流的唯物论者斥为癫狂。

印斯茅斯的马什家族

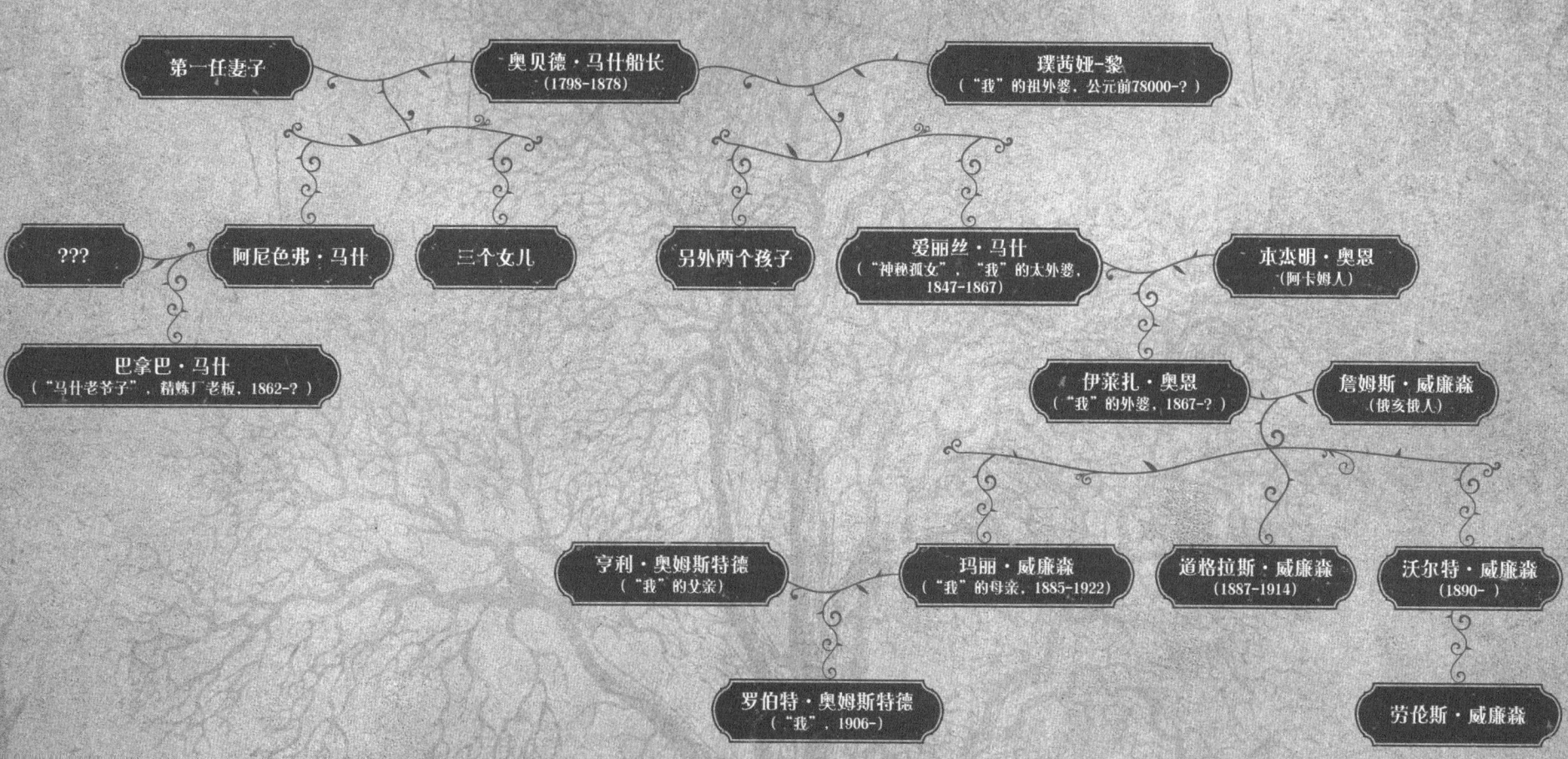

CTHULHU
MYTHOS

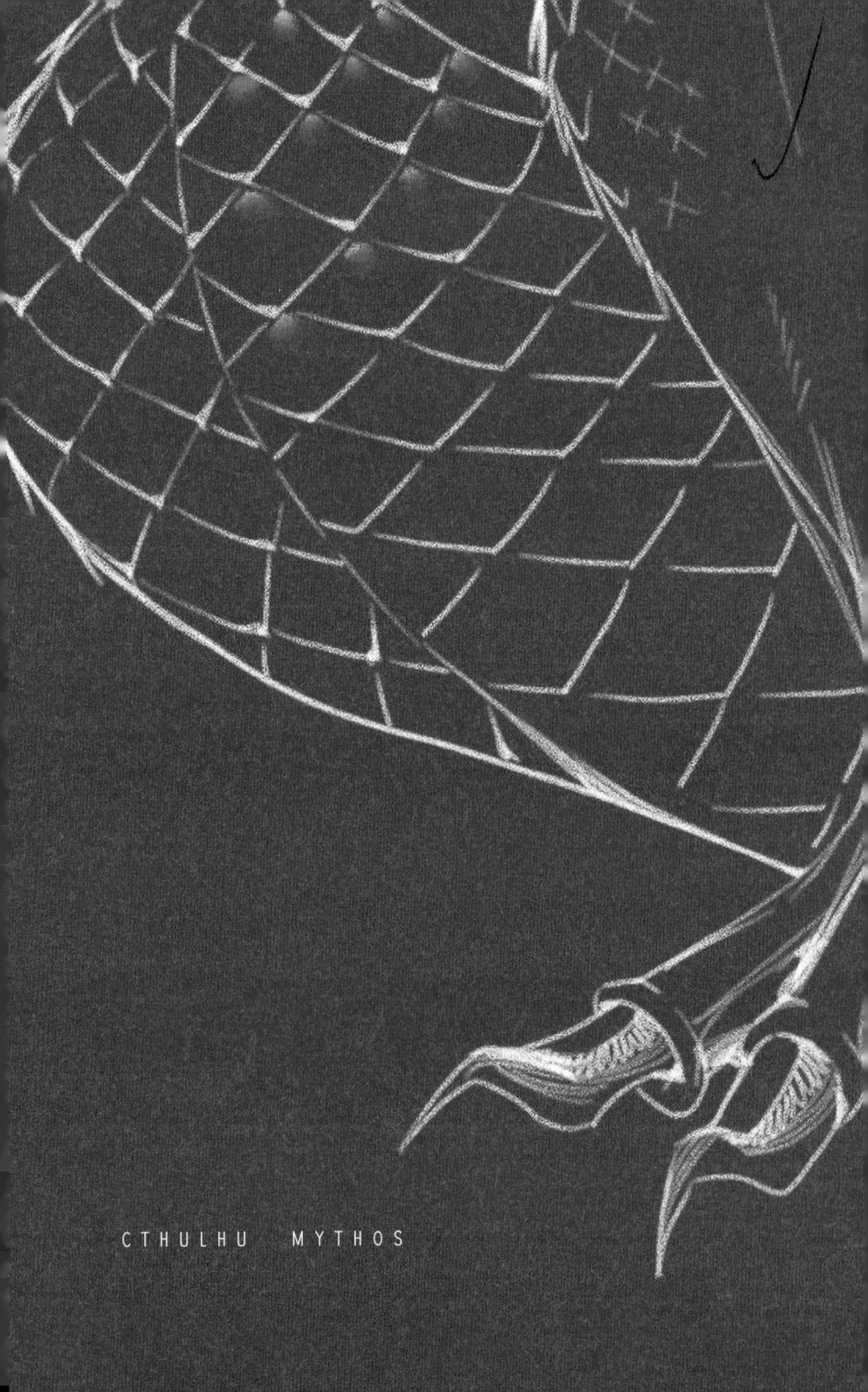
CTHULHU MYTHOS